書下ろし

外資系オタク秘書

ハセガワノブコの仁義なき戦い

泉 ハナ

祥伝社文庫

CONTENTS

タツオ語録

1

嫁を愛する心に、二次元も三次元もない

人は、オタクになるのではない。

神に選ばれし者が、オタクとしてこの世に生を享《う》けるのだ……と思う。

いや、だってさ、オタクってなろうと思ってなるものでもないし、なれるものでもないでしょ。

気がついたらオタクだったって、そういうものでしょ。

普通の子供は、普通にマンガ読んで、普通にアニメ見て、そしていつの間にかそういうものから卒業していくけれど、オタクは違う。

食事を忘れても、睡眠時間削っても、アニメを見るのがオタク。

少ないこづかいで買い続けたコミック全巻や、世界を救うためにがんばり続けたゲームを、学校にいってる間に親に捨てられちゃったとしても、アニメなんか見ていないで勉強しろと怒鳴られ、テレビの電源抜かれたとしても、あきらめず、へこたれず、涙をこぼしながら、歯を食いしばりながらアニメを見続け、マンガを読み続け、ゲームをやめない者だけが、オタクとしての栄光を摑《つか》み取るんだな。

そう、我々オタクは、常にその愛を神に試されてるってこと。

私の場合は、中学入学直後に父親の転勤先がニューヨークって、予想もしなかった事態がやってきちゃって、その後大学を卒業するまで私はその試練の道を歩き続けることになったんだけれど、今は晴れて、聖地日本に舞い戻って、オタク三昧《ざんまい》な生活を送っている。

本来なら、自分を表すのに、〝オタク〟という単語以外まったく必要としていなかった私が、〝帰国子女〟という、世間的にかなり羽振《はぶ》り良いタイトルを得てしまった事で、いろいろ面倒くさい部分もでてきているけれど、アメリカで苦節八年、アニメもマンガも遠い異国で苦渋《くじゅう》の生活を送った私に、オタク以外の道を考える余地なんて、これっぽっちもない。

人は、在《あ》るべき姿のまま、在るべき場所で、行くべき道を歩き続けるべきであり、それが幸福への道なのであります。

どうしてオタクになったのかとか、なんでオタクなのかとか、そんな問いは愚問《ぐもん》。

我々オタクは、オタクとして生まれ、オタクとして生き、オタクとして死ぬ。

アニメ、それが人生の糧《かて》。

マンガ、それが生きる証《あかし》。

ゲーム、それは日々の喜び。

世間がどう言おうと、我々は二次元キャラへの愛と萌《も》えを昇華させ、その想いを天空へと飛翔させていくことに、命を賭ける。

オタク、それは、魂《たましい》に刻まれし者。

＊

送られてきた結婚披露宴の招待状があまりに普通で、ちょっと意表つかれた私。

だってぶっちゃけこれ、超暑苦しいオタ男と、面食い街道まっしぐらな女の結婚式で、普通って言葉からほど遠い感じなんだ。

新婦のヒサコさんは、大手町《おおてまち》にある外資系投資銀行の同僚、秘書仲間でもある。

同じく会社で親しくしているエリちゃんがおっとりしているのに対し、ヒサコさんは明晰《めいせき》な頭脳と超ロジカル思考で周囲をなぎ倒し叩き切りまくって、社内で氷の女王《ブリザード》と呼ばれてる人。

ふたりは、私が今、オタク以外で親しくしている数少ない友人でもある。

そして新郎のアサヌマは、我が従兄弟《いとこ》タツオが率いる〝チームタツオ〟のメンバーのひとり。

遠く離れたアメリカにオタク定期便を送り続け、私のオタク生活を支えてくれたタツオは、その卓越した才能と、おかしなカリスマ性でいつの間にか日本全国に散るオタク野郎どものリーダーとなってしまってる。

アサヌマは、私が〝押しかけ厨《ちゅう》〟というとんでもない輩《やから》の襲撃を受けた際、同じくチームタツオのメンバーのスギムラ君とクニタチ君とともに私の窮地を救ってくれた恩人でもある。

アサヌマ、オタクとは思えぬ超イケメンで武道に優れ、押しかけ厨たちを叩きのめすというヒーローのような活躍を見せてくれたんだけど、実はこれが、理屈っぽい話《トーク》が止まらない、ものすごいうざい系オタクで、モテ街道からきれいさっぱり縁を切られてるみたいな人だった。

そのアサヌマとヒサコさんが、たまたま我が家で遭遇。

徹頭徹尾《てっとうてつび》、地平の果てまで面食いだったヒサコさんが「あなたの顔、好きだわ」って言ったのを、「あなたのこと、好きだわ」と勝手に変換して大盛り上がりしたアサヌマ、そのふたりが結婚に至るまでのプロセスは世間一般が思うようなロマンスの欠片《かけら》もなし、そのまま我々の想像を超えた展開であっという間に結婚と相成《あいな》り。

「お式の招待状送るから」ってヒサコさんに言われてたけれど、いざ、実物を手にすると、「ほんとにこのふたり、結婚していいのか？　大丈夫なのか？」という想いがふつふつとわいてくる。

外資系金融で切れ者と恐れられているヒサコさんと、ガチオタなアサヌマ。

このふたりが高砂《たかさご》席に並ぶって、想像しただけで私、なんか頭痛がしてくるんだが。

式当日。

華麗なる銀座エリアにどどーん！　と鎮座《ちんざ》まします一流ホテルの宴会場《バンケット・ルーム》で豪華に行われたヒサコさんとアサヌマの結婚式。家族全員医者で、代々一族で都内に大病院を経営しているアサヌマ家のことはちらっとは聞いてはいたけれど、医者がここまで揃《そろ》うとさすがに壮観。

さらにアサヌマの勤務先は、日本人なら知らない人はいないっていう有名一流商社。日本の経済担《にな》ってます！　みたいな、見るからに立派そうな日本人ビジネスマンが並んでる。

一族からは、アサヌマは「医者になれなかったうつけ者」扱いだったらしいけど、世間一般から見れば、有名大学↓一流商社って、エリートコースまっしぐら。

結果、新郎側は医者、商社マン、そして友人席も有名大学卒業者が揃うという、豪華絢《ごうかけん》爛《らん》、満漢全席《まんかんぜんせき》、宝塚《たからづか》のステージなら最終フィナーレくらいの華麗さになってる。

その方向からは燦然《さんぜん》と光が放たれていてまぶしいくらい。

対してヒサコさん側は、長年技術畑で働いてきた実直そうなお父さん、穏やかなお母さん、氷の女王《ブリザード》と陰で呼ばれてる姉とは似ても似つかない清楚《せいそ》な妹さんで、親族のみなさんもごくごく普通な感じの、結婚式にぴったりな雰囲気。

なぜ、このようななごやかな一家に、彼女のような人が存在しえたのであろうかと、真剣に疑問なほどだ。

そして勤務先関係者席には、逆目立ちこのうえない外資系金融マンがごっそり並んでいて、ヒサコさんの上司のラモンはラテン男の匂いむんむんにさせていかつい顔して座ってるし、その横には金髪碧眼《きんぱつへきがん》美形で、人のことなのに目に涙浮かべんばかりな感じでにかにかしながら座っている我が上司ケヴィン、そして華麗なる秘書チームのみなさんはアルマーニやらシャネルやらのドレスをここぞとばかりに着ていて、アサヌマの方の席とは違う華やかさ。

そんな中、これほどまでに〝場違い〟という日本語が当てはまる場所はあるまいってくらい場違い感出しまくってるテーブルが。

座っているのはタツオ、クニタチ君、スギムラ君をメインとするチームタツオの面々。

そこだけ、ダークフォースにまみれたみたいに黒い。

スーツが黒いのはいいんだが、なんでシャツまで黒い？

あれか？　中に着ているエロゲーのキャラクターTシャツが透《す》けてしまうのを隠すためか？

そもそも、室内なのに、なんでグラサンかけてる奴がいる？

もっと言わせてもらえば、なんでか知らないが、みんなスーツがコスプレっぽい。

普通のサラリーマンな人もいるのに、浮いた感じになっちゃってるのはなぜなんだ。

挙句《あげく》に彼ら、こういう席に慣れていないので、完全に挙動不審。

きょろきょろするな！！

出てくる皿に、いちいち驚くな！！

「こんなおいしいもの初めて食べた」とか思ってもいいけど、うれしそうにみんなでそろって口に出すな！！

リアクションをいちいち、アニメの萌えキャラアクションでやるな！

私があのテーブルにいたら、ツッコミまくっていたものを、不本意ながら私は同僚にして仲良しのエリちゃんとともに新婦会社関係者席にいる。

さらに言えば、高砂席にいるアサヌマが溶けかけたアイスクリームみたいな状態で、えへへしながらヒサコさんの顔をずっと見ているのがあまりにも正視耐え切れず、あそこに駆《か》け上って、両耳ひっぱって、「ええい！！　もっとキリッとせんかい！」とやってやりたいところなんだが、先を見越したエリちゃんがさっきから私を警戒してるので身動きが取れない。

祝電が読まれるって時、今やアサヌマの友人となっている俳優の岡田《おかだ》ハルキさんの名前が出た途端、場内騒然となったんだが、そりゃあね、見るに耐えない状態になってるうざいオタク男と、今をときめくイケメン俳優な岡田さんが友達とか、普通に考えたら理解できないのはわかる。

アサヌマと岡田さんも、私を介して知り合い、親しくなった間柄。

さらに言わせてもらえば、そのふたりを見て腐女子《ふじょし》魂に火がついた我が朋友コナツさんが、ふたりを熱烈カップル設定にしたガチBL小説を書いてて、イベントではダンボール八箱くらい軽く捌《さば》くレベルで売れてるシリーズになってるなんてことは、この会場にいる一般人の皆様はもちろん知る由《よし》もない。

知らなくていい。

知ってほしくない。

アサヌマとは逆に新婦のヒサコさんは堂々としたもので、場内から「落ち着いたお嫁さんね」とかささやく声が聞こえるんだが、会社であのさわやかな笑顔のまま、その毒舌で幾多《いくた》数多《あまた》の人々を崖《がけ》から叩き落としたのをさんざん見ている私としては、複雑な気持ち。

なんたって社内では、強面《こわもて》のラモンとヒサコさんは、「シュワルツェネッガーとスタローンがガチでタッグ組んだくらい怖い」って言われてるくらいなんだもの。

隠された真実が多すぎるよ！！　この結婚式！！！

ほんとに、いろいろカオス。

そもそも、ヒサコさんがアサヌマの家に挨拶《あいさつ》に行った時の話は、涙なしには語れない。

息子から結婚したい相手の女性を連れてくると聞いたご両親は、アサヌマの部屋に貼ってあるポスターにあるメイドカフェにいるような格好のツインテールの童顔コスプレ女子がやってきて、アニメ声で「おとーさまぁ、おかーさまぁ、よろしくお願いしまーす、にゃは★」とかやられると思って、悲壮な覚悟を決めてたらしい。

ところがやってきたのはスーツを着た、見た目にも真面目できちんとした大人の女性だったものだから、そりゃもう心が緩《ゆる》んで、ほっとしすぎちゃって、お父さんなんか泣きながらヒサコさんの手を固く握りしめちゃったっていう、話聞いただけでもご両親の気持ち察して余りある話になっちゃってる。

だがしかし、「あなたのようなお嬢さんが、うちの息子に添ってくださるなんて」と号泣するお父さん見ながら、ヒサコさんが思ってたのが、「ロマンスグレーですっごいすてきなお父様で、ずっと手を握ってくれててもいいのよって思っちゃった」だったというね。

ヒサコさん、男は顔、顔さえ良ければいいって、それだけでアサヌマとの結婚決めた人だから、ある意味、軸《じく》ぶれてないわけだが、アサヌマのお父さん、本当に色々報われてないと思う。

披露宴でそのアサヌマのお父さんが何度も何度も涙を拭《ふ》いているのを見ていると、アサヌマが今までどれほどに親に心配かけていたかがわかる。そういう意味では、けっこう感動的な結婚式ではあるかも。

なごやかに披露宴が終わり、その後二次会があるというので、私はエリちゃんとタツオと三人でホテルのカフェテリアでお茶しながら時間つぶすことにした。

今、フルコース食べたばかりというのに、ここでまたアイスクリームを頼むタツオに、お前、どんだけ食うんだ！　と思いつつ、私とエリちゃんは紅茶を飲んでのんびりしておりましたところ。

私の背後から、突然「なんだか逃がした魚、大きかったたって感じするぅ」って、甘ったるいかわいい声が聞こえてきた。

ん？　ってなってたら、そこに別の声が重なった。

「超イケメンだし、おうち大病院だし、家柄も資産も文句なしで、うちの会社でもヒット中のヒットでしょ？　私、狙《ねら》ってたんだけどぉ」

「でも、飲み会とか行ってもアニメとかの話しかしないし、カラオケ行けばアニソン熱唱だし、さすがにちょっとねぇ」

「部屋とかにアニメのポスターとか貼ってそうだもんね」

アサヌマの話だ。

確実にアサヌマの話。

私とエリちゃん、思わず顔を見合わせちゃった。

ちなみにアニメのポスターは、貼ってそう、じゃなくて、壁も天井も全部それで埋め尽くされてるから。そこんとこ、要修正な。

しかしアサヌマ、オタクであることを職場でも隠すこととしてなかったっていうのは、勇者なのか、アホなのかわからんわ。たぶんアホな方だとは思うけど。

せめて会社でくらいは、最低限の体裁《ていさい》繕《つくろ》えよ。

私に言われたくないとは思うが、世間体《せけんてい》ってものがある。

そこでさらに聞こえてきた「奥さんになる人、あれでもいいって、相当すごいわよねえ」という声。

なんか彼女たちの声、やたら響き渡っててよく聞こえる。

たぶん、盛り上がってしまっていて、自分たちの声の大きさに気づいてないのかもしれないが、それだけ盛り上がる話題だってことなんだろうな。

まぁ、アサヌマは色々な意味で、話題になってもおかしくないレベルだからなぁと思っていたら、その後の会話はダークサイドへと流れていく様相を呈《てい》してきた。

「サエが本気出して、落ちなかった男いないから、その気になったら彼もイケたかもよ」

「同じ部になった時にちょっとがんばって誘ってみたりしたのよね。でも、いまいちわからない反応されちゃって。後ですごいオタクだってわかって納得したわぁ」

「そもそもハリー・ウィンストン知らない男とか、ありえなくない？」

「私の高校の時の同級生だったオタク、婚約指輪に、プラスチックのアニメキャラリング贈ったんだって。もうありえないどころじゃないわよ」

「実際、ちょっともったいなかったかなっては思っちゃうよね。もっとがんばって押してればよかったかもー」

「とりあえずつきあって、それでオタク、やめさせるってのもありだったんじゃない？」

「えっっっ！！！」

思わずでっかい声が出てしまい、エリちゃんにどつかれたんだが、今なんか、すごい事聞いたような気がする。

オタクやめさせる？

やめさせるって何？

オタクはやめれるものじゃないですよ。

アサヌマをはじめとする我々、遺伝子のレベルでオタク、骨の髄《ずい》までオタク、どっぷりオタク。

やめさせるとか、それは亀の甲羅《こうら》をはがすとか、象の鼻を短くするとか、カブトムシから角をなくすとか、「それは物理的に無理です」ってそういうレベル。

遺伝子操作レベルだから。

ってか、結婚って、相手を自分の思う通りにカスタマイズすることなのか？

足がくさいのも、鼾《いびき》がうるさくて眠れないとかも、人前でおならするのも、アニメオタクなのも、ひっくるめて好きだから、結婚するとかなんじゃないの？

そもそも、アニオタじゃなくなったアサヌマなんて、ただ顔のいいだけのアホな男でしかないぞ。

「ノブコ、誰も、お前のことを言ってるわけじゃない。そこで拳《こぶし》握り締めて戦闘態勢にはいるのはやめろ」

いきなりタツオがアイスクリームの上に乗っかってる生クリームをスプーンですくいながら、静かに言いやがり。

見れば私、両手、拳握り締め状態になってた。

思わず「だって」と言った私にタツオ、「そこにいるご婦人方が、世間ではマジョリティであり、いわゆる一般女子というものだ」と言い放つ。

「特に結婚にステイタスを求める種類の女子は、自分に都合の悪い、気に入らないことは、『私を本当に好きならやめてくれるはず、変わるはず』と考えるものだ」

え――――！　わけわかんない。

すっげー自分勝手！

「自分を愛しているのならそうなるのが当然という考えということだ」

なんだと――。

「じゃあ自分ら、ブランド物買いまくるとか、ネイルやエステにお金かけるとか、やめるっていうの？」

「やめるわけがない。彼女たちはそもそも、自分という存在は絶対値にあるから、変える必要はないと考える。早い話、人生のプライオリティが、自分の存在価値の向上とその維持なのだからな」

わけわかんない。

自分はそのままでいて、相手は自分のために変わって当然って何よ、何様よ。

「そこから考えたら、ヒサコさんって偉大だよね。アサヌマ君にオタクやめさせようとかしてないじゃない？」

エリちゃんが言ったが、していないどころかヒサコさんは、アサヌマが萌えアニメにはまりすぎて何時間も語りまくっていようが、週末イベントに行ったきり連絡ひとつよこさなかろうが、文句ひとつ言わなかった。

それどころか、下手すると、女子あこがれのおしゃれなデートなんて、実はまったくしていない可能性すらある。

一度だけ聞いた「ふたりで食事に行った」って話が、アキバのオタクしかこない唐あげ定食屋さんだった事から考えると、限りなく真実に近い感じする。

もっともあの人は、アサヌマの顔さえありゃあそれでいいって人だから、文句なんて実は本当になかったのかもしれないが。

エリちゃんの言葉に、タツオが「アサヌマもなかなかなものだぞ。ヒサコ嬢のために、顔のメンテナンスせねばとパックまでしようとしたからな」と言ったが、そもそもタツオに「俺、顔にパックとかしたほうがいいっすかね？」とか相談してきたって事実を知ってる私は、素直に賛同しかねる。

尋ねる相手、間違ってるにもほどがあるんだもん。

「まぁね、婚約指輪渡す時も、高級レストラン予約してヒサコさん喜ばせるためにがんばったのは確かだしな」

そうは言ってみたものの、実は緊張しすぎてワインこぼすわ、どもりすぎて会話にならないわで、ロマンチックの欠片もなかったって事実は、ここにいる三人とも知ってるわけで、みんなそろってそれを思い出して一瞬無言になっちゃった。

そこでエリちゃんがタツオに「でも、あんなにかっこいいし、まさか女の子とつきあったことないとか、ないですよね？」とか、いきなり核心ついた質問をぶっこんできた。

いやだがしかし、私もそこ、かなり前からちょっと疑問だったとこ。

するとタツオ、「初体験は十三歳だと言っていたぞ。湯河原《ゆがわら》温泉オフの時、珍しく真面目に本人が語っていたからな。相手は親父さんの病院の二十二歳の看護師だったそうだ」とか言ったもんだから、私とエリちゃん、持っていたティーカップ落としそうなくらい驚いた。

ええええええええええええええええ！　何それっっっ！！

男子的に超ロマン展開！！

エロゲー超えて、マジ、恋愛小説ステイタスじゃん！！

「ノブコ、騒ぎすぎだぞ。この種のネタへのお前の反応は、いろいろ腐《くさ》りすぎだ」

大騒ぎしてしまったら、冷徹なタツオの一閃《いっせん》が飛んできて私、思わず「すみません」と頭下げたけど、人生の基盤、いろいろ間違った場所に設置しちゃってるもんで、スイッチはいるとどうしようもないんです。

「あいつは手のつけられない暴れん坊だった時、それこそ衝動のままに、視線あわせれば女なんか誰でもヤレるとかいう時期もあったらしいが、『勾玉《まがたま》ロマンス』見て、人生変わったと言ってた」

『勾玉ロマンス』きた！！

エリちゃんが「何それ？　アニメ？」と言ったので私、エリちゃんに説明した。

『勾玉ロマンス』は、輪廻転生《りんねてんしょう》するすべての人生で結ばれないという宿命を背負ってしまった男女を描いたアニメで、放映時、男たちの涙が海になったとまで言われた名作。

主人公の清夏《きよか》が愛する冬彦《ふゆひこ》は、どの人生でも別の女性と結ばれてしまうんだけれど、運命の女神が清夏に「あなた自身が、彼を愛することをここでやめると決断することで、運命は変えられる」と告げるんだ。

清夏は悩んだ末、自分の想いがかなわなくても冬彦を愛し続けることを選ぶんだけど、実はその宿命は勾玉にこめられた呪詛《じゅそ》によるもので、最終回、それが割れて、ふたりは運命から解放される。

運命から解放されたふたりは、お互いの存在を記憶から失くしてしまうんだけれど、ラストシーン、桜の花が散る中、冬彦とすれ違った清夏が、ふと立ち止まり、振り返って冬彦の後ろ姿をずっと見つめて物語は終わるんだ。

放映時、私はアメリカにいてライブで見れなかったんだけど、夏休みで一時帰国した時にタツオに録画したのを見せてもらい、顔が腫《は》れるくらい泣いた。タツオの話だと放映当時、ショックで熱出して学校休んだり、学校で放心状態になったりした男子がやまほどいたらしい。

その後発売されたDVDボックスは記録的なセールスとなり、今も伝説のアニメとして語り継がれてる。

そうかー、アサヌマはあれ見て、人生変えたのかー。

アサヌマごめん！　今まで、ただ顔がいいだけの暑苦しいオタクだと思ってた！

君は、輝かしい栄光に満ちていたはずのイケメン人生を捨てて、むさくるしくてうっとうしいオタクへの道を選んだ勇者だったんだね！

「温泉オフの時あいつは、寝るだけの女ならいくらでもいるが、心通わせ愛し合える女性はそうはいないとか言って、みんなの袋叩きにあいかけた」

タツオがアイス食べながら、もそっとそう付け加えたもんだから、私とエリちゃん、思わず吹きだしそうになっちゃった。

目線あわせればどんな女も落とすとかいうアサヌマに対し、目線あわせただけでどんな女からも避けられるって確率高いオタク男子たち、そんなこと言われた日にゃあ暴動おこして、アサヌマを血祭りにあげてもおかしくない。

「その台詞《セリフ》、アサヌマさんとヒサコさんの事、全然知らなかったら超すてきだったのにね」とエリちゃんが笑いながら言ったが、結婚に至るまでのいきさつ知ってる私としては、なんかいろいろ心配になってきちゃったよ。

我々三人がそんな話で盛り上がってたら、また後ろから話し声が聞こえてきた。

「でも、今日の披露宴、なかなかのものだったと思わない？」

「アサヌマさんの家族関係とか、医者ばっかりだし、奥さんの同僚は外資系企業でしょ？そっちのテーブル、すごいかっこいい外人とか、何人かいたよね！」

「いやぁん、二次会、超楽しみ！」

「外資系の金融だよぉ。絶対年収数千万とかだよ！！」

きゃーっという声があがった。

うんざりした気持ちになって顔を見合わせた私とエリちゃんを前に、タツオがアイスクリームの最後を丁寧《ていねい》にすくって口にいれて、「ほらね」みたいな顔をした。

正直、年収ならタツオもすごいんだよな。

チームタツオのメンバーには、セキュリティホールの専門家で世界中から引っ張りだこで、海外飛び回ってすごい稼《かせ》いでいる人もいるし、実家の事業継《つ》いでて社長って人もいる。

でも、そういう彼らが彼女たちのアンテナにひっかかることはないんだろうなぁ。

その理由はオタクだからってだけじゃないような気がする。

彼女たちの基準は、良い人とかお金稼いでいるとか、それ以外に何かある感じ。

女子の上に〝腐〟の一文字が燦然《さんぜん》と輝く私には、全然わからないけれど。

でも考えてみると、もしかしたら、オタクな彼らはハンターの目から見事に逃げ切った獲物って見方の方が正しいのかな。

仕掛けられた罠《わな》を見事に潜《くぐ》り抜け、これからも自由に走り回ることの出来るトムソンガゼルなのかもしれない。

するとそこで、またタツオが言った。

「アサヌマほどに条件が整っているターゲットを無視しているあたり、まだまだ甘いという気がするな。オタク趣味ごときでひるむとは、覚悟が足りん。本当のハンターは難しい獲物ほど闘志を燃やして対峙《たいじ》し、相手を倒した時にこそ、喜びを感じるものだ」

いや、あなたそれ、話の展開違うから。

人食い熊と往年のハンターの積年の戦いの物語とかじゃないから。

しかしまぁ、チームタツオのメンバーが、結婚式の二次会って名目にまったく関係なく、場の空気読むこともなく、アサヌマ本人とアニソン歌いまくることが想定される二次会、彼女たちはどうするんだろうと、そこに興味あったりする。

祝いの席となれば、「祭りじゃああああああああああっっっ」ってすべからく盛り上がる彼ら、思いっきり振り切るからな。

もしかしたら、オタク男子と一般女子の、熾烈《しれつ》で不毛な戦いの場所になる……かも。

＊

アサヌマ君とヒサコさんが結婚し、オーレはアメリカに帰国した。

まぁ、それなりに変化はあるわけだけど、私自身にはとくに変化はない。

っていうか、起こりようもない。起こしたくない。

オーレことオーレ・ヨハンセンは、うちの会社のアメリカ本社からやってきていた営業で、私の上司ケヴィンの仲良しさんで、私の腐ったソウル的に攻めキャラで、そして一応私の彼氏ということになった人。

誤解が誤解を生じて、怒濤《どとう》の勢いに流されるまま、まったく不本意に皆様の祝福を受けて私とオーレはつきあうことになったんだが、もともとアメリカ帰国が決まっていた彼はアメリカ、私はそのまま日本で、何がどうってどうにもなりようがない設定。

メールとかSkype《スカイプ》とか、まぁそういうので連絡取り合って、あとは、オーレが二、三ヶ月に一度くらいの割合で日本に出張して来るので、その時会うのがせいぜいで、それも数日の滞在だから、あわただしいことこのうえない。

エツコさんとかは「ただでさえ遠距離なのに、アメリカと日本だなんて私には無理。ノブちゃんよくやってるわぁ」なんて感心していたけれど、オーレは仕事中心、私はオタク中心の生活なので、お互いに良い意味で気楽にやってる感じがする。

日がなLINE《ライン》でメッセージ送りまくるとか、「今何してる〜?」「スタバでカフェモカ飲んでる〜」とか動向確認しあうとか、ありえないしやってられない。

うっかりソウルメイトとか言っちゃったせいで、社内で噂《うわさ》たちまくってたタツオの存在について、「その人、家にも泊まってたんでしょう?　なのに彼氏は気にしないの?」とかいきなり言ってきた人がいて驚いたんだが、普段、名前もよく知らない、ただ同じ会社にいるってだけの人がいきなり話しかけてきてそれ言うって、世間様ではそれが普通なことなんだろうか。

私はアメリカで育ったから、もしかしたらズレてるのかもしれないけれど、大学時代、家賃高いからって共同で借りていたフラットには、ひとり男の子もいた。

アンセルって黒人の男の子だったけど、化学の勉強してる気の良い真面目な人で、私を含む三人の女性陣と楽しくそこで二年暮らした。

アメリカでは同じフラットを借りている者同士って、基本ドライな関係で、日本ではやってた共同生活してる男女が恋愛しまくるみたいなのは全然なくて、それぞれのプライバシーも尊重されていた。お互い助け合う事もよくあったし、力仕事がある時はアンセルは快《こころよ》く引き受けてくれたり、料理の苦手な彼に、女性陣が夕食をシェアしてあげたりして、気の合う楽しいシェアメイトだった。

オーレもまったきアメリカ人で、学生時代にタイの奥地とかインドの僻地《へきち》とかひとりで旅行したこともあるそうで、現地で出会った旅行者の女の子としばらくいっしょに旅したりした経験もあるらしい。

私達はふたりとも、異性の存在イコール恋愛とセックスって方程式を持っていない。帰国前にうちに初めて来た時、タツオの部屋のことを話したら、「ああ、前に会った君の従兄弟の彼だよね」で終了だったし、私も彼も、それに違和感欠片《かけら》も持たなかった。

でも、どうやら世間様ではそうではないらしい。

男と女が同じ場所にいたら恋愛が起こるのが必然で、しかも恋愛はその囲われたフィールド内におさまるのが通常仕様、エロいことが起こっちゃうのは必然らしい。

いやいや、住んでる場所が同じだからって恋に落ちてたら、団地とかどうなっちゃうの？　学校や会社とか、どうすんのさ。

アメリカのテレビドラマやリアリティショーもそういうのあるけど、「そんなの見てるのはアホ」とか露骨《ろこつ》に言われるくらいで、リアルにそれ夢見てるとか言ったら冷たい目で見られた挙句、失笑で終了宣言されちゃうくらいだったのに、日本は違うんですか？

同じ家にいたら、必ず恋に落ちるって法則があるんでしょうか？

私がオタクであるってことも、オーレはオーレなりに理解してるっぽいが、そのあたり、どう説明したもんか……と思って考えあぐねていたら、「それってそんなに重要なことか？」といきなり言われてしまった。

「つきあう相手だからって、なんでもかんでも理解しないとだめとか、そんな事やってたら身がもたないだろ？　そう思わない？　もともと僕たちは生まれた国も違うし、言葉も文化も違う。君はアメリカ育ちだから、そのあたりは僕に近い部分もあるかもしれないけれど、だからって全部理解しあうとか、シェアしなければならないとか、そんなのナンセンスだし、ありえないよ。お互いのことはつきあっていく間にわかるし、何かあればその都度、話し合えばいいことでしょ？」

うわ、すっげーロジカル思考！　スーパードライ！　って思ったけど、そういう考えの人だってわかって、私はとってもほっとしちゃった。私自身が私がオタクであることを彼が理解する必要はないし、つきあうということで、変わる必要もないってことだもん。

オーレはタツオたちともすっかり打ち解けていて、うちに来た時にタツオがイベント前で宿泊していても、何も言わないどころか、気が付くとタツオと何やら激論戦わせていたりしている。

よく話を聞いていると、アメリカのゲーム業界のビジネス戦略の展望についてだとか、どっかのIT企業の経営理念と開発内容についてだとか、「お前ら、それ話してて楽しいのか?」みたいな話だけど、本人たちは至極《しごく》楽しいらしい。

この状態は今のところ、誰にとっても不快なものではないってのは確かで、むしろみんなにとって楽しいものを増やしているように感じる。

もしかしたら、関係ない人からみると非常識だったり、ありえへん！　だったりするかもしれないけれど、他人の目なんて、オタクである時点で葬《ほうむ》りさってるからな。

私がアニメ見ている横で、オーレが本読んでる、たまにその反対側のダイニングテーブルでタツオがネットチェックしてるという状態は、少なくとも私たちにとってはとても楽しくて、居心地がよくて、そしてハッピーな形だって言える。

＊

私が勤めるオークリー銀行の法務部《リーガル》も、短い間にいろいろ変わった。

タマコさんがアメリカの大学院に留学するために退職、ヒサコさんがいきなり結婚、もともと婚約者がいたエツコさんも結婚式の日取りが決まったらしい。

それぞれのプライベートだけではなく、実は、会社でも大きな変化が起きつつあるってのは、営業部《セールス》で秘書をしているエリちゃんからの情報。

業績が去年から落ちているというのは耳にしていたけれど、実は密《ひそ》かにあちらこちらでレイオフが始まっているという話。

ディーリング部門ではいっきに一〇人くらいやられたらしいが、出来高の仕事だから、成果がマイナスの人には会社も容赦《ようしゃ》ないし、成績がいまいちの人にも風当たりはきつい。だから、人が減ったって話聞いたときは、さほど重大に思っていなかったんだけれど。

他の外資系金融では、午前十一時きっかりにいきなりディーリングルームから四〇人くらいの人が荷物まとめて出て行ってしまい、残された人たちは何が起きたかわからずパニックになったってのがあったって話を聞いたことがある。実は、出て行った人たちには、人事からいっせいに「君たち、個人成績悪いから、午前十一時をもって解雇となります。

荷物まとめてさっさとおうちに帰ってね」ってメールが当日いきなりはいったとかで、話聞いて「世も末……」って思った。

さすがにそこまで世知辛《せちがら》いやり方はうちの会社ではなかったけれど、レイオフが成績重視のディーリングから比較的穏やかなスワップション部門にまで拡大したという話を聞いてから、さすがに他人事ではなくなってきた。

外資系企業、そういうことには温情は欠片もない。

とくにアメリカ企業は、容赦なく社員を切り離す。

外資系企業に勤務する人達は、ある程度そういうのも覚悟しているし、過去レイオフ経験してる人も多いから耐性もできてはいるけれど、そうは言っても、会社からレイオフ告知を受けるのはどんな人にとっても避けたいことだし、精神的ダメージも大きい。

そしてレイオフが始まると、会社内の雰囲気もギスギスしてきて、殺伐《さつばつ》とした空気が流れる。

人が減るから仕事の量も増えるし、次は自分がレイオフの対象になるかもしれないって不安抱えるから、みんな、ぴりぴりしながら仕事してる感じになっちゃう。

そういう中で、タマコさんが抜けた後の後任はどうなるんだろうって思っていたら、とりあえず派遣社員の方にしばらくお願いしようということになったと、法務部ダイレクター秘書のミナさんからみんなに話があった。

タマコさんの上司のエナリさんが、そう遠くないうちにニューヨークの本社に異動になることが内々で決定しているそうで、後任がどうなるかわからない今、正社員でやるより派遣で来ていただいたほうがいいという上の判断だったらしい。

エナリさんはつるっと禿《は》げたちょっと小肥《こぶと》りの優しい雰囲気のおっさんだが、本社のえらい人からも信任篤《あつ》く、怒ると巨神兵《きょしんへい》くらい怖いと評判の人。

一度、いい加減な仕事をしたアメリカ人スタッフにものすごい怒りをぶつけ、言い訳してごまかそうとしたその人に、デスクをばーんと叩いて自他ともに認める流暢《りゅうちょう》な英語で、「腐った魂《たましい》を持つ者に語る言葉はない。ここには君のような愚劣な人間の居場所はない」とか意味不明に哲学的な言葉を放ち、フロア内を沈黙させたことがある(ちなみに、シェークスピアかよってな単語多用で難しい英語すぎて、聞いていた人達の半分くらい、エナリさんが何言ってるかわからなかったらしい)。

通常、派遣の方の人選は人事がやるんだけど、エナリさんは自分の異動が具体的になるとかなり大変な仕事も増えるってことで、自分も絡《から》んでいろいろ考えたそうで、我々はエナリさんが選んだのはどんな人だろうってわくわくした気持ちで新しい方を待っていた。

そしてやってきた人をみて、私達みんな、びっくりした。

そこにきたのは、年配のすごく地味な女性だった。

化粧っ気もほとんどなく、まっすぐな黒髪を肩で切りそろえて、グレーのスーツにロウヒール。

なんか、昔の女学校の先生みたいな感じの人。

私もブランドとかまったくこだわらないし、そもそもそんなに知らないけれど、その私から見ても、どうみてもあまりに地味すぎて、なんと表現していいかわからない。

うちの会社は、派手な業界の中でも地味なほうなんだが、その中でもその人はさらに地味に見えた。

そして、我々秘書チームの中でも、ダントツに年上だった。

四十代のミナさんより明らかに年上の五十代。

エナリさんが彼女を連れて私とヒサコさんのところにやってきて、「ヤマシタハツネさんだ。よろしくお願いしますね」と笑顔で言い、もちろん私たちも丁寧にごあいさつしたけど、ハツネさんはどういう経歴の方なんだろうと、すごく興味がわいた。

穏やかに微笑《ほほえ》みながら、ハツネさんはすぐさま仕事を開始した。

タマコさんが残した引き継ぎ書を見ながら仕事する姿はあまりにも自然で、あまりにも静かだった。

時々パーテーション越しに、隣の席のエツコさんに声をかけて何かを訊《たず》ねることがあるんだけど、それもとても静かでなんだか空気に溶け込んでしまっているような感じ。

自己主張しまくる輩が多い外資系企業で、ハツネさんのような人は珍しい。

派遣社員で来てくださる方のほとんどが、そのポジションの仕事に経験豊富な人たち。だから、初日から早速仕事にはいるのが通常だけど、ハツネさんほどあっという間にさらりと仕事にはいった人は、今まで見たことがない。

しかもその仕事は、部内でもダントツに忙しいエナリさんのサポートで、相当なスキルと経験が必要とされるわけで、それを穏やかにこなしているハツネさんがどれだけすごい人かって、語らずともわかるって感じ。

その姿、なんというかまとう空気がきれいですっきりとしていて、まるで水仙《すいせん》みたいな感じの人だなぁって思っていたら、ちょっとした事件が起きた。

やたら面倒な人間と社内でも名を響かせているラースというスワップション部門の男がやってきて、エナリさんが不在とわかるやいなや、ハツネさんに難癖《なんくせ》つけだした。

ラースは、自分より弱い立場の人間に悪《あ》しざまな態度を取る嫌な奴。

黙って奴の暴言を聞いているハツネさんに、隣の席にいたエツコさんが助太刀《すけだち》しようとしたら、ラースが「君は関係ないんだから口を出すな」とか言いやがり、「このクソめがっっっ」と、思わず私とヒサコさんが立ち上がったところ。

ハツネさんが、それはそれはきれいな美しい英語で穏やかにラースに一言放った。

「エナリさんが不在ですから、あなたのご要望にわたくしが勝手にお応えするわけにはまいりません。エナリさんが戻られましたら、わたくしからご連絡いたします。それでよろしいですね？」

　穏やかな言い方とは裏腹に、ハツネさんの様子にはものすごい迫力があって、ラースが一瞬ひるんだ。

　するとハツネさんは表情を変えずに、「エナリさんは四時に戻られます。火急の件なのでしたら、どうぞ、ラモンさんにお話しください」と言った。

　ハツネさん、すごい。

　仕事始まってまだ一週間なのに、なんだ、この迫力は。

　びっくりしてる私たちをよそに、ラースが立ち去った後、ハツネさんは何事もなかったように仕事に戻った。

　その日の午後、ハツネさんがエナリさんの膨大《ぼうだい》な資料の整理をするというので、手のあいていた私がお手伝いすることになった。

　作業しながら、私、思わずハツネさんに、「ラースの撃退、お見事でした」と言うと、ハツネさんは一瞬きょとんとしてから、うふふって笑った。

「難しい方なのは見てすぐにわかりましたし、そんなたいしたことないですよ」

「いや、たいしたことありますよ。あいつにはみんな、さんざん嫌な思いさせられてますから。ハツネさんの撃退ぶりに、私、ちょっとすっきりしました」

　私の言葉にハツネさんはまたほのかな笑みを口元に浮かべると、何も言わずに作業に戻る。

なんていうか、見事なほどに隙《すき》がなくて、でも嫌な感じとかもまったくない、今までに見たことのないタイプの人。

色々な人と仕事してきたけれど、ここまで無駄がない人は初めて。

人生無駄ばかりの私とは、見事に違うタイプの人って感じがする。

ハツネさん見てから自分省《かえり》みると、穴があったらダッシュでそこにはいり、そのままコンクリートで蓋《ふた》してもらったほうがいいんじゃね？　ってぐらい。

どういうふうに生きてきたんだろう、どんな仕事してきたんだろうって、すっごい聞きたくてワクワクドキドキしてきちゃったんだけど、そういうことをずけずけ聞くのは失礼だよなって思ってしまう。

外資系企業の良いところは、プライバシーにむやみに立ち入らないっていうのがある。

ドメスティックな日本企業で仕事していたことがあるタマコさんが以前、「入社一週間で根ほり葉ほりいろいろ聞かれた挙句、プライバシーがすべてさらけ出されて、うちの犬の名前まで社内に知れ渡ってた。いちばんかわいかった同期がイケメン先輩男性社員と関係持ったたって話が、事が起きた次の日の昼休みには全社に広がってたのもびっくりした」って言ってたが、外資系企業だと、そういう話はないに等しい。

お互い、個人的なプロフィールはほとんど知らない。

たとえば、結婚してるかどうかだって、本人が言わなければわからないし、どこに住んでいるかとか、卒業した大学の名前も知らないのは普通。

「XXさんお休みしてます」「休暇ですか」「新婚旅行らしいですよ」「あ、そうなんですか」で終了ってなくらい、プライバシーに触れない。

そんな中で、ハツネさんにぶしつけにいろいろ聞くって、できない。

そもそも私だって、聞かれちゃ困ることがありすぎる、いろいろ痛い身の上であるからして。

そんなこんな考えていたら、突然ハツネさんが「ノブコさんは帰国子女でいらっしゃるそうですね」って言ってきたので、え？　ってなった。

ハツネさんの尋ね方は、ゴシップ好きの人が詮索するみたいな感じ全然なくて、すごく自然だったから。

どちらにいらしたの？　と聞かれたので、「ニューヨークです」と答えたら、「あら。私もずっとニューヨークにいたんですよ」と返されて、びっくり。

申し訳ないんだが、そんなふうに見えないんだもん。

そしたらハツネさん、さらに驚きな事を言った。

「私ね、向こうで結婚してたの」

「ええっっっ！　結婚っっっ！！」

思わず声出しちゃった私に、ハツネさんはまたうふふって笑った。

なんかちょっと悪戯《いたずら》っこみたいな笑い方で、かわいらしい。

「イメージじゃないでしょ?」って言うので、うっかり「はい」って言っちゃって、言っちゃってから、ああ、こんなんだからタツオに「お前の礼儀知らずは空気読めどころのレベルじゃない」とか言われちゃうんだよーってなった。

けど、ハツネさんはちょっと楽しそうにしてる。

「私、ノブコさんのそういうところ、とてもいいなって思います」

思わず、「いやぁ……だめだめと思いますよ……」って返したんだが、ほんとに誉《ほ》められるポイントじゃない。

そんな私を横に、書類をフォルダーにまとめながら、ハツネさんがゆっくりと話し出した。

「私、テレビドラマ見てニューヨークにあこがれて語学留学して、そこで知り合ったコロンビア大学の学生と結婚したんですよ。貧乏だったけど、ふたりでがんばってとっても楽しかったです。でもその後、彼がビジネスで成功して、もっと若くてきれいな日本人と再婚したいって、捨てられちゃったんですよね」

私、思わず手を止めて、ハツネさんを見た。

ハツネさんは、またうふふって笑って、そんな私を見ている。

ハツネさんの笑顔が窓からはいる柔《やわ》らかな日差しに照らされてて、そこにある笑顔が話の暗さとはまったく正反対で、なんだか私、不思議な感覚になった。

「悪い人じゃなかったから、私が自立できるまでサポートするって言ってくれて、それで私、一念発起《いちねんほっき》して大学いきなおしたんです。卒業後、サザンポイント銀行にはいってやっと自立したんですけど、結局ニューヨークには三十年くらいいたかな」

「ハツネさん、要約されてであっさり聞こえますけど、すごく大変な経験されてるんじゃないですか。ひとりでそんなに長くがんばっていたなんて、すごいですよ」

ハツネさん、少し下を向いて「そうね」と言って、「私が必死に大学いってる間に、夫だった人には子供も出来て、アッパーイーストの大きな家で一家で幸せに暮らしてたけど、私はまだ治安のよくなかった頃のブルックリンで、狭いアパートでひとりでテイクアウトのデリとか食べるような生活だったから。よくひとりで泣いてました」って、小さな声で言った。

「いい歳の私が、あんなにきつい思いして学校に通ってたんだから、ノブコさん、子供の頃で、本当に大変だったでしょう？」

そういうハツネさんに、アニメ見れなくてきつかったですなんて、低レベルな事、到底言えない。

それに、何気なく語ったハツネさんの経験の厳しさ、私にはわかる。

ニューヨークにいた時、クリスマスには両親が毎年、年末も日本に帰れない留学生や単身赴任の人達を自宅に招いてパーティをやっていた。

クリスマスツリー囲んで、母がここぞとばかりに凝《こ》った料理を作り、普段みんな食べられないであろう和食も並べて、おしゃべりしながらそれを堪能《たんのう》する、にぎやかな集まりだった。

そこで時々、突然泣き出す人がいた。

親しい人たちから遠く離れ、歯を食いしばりながら、孤独な日々をひとりでがんばっている人たちには、大変な経験がたくさんあったんだと思う。

温かい部屋の中で、みんなの笑顔を見ながらその中で笑っている自分を感じてふと、張りつめていたものが決壊して、あふれてきてしまう。

身をもむようにして大泣きしている人を、みんなが優しく抱きしめ、声をかけるのを、私はニューヨークの家で何度も見た。

ハツネさんが、あの時見た人達につながる。

ハツネさんも、そうやってがんばってきたひとりなんだ。

「ノブコさんは、目標とか、やりたいこととかありますか？」

唐突な質問に、私、うっかり「はい」って答えてしまって、しまった！　ってなった。

私のやりたいことって、「毎日アニメ見て、マンガ読んで、ゲームして、イベント行くことです！」で、ひとさまにいえるようなことではない。

あせった私は「ハツネさんはあるんですか？」って、質問に質問で返すという、またも失礼なことをしてしまったんだが、ハツネさんはいやな顔せず、さらりと答えた。

「ないんですよね」

え？

一瞬、虚《きょ》をつかれた感じで私ってば、ハツネさんをガン見してしまった。

「その時その時でがんばってたけど、私、本当に自分のやりたいこと、きちんと考えることしてなかったなぁって思ったんですよね。アメリカ行ったのも、テレビドラマで見たニューヨークにあこがれて、何か新しい自分が見つかるかもしれない！なんて、けっこう浅はかな考えだったし。アメリカから帰ってきたのも、日本にひとりでいた母が入院したのが理由で、戻ってきて日本で仕事しようと思ったら、五十過ぎたアメリカ帰りの独身女の働く場所なんて全然なくて大笑いしちゃいました。キャリアとか言えるようなものも磨《みが》いてこなかったし、肩書きもないまま来てるし、いつも成り行きまかせできてるから、まぁ、当たり前って言えば当たり前なんですけど」

私、思わず言っちゃった。

「そんなこと、ないです。ハツネさんはすごいですよ。来てすぐに、ばたばた状態のエナリさんのサポートされてるし、ラース撃退するし、あっという間にここでの仕事も普通にこなしているじゃないですか。短期間でこれだけのことをできる人は、そうはいないですよ」

ハツネさん、私の顔を見て、笑顔を浮かべた。

「ありがとう。でもそういうのって、世の中で評価されるものではないんですよね。とくに日本は、女性に求められるのは若さですから」

そう言いながら、書類を整理するハツネさんを私は思わず見つめてしまった。

大きな目標を持って成功することだけが、素晴らしいことって思わない。

成功がイコール最高の幸せというわけじゃないってこと、知ってる。

だって、オタクするために勉強がんばって、今もそのために仕事がんばってる私みたいな人間もいるんだもの。

ハツネさんは成り行きまかせできたって言うけれど、その時その時でがんばってきたから、今のハツネさんが在《あ》るはず。

いい加減なことせず、いつも穏やかで誠実な態度で仕事をするハツネさんが在るのは、ハツネさんがきちんと生きてきた証拠じゃないの？

確かに私たちがやっているような事務職の仕事は、目立たないし、評価につながりにくい。

オタ友たちから聞いた話でも、日本企業の多くが、熟練の事務職を辞めさせて、安く雇用できる若い女性派遣社員に切り替えているという。

「でも弊害《へいがい》は大きいんだよ」と、イベントでオタ友のミンミンさんが言っていた。

「事務職にだって、経験値って絶対必要なんだよね。マルチで対応するには、長年の経験ないとわからないことが多い。こういう時にはこれ、こういう時にはこの人って的確な判断とかは経験値が必要だから。日本は女性事務職を雇うってなったら、結局のところ、若くてかわいい女の子を安く手軽に使いたいってのは変わらないんじゃないかって感じるんだ。事務職に経験なんて必要ないって考えてる会社はまだまだ多いんだよ」

ミンミンさんの言ってたことが、ハツネさんに重なった。

渡米を前にしたエナリさんの雑務を、来た早々一手に引き受け、静かに笑顔ですっきりと対応しているハツネさん。

ミナさんが、「すごく地味な感じの方だから、いらした時にはちょっとびっくりしたけど、お仕事もきちんとしているし、とても良い方だし、さすがエナリさんの選んだ方だけあるわ」と絶賛していた。

でも、ハツネさんは、エナリさんがいる間だけの契約で終わってしまう。

ハツネさんの年齢で、外資系企業といえども、どれほどに仕事探しが大変なことか、私にだってわかる。

私、何も言えなくなっちゃった。

そして、自分が五十歳になった時、どうしているだろうかって考えた。

私はまだアニメ見てるだろうか。

コミケやイベントに行ってるのだろうか。

いや、その前に、私は仕事していられるのだろうか。

ハツネさんのように、すっきりとたおやかに、年齢を重ねることができるんだろうか。

五十歳を超えた時、私はハツネさんのように、何があっても微笑んでいられる強さをもっていられるんだろうか。

いきなり無口になっちゃった私に、ハツネさんが「ごめんなさい、暗い話になっちゃいましたね」と笑顔で言った。

自分の力だけでアメリカに渡り、英語を勉強して大学に進学し、異国でひとりでがんばってきた人。

事務職のプロとも言える態度と仕事ぶりでも、今ここにいるハツネさんを見る世間の目は、結婚に失敗した、キャリアもない五十代の独身女になってしまうのだろうか。

私たちはその後、日差しの明るい小部屋で、お互いのアメリカでの生活とか、体験を話しながら、書類の整理をした。

穏やかに笑うハツネさんの姿が、私にはなんだかまぶしかった。

そして二ヶ月後、エナリさんが日本オフィスを去る日がやってきた。法務部《リーガル》のメンバー全員、会議室に集まり、ダイレクターがエナリさんに別れの言葉を送り、ミナさんが豪華な花束を渡す。

エナリさんは、相変わらず丸っこい、人柄の良さを爆発させたような笑顔で私たちにお礼の言葉を送ってくれた。

「みなさんのおかげで、日本での最後の日々、最後の仕事も無事、終えることができました。ありがとう」

みんながエナリさんに拍手を送る。

「年齢的に、今回の渡米で僕はたぶん現役引退になると思います。現役最後の仕事を、本社でがっつりやってきますよ」

エナリさんはそういうと、「ところで」と言ってハツネさんを見た。

「皆さんもご存じのように、こんなひっちゃかめっちゃかな時に来てくれて、僕をサポートしてくれたハツネさんにもお礼を言いたいです。ありがとう。ハツネさんは、本当に頼りになるパートナーでした。あと一ヶ月は残務処理にあたって頂くことになっていますが、その後のことは決まっていないと言っておられたので、実は僕の推薦で、この後シェーリングの日本法人で働くことになられました。みんなでお祝いの拍手をお願いします」

みんな、そのエナリさんの言葉にいっせいに、「え‼」と声をあげた。

シェーリングは、イギリスに本拠地を置く資産管理顧問の老舗《しにせ》企業。美術品とか宝飾品とか価値のあるアンティーク品の鑑定をし、資産としての管理を行う会社で、イギリス王室御用達の名前を背中にしょっていることもあり、日本進出には私たちも興味津々だった。

扱う物が物だけに人品《じんぴん》選ぶ職業で、信用第一っていうのがあって採用の話はまったく表に出てこず、しかもかなり大変な面接だという噂だけが流れてきていた。

驚くみんなの様子にエナリさんが、「僕は日ごろから、地道にがんばってる人がもっと評価されるべきだと思ってます。タマコさんにも大学院への推薦状を書きましたが、彼女はモチベーション高い人だから、きっとあちらでもがんばってることでしょう。ハツネさんはずっと地道にがんばってきた方だと思います。裏方の仕事で、きちんと実績と経験を積まれた方だと思う。日本女性らしい控えめな言動は、シェーリングの社風にもあっていると思うし信頼に足る人柄でもある。彼女の今までの経験も活《い》かせると思います」と言って、「ハツネさん、がんばってくださいね」と締めくくった。

私、そこでうっかり涙をこぼしてしまった。

ふたりで書類整理していた時の、午後の穏やかな日差しと、ハツネさんの笑顔が目に浮かんだ。

人はみな、わかりやすい派手なことにばかり目を向ける。

華々しいキャリアや目に見える実績、派手なパフォーマンスに長《た》けた人や要領よくこなす人は、確かに評価されやすい。

でも、がんばっている、きちんと仕事して実績積んでいる人の多くは、スポットライトの当たらない場所にいたりする。

みんなの拍手を受けながら、恥ずかしそうに笑っているハツネさんを見て、私、本当に涙が止まらなくなってしまった。

エナリさんは、そんな私をちらりと見て、そして、言った。

「これが、僕の、日本での本当の意味での最後の仕事です。僕の意志は、ハツネさんやアメリカにいったタマコさん、ここにいるみんなが引き継いでくれると信じてます。みなさん、体調に気を付けて、がんばってください」

全員から拍手がおこる中、私、拍手しながらボロ泣きだった。

すると私の横に立っていた上司のケヴィンがハンカチを私に差し出して、小さな声でささやいた。

「ノブ、泣き止んで。僕も泣きそうなんだから」

＊

いつものように出張で日本に来たオーレが「友達の家に行くんだけど、みんな、ガールフレンド連れてくるから、ノブもいっしょに来てよ」と言いだした。思わず「えー、やだよー、だって、まったくいい予感がしません!!!」とか返しちゃったんだけど、うちではいっつもタツオやスギムラ君、クニタチ君らとのオタクトーク聞かせまくってばかりで、たまにはオーレのつきあいにも合わせてあげないと不公平だよなぁって思って、渋々《しぶしぶ》承諾した。

私は彼の友達とか、ケヴィン以外はほとんど知らないしな。

「あのね、たぶん、ノブの苦手なタイプの子もいると思うけど、喧嘩《けんか》しないように」とか言ってきて、「私がいつ、喧嘩したんだよ!」って、すでにそこで喧嘩になりそうになっちゃったんだが、当日到着したマンションに集まったメンバー見渡して、「あ、はい、喧嘩しないように鋭意《えいい》努力します」って心の中でつぶやいた私。

六本木の高級家具付賃貸マンションのむやみやたらに豪華なリビング、部屋にはいったオーレと私を迎えたのは、明らかにむっちゃ稼いでいるだろうってな男性陣と、見た目にやたらお金かかってるのがわかる女性たち。

なんだこの、明らかなオーラの違い。

なんか、キラキラしてるぞ。

男性陣は多国籍で、欧米人、アジア系の人たちで日本人はいない。逆に、女性陣はなぜか全員日本人。

キューティクルきらきらに手入れされた髪、どこぞのブランドの服、モデルのような洗練されたメイク……羽のついた扇子《せんす》ひらひらさせながらベルサイユにいらっしゃい！　って言ってるみたいな感じ。

彼女たちに比べたら、外人男追っかけな同僚のエミリーも、セレブになりたくてあっちこっちのパーティに出まくっていた〝私リカちゃん〟女子もかわいいレベルって思えてくるぐらい。

私もその日はいつもの気軽なオタク装備と違って、数少ない戦闘服から、マーク・ジェイコブスのワンピース着ていったんだけど大正解。

事前に「一応、きっちりした集まりだから」と言ってくれたオーレに感謝だ。

いらぬ所で恥かくところだった。

しかしそれでも彼女たちのフル装備に比べると私はまだまだ足りない。

爪なんて何もしてない私とは対照的に、彼女たちのネイルはスワロフスキーやらパールやらが、岩に張り付いたフジツボみたいにくっついている。

あれでゲームやったらコントローラー使いにくいだろうなってちらっと思ったんだけど、いやいや、彼女たちの人生にゲームなんてものは存在していないに違いない。

そういえば以前どこかで、「ネイルしないで外歩くなんて、裸で歩いているのと同じ」

って言ってる記事みたことがあるけれど、それで言えば今の私、素っ裸ってことだわ。

玄関に並んだ彼女たちの靴も、ルブタンとかジミーチュウとかで、プライベートでそれ普通に履いてる人たちってのがそもそもすごい。

私、がんばってセルジオロッシの靴だもんな。しかも、特別な時しか履かないとっておき（挙句に一足しか持ってない）。

思わずオーレに小声で、「私、装備足りなかったわ、すまん」って言ったら、オーレ、「え？　何？　何か問題あるの？」ってトンチキなこと返してきて、思わず「お前、目の前に並んでるおねーちゃんたち見ろよ！　見てみろよ！　装備のエンゲル係数むっちゃ高いだろ！」ってドツキ倒したくなったが、もしかしたら彼は、本当にそういうのを全然気にしない人なのかもしれない。

ところがそんな私のビビりに反して彼女たち、とっても感じがよかった。

外資系の会社や外人の集まるパーティとかにうじゃうじゃいる外人狙いの〝外人スキー女子〟によくある男たちに媚《こ》びたところもないし、エロい言動もない。

私にも丁寧で、値踏みするようなこともなくて、あれれ？　いつもと違うぞって思っていたら、ホステスらしい女性が近づいてきて、「こんにちは。マリです。あなたがノブコさん？　お会いできてうれしいわ。オーレから色々お話聞いていて、今日お会いするのを楽しみにしていたの」ってきちんとした日本語で笑顔で言われて、思わず恐縮しちゃった。

外人スキー女子のほとんどが、日本人相手でも英語使いまくってくるから、今回も身構えていたんだけれど、ありゃ、違ったって、良い意味で肩透かしくらった。

そのあまりの感じの良さに、すみません、装備足りないまま参戦してますって言いそうになっちゃったほど。

品良く笑顔なマリさんに思わず頭下げて、丁重に挨拶返したそこで、ふと目にはいったのは、燦然と輝くでっかいダイヤモンドリング。

よく見れば、それは左手の薬指……そして見渡せば、そこにいる女性六人のうち、同じように左手の薬指がキラキラしてる人はマリさんの他に三人いた。

あ！　なるほど！　彼女たちはもう、ゲーム終了して上がっちゃった人たちなんだ！

ってそこで気づいた私。

つまり、相手探しを終了して、めでたく婚約、もしくは結婚された方々。

ギラギラ感がないのには、ちゃんと理由があったってことだ。

なるほど〜、狩猟活動終了で巣作りはじめてるんだったら、別にがんばる必要もないよね！　って納得。

私、安心して豪華なソファの端っこに座り、マリさんが持ってきてくれたシャンパン飲みながらみんなの話の聞き耳頭巾《ずきん》を始めた。

この部屋の主はオーレの友達のアンリで、マリさんのフィアンセ。

アンリとオーレは、前にいた会社の同僚って関係で、その後それぞれの会社で日本に赴任になってから個人的に親しくなったんだそうだ。

マリさんもきれいな人だけど、ベトナム系フランス人のアンリも日本人女性が好きな種類のソフトな東洋系ハンサムな人で、笑顔がかわいい。

オーレがこそっと教えてくれた話によれば、アンリの実家はけっこうな資産家で、フランスの有名校を卒業した秀才、いはく「真面目な奴だよ」らしいが、とても感じの良い人だった。

なんていうか、いつもとは明らかに違うなごやかな雰囲気で、居心地悪くないじゃないか！

話題はまったく理解不能だが、料理はおいしいし、みんな感じいいし、なんでオーレは、「喧嘩しないでね」なんていったんだろう。

テーブルに並んだ食事もすごくおいしくて、聞いたら全部マリさんの手作りってわかってびっくり。

「すごく凝ったものばかりですよね。どれもおいしいです」って言ったら、「まぁ、うれしい、ありがとう。私、お料理大好きだけど、いつもふたりきりだから、お客様いらした時には張り切っちゃうの。たくさん召し上がっていってね」ってマリさんが言っていて、並んでいる料理は趣味のレベルを超えてて、味も盛り付けも、一流レストランみたい。セレブ女子御用達のコルドン・ブルーとか、そういうところに通って習ったりしたんだろうなぁって、それくらいのレベル。

いやぁ、マリさんみたいな人こそが、真のセレブ妻な姿だよ！！

同じセレブでも、包丁すらもったことがない（というか、持たせられない）ニーナとは、なんたる違いだ！

美人だし、気は利くし、料理うまいし、きちんとパーティホステスしてるし……ああ、ニーナの首根っこひっつかんで、マリさんの爪の垢《あか》を煮詰めて飲ませてやりたいほどに。

ニーナっていうのは、私がニューヨークで通っていたお嬢様学校の時からの友人で、卒業と同時に結婚して今、ご主人の海外駐在で日本に住んでいる。

本当にありえないほど勉強できなかったうえに、大丈夫か？　ってくらいぼんやりしているんだが、なぜか語学だけには才能があって日本語しゃべれるのと、かなりの美人だっていうので、今、日本の女性ファッション誌では大人気のセレブになってる。

しかしそんなニーナ、それ以外はまったくもって役立たずもいいところで、包丁なんて持たせた日には、何を起こすかわかったもんじゃないくらい何もできないから、ご飯は普段、お手伝いさんが作ってる。

セレブ妻といっても、本当にいろいろな人がいるもんだわ。

お皿見ながらひとりで盛り上がっていたら、マリさんが「スプリングロール、作ったので召し上がって。アンリの大好物なの」と言って、揚《あ》げたての春巻きを持ってきた。オーレが「これ、超おいしいから」って言うので早速食べてみたら、なんじゃ、こりゃああ！！！　ってくらいおいしい。かつてないほどのおいしさ。

おいしい、おいしいってみんなが食べるのを、アンリとマリさんはすっごくうれしそうに見てる。

「このおいしさは異常！」ってつぶやいたらオーレ、これまた小声で、「アンリが凝り性で、これ、香港《ホンコン》の老舗高級中華料理店で特別に作ってる五香粉《ごこうふん》入りの春巻きの皮、わざわざ取り寄せてマリに作らせてるんだぜ」って言ってきて、たかが春巻きにそこまでするかい！　って思ったけど、おいしいからまぁいいやってなっちゃった。別に私が作るんじゃないしな。

豪華でおいしいマリさんの料理堪能してシャンパンやワイン飲みまくってたら、私、なんかちょっと暑くなってしまった。

なのでちょっくらみんなから離れて、これまた豪華な籐《ラタン》のソファが置かれているバルコニーに、外の空気を吸いに出てみたら、そこにすでに先客がいた。

えーっと確か、レイコさん……だったよね。ブライアンってアメリカ人の彼女の。

出てきた私にレイコさん、一瞬、え？　って顔したけど、すぐに笑顔になって、私のために座るスペースを空けてくれた。

しかし私とレイコさん（というか、ここにいる全員）に共通の話題なんてあるわけもなく、冷たい水のはいったコップ片手にぼんやりするしかない。あまりに沈黙してるのも悪いかなぁって思いながら隣にいるレイコさん見たら、レイコさん、なんだかちょっと暗い表情。

「もしかして、気分悪いとかですか？」

そう尋ねた私にレイコさん、一瞬びっくりしたみたいだけど、「ありがとう、いえ、大丈夫、そういうんじゃないんです」ってちょっと変な笑顔を浮かべた。

そしていきなり、「ノブコさんの彼は、何も言いませんか？」って聞いていたので、私、へ？　ってなっちゃった。

「何をですか？」って聞き返すと、「マリさんの料理のことです」って言うから、余計わけわかんない。

「マリさんのお料理、おいしいってことですか？」

私がそういうとレイコさん、「そうじゃなくて」ともごもごする。

マリさんのお料理で、おいしい以外に何かあるかな？　って考えていたら、「ノブコさん、普段お料理します？」っていきなり言われて私、「あ、はい」って素直に返した。

まぁ、私が作る料理なんてとってもベーシックなもので、焼く、茹《ゆ》でる、煮るってそれ以上にすごい技があるわけじゃないけど、コナツさんという、オタ友でかつ料理の達人が身近にいるからはっきり言えるけど、私の料理の腕なんて、お湯注ぐだけで終わらないだけ、まだマシってレベル。

正直にそう言うとレイコさん、「それ、彼氏は何も言いません?」って言われて、なんでオーレが出てくる? ってなったんだが、オーレなんて、普段はお寿司《すし》かケータリングのピザ食べさせておけば、文句言わない。

せいぜい、薄いピザ生地が好きな私に対してオーレはナポリ風の厚い生地が好きなので、そこであーだこーだいうくらいで、基本は私が作ったものは普通に食べてるし、自分でもよく作る。

いちど、「コナツさんのご飯、超おいしい。ノブが作るシチューより、コナツさんの作るシチューの方がおいしい」って言ったことがあったが、あまりにも真実なので、私も「だよね～」って言って終わった。

よくわかんないぞって顔してたらしい私にレイコさん、「何も言わないんですね、いいですね……」ってため息ついて、そして下を向いたまま、すごくつらそうに言った。

「ブライアン、マリさんのお料理食べた後、必ず私に、『君ももっと料理勉強したら?』って言うんです。私、お料理あまり得意じゃないんですよね……」

「でも普段、作ってらっしゃるんですよね?」って聞いたら、「本見ていろいろがんばってるんですけど、ひとりで暮らしていた時は、コンビニで買うか、カップ麺《めん》ですませちゃってたから……」って言われて、そりゃ料理全然しないってレベルだなぁって思ったんだけど、真剣な表情のレイコさんにはもちろんそんなことは言えない。

「ブライアン、マリさんの作るスプリングロール、すごい好きで、君もああいうのを作りなよって言うんです」

そう言ったマリさんに、いや、あれ、特別お取り寄せの春巻きの皮使ってるから無理でしょって思ったけど、その前に、今、我々は日本語で話してるんだから、スプリングロールじゃなくて、春巻きって言ってほしいんだがな。

しかしレイコさんはその美しく整えられた眉《まゆ》をひそめながら、おのが悩みについて、悶々《もんもん》とした心中を私に吐き出してきた。

「スプリングロールの作り方、本見てみたんですけど、色々したごしらえしなくちゃいけないし、すごい手間かかるじゃないですか。下味がどうとか、もう全然わからないし。ノブコさんはスプリングロール、作れます？」

「あんなすごいのじゃないけど、たまに作りますよ」と答えたが、作るのはスプリングロールじゃなくて春巻きな。

「いちど作ってみたんですよ。でも巻き方が悪かったのか、油の中で全部崩壊《ほうかい》しちゃって、ブライアンが呆《あき》れてしまって。マリもミナエも料理上手《うま》いのに、君はだめだなぁって言われてしまって。私本当にどうしていいか……誰もスプリングロールの作り方なんて教えてくれないし、マリさんに聞けばすぐに教えてくれると思うけど、聞くのもなんか癪《しゃく》だし……」

だから、春巻き。

マリさんが作ったのも春巻き。

「たかがスプリングロールのことでこんなに悩むとか、私、馬鹿《ばか》みたいですよね。でも、お料理苦手なのをなんとかしないと、ブライアン、家に人も招けないじゃないかって。マリのスプリングロールに負けないものを何か作れよって簡単に言うけど、マリさんあのスプリングロールを超えるものなんて……」

「だから、春巻きっっっ！！！」

わあああああああああああああああっっっ！！

思わず両手で口をふさいだけど遅すぎた。イラっとして、思わず心の声がでてしまったよ！

目の前で、驚いたレイコさんが完全凍結している。

あせって「春巻き巻くの、がんばって練習すればOKですよ」とか言って、凍結しているレイコさんを放置して逃げるように部屋に戻ってきてしまった。

ダイニングでは男性陣がサッカーの話で盛り上がっていて、別の部屋で女性陣がプロポーズの時どうだったかとかいう話をしていた。

行く場所ないから、彼女たちの横に座って話を聞いていたんだが、なんというか彼女たちの話は徹頭徹尾豪華。

ニースの高級レストランで出されたシャンパングラスに指輪が入っていたとか、サバンナのリゾートホテルで夕日を背に、遠くにキリンの姿見ながら花束を渡されたとか、ハーレクインロマンスをリアルでやっちゃってる世界で、私とは違う惑星に生きる生物の話なんじゃないかってくらい差があるんだがなぜだ？

私の周囲でプロポーズといえば、アサヌマとヒサコさんのカップルで、あれは到底、例に出来るようなシロモノではないし、学生時代からの友達なニーナのところは、ニーナが高校卒業前に両親がフォルテン氏を連れてきて、本人気が付いたら結婚式してたっていう、親の周到な策略の成功譚になっちゃってて、どっちもロマンスの切れ端もない。

エリちゃんの部署のモモコさんのところのプロポーズはそりゃもうすごくて、相手はアメリカ人だったんだけど、ある日、ボーイフレンドに「モモコ、富士山に登ろう」って言われたのが最初。登山にもトレッキングにも興味ないモモコさんが「は？　なんで？」って言ってるのを無理やり連れだされ、九合目あたりで死にそうになってるモモコさんをむりやり急き立《せ》てた彼は、頂上についてひと息つく間もなく、いきなり跪《ひざまず》いて指輪を掲げ、「僕と結婚してください！」とかやったんだって聞いた。

なんで富士山？　とか、みんなで思って聞いたら、その頃、富士山の頂上でプロポーズってロマンティックじゃーん！　みたいな勘違いが外人勢にあったらしく、当時、それやった外人男が続出してたらしい。

突然の映画みたいなシーンにびっくりしたのは周囲にいた人たちで、その瞬間、歓声と拍手があがって大盛り上がりだったそうだが、肝心のモモコさん、完全に息があがってて、ぜーぜーはーはーひーひー肩で息してて返事どころじゃなく、間が空きすぎて周囲の空気が凍結しかけたんだとか。

後日モモコさん、「プロポーズは平地でいい」という意味不明の名言を残したんだが、下山した後、「なんでわざわざ富士山なんだ！」ってところで大喧嘩になったたってオチがあって、こっちはこっちでやっぱりロマンの欠片もない。

マリさんたちの話は周囲に薔薇《ばら》の花びらがちりばめられてるみたいにステキなロマンスにあふれかえってるのに対して、なぜ、私の周辺はお笑いな話しかないんだろうか！

しかし、いずれにしろこの種の話題は私には、さっぱりまったく完全に興味がないエリア。

ああ……アニメが見たい。

思わず口から言葉が出そうになったのを抑えたけど、本当に、本当に、もう家に帰りたい。

オーレが日本にいるから時間あわせたりしてるせいで、ただでさえアニメ見る時間が削られてるんだもん。

私、先週の録画分もまだ全部消化できてないよ。

今期一番好きなアニメの「私設地球防衛軍」も見れてない。

そう思ってうなだれてたら、オーレがやってきて、「そろそろ帰ろうか」って言ってくれて、私は大喜びで立ち上がった。

電車に乗ったら、「そろそろノブが限界だなってわかった」ってオーレが笑って言った。

そして、「なんでいきなり、テラスで『春巻き！』って叫んでたの？」って言ってきて、思わず顔が真っ赤になっちゃったんだが、事情を話すとオーレってば大笑いしやがった。

くっそー！　って思ったけど、そりゃ、笑うしかないよなぁ。

「みんな感じ良い人たちだったけど、やっぱり私には合わないよ。春巻き作れないだけで、あんなに追い詰められるとか、そこまで重要なことか？」

そう言った私にオーレは、「ま、人それぞれだからね。僕は、ノブの家の近くのヤンさんの店の春巻きで十分だけどさ」って言った。

確かにあそこの春巻きはおいしい。

「アンリが僕のガールフレンドに会いたいって言うんで今回誘ったけど、ノブがさほどに楽しめないのはわかってるから、もう誘わないよ。マリの料理食べたいってなったら、いっしょに行こう」

オーレがそう言ってくれたので、私、ほっとした。

「マリはね、何気なくやってるように見えるけど、すごい大変だと思うよ。アンリは良い奴だけど、やたらこだわりがある奴だし、あいつの家はかなりの家柄だから、そういうのに馴染《なじ》みないマリにはいろいろ大変なことがあると思う。すごい努力してると思うよ」

オーレの言葉に、マリさんの笑顔が浮かんだ。

関西の、何かのお店をやっているおうちが実家だって話してた。

ベトナムのお貴族様な資産家の家で、しかも国籍がおフランスときたら、やたらめったら面倒くさそうなことしか思い浮かばないけど、マリさんはこれからその世界で生きていこうとしてるんだよなぁ。

あそこにいた女性陣は、みんながあこがれるすてきセレブだと思うけど、見えないところでいろいろ大変なことや、ものすごく努力してることとかあるんだなぁってわかった。

いやぁ、もう「えらいわぁ」とか「すごいわぁ」とかしか言葉出てこない。

「あんなにおとなしそうな雰囲気で、そこまでこだわりある人なんだ、アンリって」と聞くと、オーレ、「そりゃそうだよ。たかが春巻きに、わざわざ香港の老舗から材料取り寄せるような奴だぜ？　普通はそんなこと、思いもつかないよ。そんな面倒なことしなくたって、おいしい春巻きなんていっぱいあるじゃないか」って笑った。

申し訳なくも今さらなことだけど、私、もしかしたらオーレのこと、もっと好きになれるかもしれないなって、その時思った。

ヨーロッパの貴族や旧家富豪クラスの人たちの生活って、人づてに聞いたことがあるけれど、歴史の重みがまんま存在する生活で、我々日本人には想像できない色々な大変なことがあるみたい。

そんな中で、マリさんはアンリのために、アンリと自分の将来のためにすごくがんばって努力してる。

それはたぶん素晴らしいことなんだろうとは思うけれど、私にはそんなこと出来ない、無理。アニメやゲームやマンガやイベントにまみれてるってことを抜いても、無理だと思う。

好きな人のために、自分のすべてをそこに向けるとか、その人のためにすべてを捧《ささ》げるみたいなことは出来ない。

まだつきあいだして間もないけれど、オーレはそういうことを私にまったく言わない、期待しない。

レイコさんの恋人みたいな事も、言ったことがない。

そして今気がついたけど、私と日本語で話しているオーレは、春巻きを、ちゃんと日本語の春巻きって言ってる。

またヤンさんとこの春巻きが食べたくなったなぁって言うオーレに私、ちょっとうふふってなった。

うふふってなって、そしてとても安心した。

2

オタクの道に、
戻り道はない

以前、社内外人スキー女子の謀略にはめられた時、私の窮地を救ったのは18禁ＢＬのＣＤだった。

そのＣＤで思いっきり喘《あえ》いでくださっていた声優朝霧当麻《あさぎりとうま》さんが主演の声をアテてるバスケットボールアニメ『ダンク！ ダンク！ ダンク！』のイベントの告知が公式に発表された。

告知が出たと同時にミンミンさんから『申し込み激戦必至！』ってLINE《ライン》がきたんだけれど、とんでもないチケット争奪戦になるのははっきりしていた。

『ダンク！ ダンク！ ダンク！』は、少年週刊誌で連載中の大人気のマンガからアニメ化されたんだが、それ系のアニメに常套《じょうとう》な展開で、次々と現れるキャラに、人気有名声優をがんがん登用している。

キャラも個性的なのでそれぞれのキャラに固定ファンがいて、アニメ放映開始以後、中規模同人イベントでは最大手ジャンルになってきてるし、オンリーの同人イベントも毎月どこかで開催されてるくらい。

朝霧当麻さんが演じる主人公荘介《そうすけ》は、背が高すぎるのをずっとコンプレックスにしていたドンくさい高校一年生なんだが、廃部寸前のバスケ部に勧誘されて、生まれて初めて運動部活動始めることになるって始まり。

この話のすごいところは、普通はすごい選手が集まって切磋琢磨《せっさたくま》するっていう少年マンガのセオリーをぶち壊して、インターハイとかそんなの無理無理、でも好きだからバスケやりたいんだ！　って男の子たちの話なんだよね。

強くなるためじゃなくて、上手くなるためにがんばる男の子たちのお話。

なんとなく始めたバスケで、ある日、部の仲間に勧められて見た本場アメリカのプロバスケの試合で、ウィリアム・ブレナーっていう自分と同じ身長（つまりアメリカプロバスケ界では低い身長）の選手が、ダンクシュート決めて逆転勝利するのを見て、荘介が「俺、あんなかっこいいダンク、決めたい。あれ出来たら俺、怖いものなんかなくなるって思う、男になれるって思う」って、コーチに向かって静かに訥々《とつとつ》と語るシーンは、見ていて思わず涙ぐむくらい、いいシーンだった。

いやもうその演技は、BLドラマCDで、男に組み敷かれて激しく喘いでおられた（演技でな！）朝霧当麻さんと同一人物とは思えぬほどで、プロの声優さんて本当にすごいわぁって感動したんだが。

その『ダンク！　ダンク！　ダンク！』初の公式イベントは、よりにもよって箱（会場）が小さかった。

四〇〇人しかはいらない所でやるって、どういうこと？

ファン、ナメとんのか！　って主催者の胸倉《むなぐら》摑んで顎《あご》がたがたいわせたいくらいなんだが、すでに同人誌オンリーイベントが毎月行われてるほどの人気で、四〇〇人だけしかはいれないイベントって、どうすんだよ。

その夜、Skype《スカイプ》でミンミンさんが開口一番、「総力戦でいくしかないわよ」と言い放った。

「今回は応募券いらないけど、会員先行予約抽選《ちゆうせん》だから、スカイネット会員になってる人たちに協力をあおぐしかないわ。ノブちゃんのところ、誰いる？」

スカイネットっていうのは、チケット予約専門のサイト。

我々イベンターは、そういうチケット予約専門サイト、かけもちで会員登録してる。

「タツオとアサヌマ、アサヌマの奥さんのヒサコさん、クニタチ君、スギムラ君、コナツさん、札幌《さつぽろ》のアケミちゃん、うちのお父さんとお母さん、オーレ」

オーレとうちの両親は、チケット争奪戦の時の緊急応募要員として、本人許諾のうえ、会員登録させてもらってる。

アサヌマは以前、お兄さんたちにそれ頼んで、「お前は馬鹿か！」とやられて涙をのんだことがあるそうだが、ヒサコさんが快諾したのに感動して、「うちの奥さん、世界一！」ってまたバカ炸裂《さくれつ》させてた。

とにかく、声優だけじゃなくて、アニメ関係のチケットっていうのはどこもかしこも取るのが難しい。

ミンミンさんは、数千枚のBLドラマCDコレクションを所蔵し、仲間内では〝声のソムリエ〟と呼ばれるほどの声フェチだけど、そんな彼女、「こっちは三〇人分のアカウントあるから」ってあっさり言ってる。夫、兄妹はもちろん、叔父叔母従姉妹《おじおばいとこ》の協力も得て、大量のイベント申し込み関係をエクセルで管理していて、さすが、声優イベントに賭ける情熱はハンパない。

なんたって、好きになった声優の出るイベント、サイン会、握手会、上映前の挨拶など、日本全国津々浦々《つつうらうら》まで参加している声のソムリエ、ミンミンさんだからね。

イベントにいけば彼女がいるってくらいのレベルになっちゃってるので、声優さんの中には顔を覚えてくれて、向こうから声かけてくれることもけっこうあるらしいんだが、そこで個人的に親しくなろうとか、お近づきになろうとかってまったくしないのがミンミンさんのすごいところ。

声優とかじゃなくても、大ファンになった人に顔まで覚えてもらったら、もっと近しい存在になりたいとか思う人も多いんじゃないのかなぁって思うんだが、ミンミンさんは「声しか興味ないから」って、なんというか、声優さん本人には絶対に聞かせられない身も蓋《ふた》もないことを言って一蹴してて、さすがソムリエ、レベルが違う！　ってなった。

ミンミンさんの今一番の推《お》しは、主人公の近所に住む高校バスケット界の星な男子で、バスケの実力からみたらまったく相手になるようなレベルじゃない主人公に、やたら絡んでくるってキャラ。

この設定だけで、腐女子的にはかなりご馳走《ちそう》なんだが、声の田中《たなか》テンさんはミンミンさんがデビューの時から応援してる人。このたびやっと大きな役につき、初めてのイベント参加ってことで、ミンミンさんの熱のはいりようはハンパじゃない。

「ノブちゃん、今回は私たちのアカウント、フルで申し込んでも厳しいと思うから、イベント仲間総動員するわよ」

ものすごい気合いでミンミンさんが言うので、総動員って何？　って聞いたら、「私、声優イベント系でTwitter《ツイッター》仲間いるの」と。

「みんなでチケット譲《ゆず》り合ったり、情報交換しあったりしてて、地方の人とかがこっちでのイベント来る時とか、逆の時とか、お互いにサポートもがっちりなレベルなのよ。そこのみんなに声かけて、マジ、総力戦かける。テンさんのファンの子、他にもいるし、彼女たちの分も絶対にゲットしなきゃ」

ミンミンさんの気合いが、凄《すさ》まじい炎をあげてるのがわかる。

燃えたぎるって、こういうことというんだよな。

あらん限りの協力要請と申込みで、とりあえず抽選結果を待つことになったんだけど、その結果が出る二日前に、ミンミンさんから仕事中にラインがはいってきた。

――当日、グッズの限定発売がある！　サイト確認して。

なんだと――――！！

箱が小さいだけじゃなくて、今度は限定グッズかよ！ どんだけハードルあげてくるんだよ！ って、昼休みにサイト見たら、タオル、シール、ステッカー、パンフレット他に、二〇分のドラマCDってある。

しかも、そのドラマCDが、よりにもよって限定販売。

何考えてんだよ！　って、ばん！！　ってスマホたたきつけるところだった。

今や、アニメやゲーム関係の限定グッズ販売って、女性でも徹夜組が出るほどの勢いがある。

これはもう、別な総力戦も必要になったってことで、さっそくミンミンさんに返事をした私。

――見た。ドラマCDはイベント限定販売で、一人二枚購入数限定。始発決定だね。

速攻ミンミンさんから返事がはいる。

昼休みの時間だから、レスポンス早い。

――会場、半蔵門《はんぞうもん》だから、ノブちゃんとこ泊らせてもらってもいいかな。必要枚数どれくらい？

——もちろん、お泊りいいよ。チケ、こっちは私だけだから余裕。そっちは?

——こっちは私含めて五枚。合計六枚ね。

——私のほうで、グッズ欲しい人が他にいないか、聞いてまとめておくね。

そして抽選結果がきた。

こういうのは通常、メールで送られてくる。

私は申込み一〇口、全滅だった。

最後の落選メール見た時、マジ泣きだった私。

デスクにつっぷして涙こらえてたら、ヒサコさんがやってきて「抽選だめだったの?」って聞いてきた。

つっぷしたまま「うん」って言ったらヒサコさん、「うちの彼といい、ノブちゃんといい、抽選に漏《も》れた時のリアクションがやたら大きいのはなんなのかしら」とか、悲しみの淵《ふち》に立つ私をさらに踏みつけるようなことを言ったんだが、どうやらアサヌマもしょっちゅうこんな状態になっているとみた。

一瞬、アサヌマにシンパシーを覚えたんだが、いや、あいつといっしょなんていやだ!まずいぜ! って思っちゃった。

そしたらそこに、ミンミンさんからラインが。

——こっち、二口当たったよ。そっちどう?

思わずスマホ持ったままヒサコさんところ駆けてって、「当たったって！！」って大喜びで叫んじゃったら、ヒサコさん、ちらっと私見て、「あー、はいはい」って、結婚してからなんかすっごく冷たくないか？　こういうところ（あとで聞いたら、家でさんざんアサヌマがやってるからさすがにもう慣れたって言われて、すみません……って気持ちになっちゃった）。

当然だが、夜、またしてもミンミンさんと作戦会議とあいなった。

二口四枚当たったチケットは、私とミンミンさん、ミンミンさんの仲間のテンさんファンの人たちで行くことになった。

「グッズなんだけど、CD欲しいって人が一二人いるの」

CD買えるのは、ひとりあたま二枚だけだから、六人必要になる。

どうする？　ってなったらミンミンさん、「足りない分、半蔵門に近い子たちがグッズに並んでくれるって言ってるから、それで大丈夫だと思う」って、差配のすごさを見せてくれた。

グッズのためだけに並ぶってのも、私たちにはよくある。

こういうイベントだと、グッズとか、通販しない場合もよくあるから、そうすると地方在住の人は絶対に入手できないし、近郊に住んでいても事情があって行かれない人も、当然買うことはできない。

そういう時のためにみんな日頃から協力しあってて、自分はそのジャンル興味なくても、グッズだけ買いにいってあげるとか、私たちの間ではわりとよくあるし、買っていただいた方も別の形で協力を惜しまない。

タツオの所もやってることだけど、我々オタクのネットワークとサポート力は、世界に誇れるレベルと思うんだ。


そしてそのイベント当日、私とミンミンさんはまだ薄暗い早朝家を出て、始発で現地に向かった。

心が躍《おど》りまくってテンションあがりまくってるのは、朝霧当麻さんの生声聞けるから！　生声で、『ダンク！　ダンク！　ダンク！』の台詞《セリフ》聞けるかと思っただけで、「きゃー！」とか叫びたくなっちゃうくらいうれしい。

現地に到着して物販のある場所に向かうと、すでにそこには列が出来ていたけれど、それはもう想定の範囲。

徹夜禁止情報は思っていたよりしっかり伝わっていたらしく、さらにそれを破るような不届き者もいなかったのはよかった。

列は、我々より少し早い別の路線の始発で来たらしい人たちが数十人。

朝六時前、今から我々は、物販が始まる十時半までここで立ったまま待つことになるわけだけれど、何の苦でもない。

日焼け対策ばっちり、水分補給のための水分はペットボトルにばっちり、空腹対策にはコンビニでおにぎり買ってきてばっちり。

あとは列が動き出すまで、私たちはオタク話で盛り上がる。ひとりで来ている人は、本読んだり、ゲームしたり、スマホ見てたりしていて、待つ時間もけっこう楽しいものなんだ。

無事、限定ドラマCDゲットした後は、別で並んでいた仲間な人たちとラインで連絡取り合い、イベントが始まる十八時半までファミレスはいってさらに盛り上がり。

そうやってテンションあげまくっての待つ時間も、イベント前のオードブルって感じで大事な楽しい時間。

今回の座席はなんと、ミンミンさんの神がかった運により前から二列目センターで、私はもう興奮しすぎて気持ち悪くなりそうになったほど。こんな目の前でお顔を拝見しながら声を聞くなんて、しばらくはこれだけで幸せに毎日すごせるくらいって感じする。

イベントは、最初に原作者の方のスピーチ、次に特別映像が流されて、我々ファンは黄色い悲鳴をあげ、声援を送り、盛り上がった。

ところが。

田中テンさん他、レギュラー声優陣が揃い、ショートドラマを演じてくれた後、司会の人がいきなり「今日来てくださった皆様が、この素晴らしいニュースを聞く最初の人になりますよ」と言ったもんだから、一瞬静かになった会場がわ——っと沸《わ》いた。

「『ダンク！　ダンク！　ダンク！』の二期放映が、早くも決定しました！」

大きなその知らせに、会場が騒然《そうぜん》として、黄色い悲鳴がすさまじい音響であがった。

もちろん私も叫んでた！

「二期には、みなさんお待ちかねの新キャラ、温海《あつみ》武《たけし》が登場します！　その声を、今日参加の皆さんに、いちばん最初にお知らせしたいとおもいます！！！」

またしても、すさまじい黄色い悲鳴が場内を轟《とどろ》かす。

温海武は、超イケメンの重要キャラ。

アメリカプロバスケットボールにもいけるんじゃないかと将来嘱望《しょくぼう》されていたバスケットボール選手だった彼は、交通事故で片足を切断、バスケが出来ない身体になってしまった。

過去を断ち切るため転校してきた彼を、主人公の荘介が、「でも、バスケ好きだろ？コート走れなくても、バスケすることは出来るだろ?」って無理やり引っ張り出し、いっしょにシュートを決めようとするシーンは、怒濤の感動を呼ぶシーン。

それを演じるのは誰かって、会場内は期待に胸ふくらんだ女性陣の熱気ですさまじいことになってる。

「今日はその方にも来ていただいていますよぉ――。ご紹介しましょう！！！　今、大人気の俳優、岡田ハルキさんです！！」

会場揺るがす歓声の中、「なんだってぇぇぇぇぇぇぇぇぇっっっっっ！！！」と超場違いに叫んだのは、もちろん私だけに違いない。

私周辺の人たちは、『何言ってるんだ、こいつ』『我々の喜びに水をさしまくってるこの馬鹿はなんなんだ』という、ヒサコさんをも超える冷たい視線を私に向けたんだが、申し訳なくもそれを回避できないくらい、私はみんなとは別の方向でびっくりしていた。

岡田ハルキ、それは今をときめく大人気イケメン俳優。

しかし私にとっては、敬愛する押田《おしだ》監督が製作したアニメ映画の名作『装甲騎兵団《そうこうきへいだん》バイファロス』で、壮絶な最期《さいご》を遂《と》げるタイタスというキャラの声をアテた人。

ニーナの家で行われたパーティで知り合い、バイファロス話で萌《も》えすぎた私となぜか友達になってその後、チームタツオのメンバーや私のオタ友のコナツさんを交えて、バイファロス萌え語りの食事会で集まったりする仲になった人でもあり、押しかけ厨襲撃の際、アサヌマとともに私を救ってくれたヒーローなお方でもある。

ここしばらく、海外ロケだのドラマ収録だので、岡田さんの顔見てなかったんだけど、よもやこんな所で会うとは思ってもいなかったよ！

おととい、久しぶりにきたメールに、『またみんなで集まる時があったら声かけてください』とか言ってきてて、なのに今回のこの件、ひとっことも触れてなかった。

言えよ！

言ってくれよ！！

お前にはただの仕事かもしれんが、私にとっては現時点において、人生最大に重要なことなんだよっ！

公式発表前に情報漏れるのは厳禁なのはわかってるが、いきなりここで、あなたの名前出される私の気持ちにもなってくれよっっっ！

そんなこんなでぐるぐるしていたら、みんなの歓声と拍手に迎えられて、岡田さんがステージに上がった。

上がって客席を見渡して、前から二列目にいた私と目があい、一瞬「お？」って顔して、そして極上の笑顔を浮かべた。

いやぁ、私、これから『ダンク！ダンク！ダンク！』のイベント来るたびに、岡田さんに遭遇するんだわ。

しかもあの、朝霧当麻さんと岡田さんが絡むんだわ。

うあー。

色々な意味で複雑な気持ち。

BL同人作家のコナツさんに、新しい萌えの炎が点火されてしまうに違いない。

コナツさん、バイファロスの集まりで岡田さんとアサヌマを見て腐ったソウルを思いっきり発動させて、ふたりをモデルにした秋葉《あきば》×星名《ほしな》シリーズの長編を一週間で書き上げてたからな。

どんな萌えポイントも見逃さないぞ、あの人は。

そんなふうに思ってたら、司会者が場内盛り上げて大音響な中、ミンミンさんが私の耳に口を寄せてこそっと言ってきました。

「岡田ハルキが声優復帰で、これから『ダンク！　ダンク！　ダンク！』のイベントチケットがさらに取りにくくなるわ」

ミンミンさん、徹頭徹尾《てっとうてつび》、立ち位置が変わらないのはさすが。

好きな俳優はいないのか？　イケメンに興味はないのか？　と人から聞かれた時のミンミンさんの、歴史に残るその言葉。

「顔なんてどうでもいい。大事なのは声よ！　顔なんて経年劣化《れっか》するし変わるでしょ？　でも声は変わらないのよ！　経年劣化もないの！　イケボイスは、永遠にイケボイスなのよ！」

ミンミンさんには、私と岡田さんが個人的に知り合いって話はしてないんだけど、伝えたところで、彼女はきっと全然変わらないだろうと思う。

ミンミンさん、あなたのそんなところ、素晴らしいです。敬服します。

そしたらその夜、岡田さんから案の定メールがはいってきた。

——あんな所でノブさんに遭遇するとは思いませんでした。

って始まってて、私の方こそ、あんな所にあなたがいきなり出てきたことがびっくりだよって言ってやりたい。

——アニメ好きだから見てるかな？　って思ってましたが、公表前は友達にも言うのはちょっとだめだったんで、伝えずにいてすみませんでした。久々の声の仕事で、しかもレギュラーなのでがんばります。応援よろしく！

もちろん応援するけれど、二期放映は朝霧当麻さんとあなたの絡みが多すぎて、コナツさんはもちろんのこと、同人ジャンルでこのカップリングが大炎上するのは必至で、全国の腐海《ふかい》に沈みこんだ女子が全力で応援すると思うヨって、本気で返事してやろうかと思っちゃった。

受けも攻めも、総ナメだもん、このカップリング。

——あの後、楽屋にきてくれるかな？　って思ってたのですが、帰っちゃったんですね。残念です。

岡田さんのこういうところ、性格の良さがにじみでてるんだが、我々、あなた目当てにいったのではなく、私はあくまでも朝霧当麻さん、ミンミンさんは田中テンさん。イベント終了後、チケット譲《ゆず》った他の二人とファミレスで合流して大盛り上がりしたのは、今をときめくイケメン俳優の岡田さんのことではなく、小柄で受けキャラで天然ボケな田中テンさんの他の声優陣からのいじられ具合で、みんなで「テンさんかわいい〜！」ってなってたわけで。

岡田さんが我々の話題にのぼる時があるとしたら、それは腐った我々の熱いハートを揺り動かすネタがあったときなんですよ。

つまるところ、我々、女性ファッション雑誌でいうところの〝抱かれたい男ナンバー2〟な岡田さんにはまったく興味がない。

〝抱かれてほしい男〟（受け）、もしくは〝抱いてほしい男〟（攻め）ポジション確定した時に、あらためてよろしくお願いしまーす！　って感じ。

我々腐女子、物語の中に女キャラはいらない。

もちろん、岡田さんご本人には決して伝えられない内容ではありますがね。

＊

『ダンク！　ダンク！　ダンク！』イベントの後、久しぶりに北海道のアケミちゃんとスカイプした。

もちろん、イベント報告会。

アケミちゃんは、私がアメリカにいた時からの十年来のオタ友で、去年の冬コミの時には、東京に来る飛行機の中で、隣の席に座った押しかけ厨にロックオンされてしまい、そのまま私といっしょに襲撃の被害にあって恐怖のどん底に陥《おとしい》れられた経験者。

さすがに北海道からイベントごとに上京してくるとかは無理なので、最近はアケミちゃんとはもっぱらスカイプやメールでの交流になってる。

私たち、ひとしきり萌え話炎上させてから、近況報告とかしだしたんだけど、そこでふと私、スギムラ君とアケミちゃんのその後ってやつ、気になって聞いてみた。

押し掛け厨襲撃の時、我々を助けてくれたメンバーのひとりだったスギムラ君を好きになったアケミちゃん。

私が初めてチームタツオのスギムラ君とクニタチ君に会った事件でもあるけれど、あの時のふたりはとにかくかっこよくて、頼りになって、ヒーローそのものだった。

冷静かつ紳士的なスギムラ君をアケミちゃんが好きになっちゃったのも、すごく理解できるんだよなぁ。

その後、この件についてはタツオからマインドおばちゃんを登場させるなときつく、きつーく言われていて、ずっと触れないようにしていたんだけど、乙女じゃない奴にこの乙女な気持ちは理解できないわけで、この際無視することにした。

「アケミちゃん、もし言いたくなければいいんだけど、スギムラ君とはその後、どうなった？　連絡取ってる？」

瞬間アケミちゃん、画面の向こう側で、え？　って顔をした。

ヤバかったか？　って思って「ごめん！」って言ったんだけど、なんかそういう感じでもない微妙な空気があって私、ちょっととまどった。

するとアケミちゃん、「ノブさん、聞いてなかったんですか？」って言うから、「何を？」って思わず返した私。

「私、スギムラさんに自分から気持ち伝えたんですよ。でも、断られちゃったんです」

なんだとおおおおおおおおおおおおおおおおおっっっ！！！

すでに全部終わってんのかよおおおおおおおおおおっっ！！

っていうか、断られた？

え？　どういうこと？

「どういうこと？　何がなんだかわからないよ！！　誰も何も言ってないし、私全然知らなかった。っていうか、なんでスギムラ君断る？」

矢継《やつ》ぎ早《ばや》にいろいろ叫んじゃった私。

いや、だって、スギムラ君ってば、小柄でトリガラみたいに痩《や》せてて、ロン毛ポニーテールで、エロゲーTシャツが制服みたいな男よ？

もちろん男は中身であって、スギムラ君のその中身は円卓の騎士のランスロットかよ！ってくらい素晴らしいイケメンだけど、率直に言わせてもらえば、見た目でモテる人ではない。まったくない。ありえない。

だからこそ、その中身に惚れたアケミちゃんは稀有《けう》な存在なわけで、そこで断る理由がどこにあるのか、私にはさっぱりわからない。

「だめな理由、スギムラさん、ちゃんと説明してくれました。私がどうこうとかじゃないんです」

「わからないよ、アケミちゃん。アケミちゃんがどうこうじゃなかったら、断る理由って何なの？」

思わず聞くとアケミちゃん、ちょっと口をつぐみ、話しにくそうな感じになった。

「なんていうか……とても個人的な理由で。私がそれをノブさんに言っていいことかどうか、わからないんです。でも、これだけははっきりしてるんですけど、私、スギムラさんを好きになったことは全然間違ってなかったし、後悔ないんです。今も時々連絡とってますし。だから大丈夫なんです」

……アケミちゃん、なんか、意味、わかんないよ？

告白してフラれて、それでなぜ、そんなポジティブ？

好きです、よかったらつきあってくださいって言って、それがだめだった場合、好きか嫌いかって以外に何か理由って存在するものなの？

う――ん、わからん。

しかしアケミちゃんがそれ以上語らない以上、私がそれ以上その話題に触れることは失礼にあたるわけで、結局その話は、私は何もわからないままに終わりになっちゃった。

次の日、タツオがイベント前の出動準備でうちにやってくることになったので、叱られることを覚悟で尋ねてみた。

いわゆるゴシップ談義として聞きたいという気持ちじゃないのは、はっきり言える。

正直にことのなりゆきを話すと、タツオはあっさりと「そうか、お前もやっとアケミ嬢から話を聞いたか」と言ったので、ちょっとびっくりした。

タツオ、知ってたんだ。

「タツオは誰から話聞いたの？」

そう尋ねると、タツオは「スギムラから直接聞いた」と言った。

「いつかはお前の耳にもはいるだろうし、その時は俺から事情を話してもらってかまわないとスギムラから言われてる。俺もそれまで知らなかった話だ」

タツオはそう言うと、目の前にあるお茶を飲んだ。

「スギムラの家は親父さんはすでに他界してて、ひとり残ったおふくろさんは難病を抱えているそうで、そう遠くないうちに寝たきりになる。あいつは実家は群馬《ぐんま》で、おふくろさんはまだひとりでなんとかやっているが、動けなくなったら、スギムラは群馬に戻るつもりだそうだ。おふくろさんの面倒を見ながら、あっちで仕事をする。そういう形で仕事が出来るように、だいぶ前から準備していると言っていた」

思ってもみなかった内容に、私、何も言えず、ただ聞いているしかなかった。

「アケミ嬢はとても好ましい女性だし、気持ちも大変ありがたいとスギムラは言っていた。だが、今の奴は自分のことで手いっぱいで、恋愛や結婚を考えるのは無理だと思ってる。群馬に帰れば、寝たきりの母親の介護に追われる生活になる。それと仕事で手いっぱいになるだろうし、今までのように好きにオタク活動しているわけにもいかなくなる。あいつは、今しかできない事を精一杯楽しみ、充実させているんだ。残されたオタクな時間は、そう長くはない」

「でも、アケミちゃんのことは嫌いじゃないんでしょ？　アケミちゃんだってオタクだし、そういう事情がわかれば、ちゃんと配慮してくれる人だと思うし、それでもだめなのはなんでなの？」

　思わず問い詰めた私にタツオ、「ノブコ」と、タツオにしては珍しく厳しい声で言った。

「三十路《みそじ》を超えた俺たちの年代でつきあうとなったら、そのつきあいには結婚というもの

もバンドルされてくるものだ。すぐに親の介護が必要となることがわかっているからこ

そ、恋愛や結婚をすることを、スギムラはあえて人生から排除している。甘く楽しい新婚

生活なんて、最初から存在しないからだ。当然、介護は肉体的にも経済的にも精神的にも

大変だが、スギムラは、それを自分だけで負っていくつもりなんだ」

　事態の重さに固まってしまった私に向かって、「さらに言えば」とタツオが続けた。

「世の中には、とりあえずつきあってみればいいとかいう人間もいるが、成年した女性に

とっての数年は大きい。スギムラは、結婚する気がない自分とつきあってアケミ嬢がその

大事な時間を消費してしまうのは避けたいと言っていた。スギムラは正直にすべて、アケ

ミ嬢に話したんだそうだ」

　言葉が出なかった。

　そんな事情だったなんて、予想もしなかった。

　好きとか嫌いとか、そんなレベルの話じゃなかったんだ。

　涙が出た。

どうしようもなく、泣けた。

いつも穏やかで、みんなの調整役で、優しくて、そして見かけによらずすっごく頼りになるスギムラ君が、そんなことを考えていたなんて。

そんな生き方を決意していたなんて。

恋愛とか結婚とか、別にしなくてもいい。

しなくてもいいけれど、その理由が、そういうどうしようもない、選択の余地がない、本人が意図するのとは関係ない事情なのは、〝しなくてもいい〟のとは違う。

「う――――――」

私は声にならない嗚咽《おえつ》をもらし、思わず、テーブルの上にあったふきんを取って、そこに顔をうずめた。

「ノブコ、それは台ふきんだ」

容赦なくタツオがそう言ったけど、そんなことは今、どーでもいい。

「なんで、スギムラ君みたいないい人が、幸せになれないの?」

思わず言うと、タツオが「スギムラが幸せじゃないと、誰が言える?」と言った。

「自分みたいな男を、アケミ嬢みたいな女性が好きと言ってくれて、とてもうれしかったとスギムラは言ってたぞ。群馬に帰っておふくろさんの面倒をみることについても、あいつは、自分で決めたことだとはっきり言ってたしな」

うん、と私はうなずいた。

スギムラ君はそういう人だ。

どこまでも、かっこいい。

どこまでも、男らしい。

そして、どこまでも、優しい。

でも私、本当に本当に、スギムラ君とアケミちゃんは、お似合いだって思ってたんだ。

すごくすてきなカップルになれるって思ってた。

でも世の中、そんな単純じゃなかったんだ。

ふたりには単純で、ありふれた少女マンガみたいな結末になってほしかった。

オバちゃん根性丸出しって言われても、ふたりにはそういうふうになってほしかったんだよ。

私、台ふきんに顔をうずめたまま、泣いた。

＊

世の中、オタクといえば、見かけも中身もだめだめで異性にモテないって思われてるフシがあるけれど、オタクだって、恋愛してる人は普通にいるし、結婚している人だっている。

ミンミンさんは、会社のお友達の紹介で知り合った今のご主人と二年まえに結婚したんだけど、彼女のご主人はサッカーが好きっていうごくごく普通の人。

ミンミンさんのディープな趣味をご主人がどう思ってるのか聞いたことがあるけれど、「うちは別に何してるわけじゃないよ。彼は、自分が浦和レッズ好きなのと同じ感じで捉えてるみたいだし、向こうがサッカー見てる時は私もBLのCD聞いてるって感じだし。イベントも、遠征って意味ではサッカーもオタクも同じだしね」ってさらっと言ってた。

正直、恋愛じゃなくて〝愛〟の部分だったら、オタクの〝愛〟は、世界のどんなロマンスをも凌駕《りようが》すると思うんだ。

キャラ萌えしてるオタクにとって、相手なる人物は、実際には存在していない。

しかし中には、バレンタインのチョコ、そこらのアイドルを超える量贈られて、毎年生誕祭が全国で行われてるキャラとかいる。誕生日のたびに、ネットや関係地（アニメの舞台になった場所）で祭りになってるキャラもいる。

実際存在していない人だから、見返りなんてないし、リアルにつきあうなんてこともない。

そういうのを馬鹿みたいとか気持ち悪いとか言う人も、そりゃいると思うけれど、これも、別に君たちに迷惑かけてるわけじゃないからいーじゃんって思うんだな。

でもこの、迷惑かけてるわけじゃないからいーじゃん！　が、親となると通用しなくなっちゃう。

結婚もしない、いい歳の息子や娘の行く末を心配するのが、普通の親。

そこには見栄とか体裁《ていさい》とかもあるだろうし、親として、息子や娘が伴侶を得て、家庭を築くことでやっと一人前になったって気持ちになることもわかるんだけど。

そういえば以前、コナツさんから「親に結婚強制された！」って号泣なスカイプもらったことがある。

実家に帰ったらご両親から、「ひとり娘のお前が子供産まないで、我が家の墓はどうなるんだ」に始まって、「とりあえず誰でもいいから結婚して、子供産め」って延々《えんえん》やられたと言ってた。

墓守のための子孫繁栄に人生費やせって言うのか！　ってコナツさん激怒してた。

「だいたい、私はひとり暮らし始めて十年以上で、立派に自分で税金払って、年金もきっちり払ってきてるわけよ！　同人活動だって、全部自分で稼いだお金でやってきていて、親といえども関わりのない人にとやかく言われる筋合いない！！」

本当にコナツさんの言うとおりなんだけど、スギムラ君みたいな事情がないにしても、我々オタクにとって、恋愛とか結婚って、普通で考えるのとはちょっと違うエリアにある大きな問題ではあるんだよね。

昨年亡くなった祖父の法事が先週末あったんだが、タツオと私っていう異分子かかえたハセガワ家でも、いろいろあった。

我々オタクにとって親族が集まる場所は超危険区域で、一般人な親戚は口々に「結婚はまだか」「いい人はいないのか」と言ってくるし、今回は伯母たちに「おじいさんにひ孫の姿を見せてあげたかったわよね」とか、そんなこと誰も言ってねぇよ！ってなことを延々語られるハメになり、うんざりして疲れきって帰宅するという顛末《てんまつ》があった。

しかしその時、なぜかタツオは完全にエリア外指定になってて、その種の話をタツオに振る親族がまったくいない。

なんでこいつだけ？って思っていたら、従姉妹のひとりが教えてくれたんだけれど、私がまだアメリカにいた頃、先に亡くなった祖母の法事でタツオに結婚だの孫だの話を振った叔母のひとりが、こてんぱんにやられたらしい。

タツオは叔母に「俺は、世間が奨励するところの婚姻システムには興味がありませんので。それともモトコ叔母さんは、俺の子孫繁栄と生殖行為に個人的に興味があるんですか？」とか、叔母さんが卒倒しそうなこと言ったそうで、従姉妹いはく、「モトコ叔母さん、あとでみんなに、だからタツオにはむやみ近づいちゃだめだって言ってるだろ！って叱られてた」って笑ってた。

我が家は幸い両親がともにそういう話を私にいっさいしないので、面倒なことはまったくないんだけど、言わないのはさすが親だから私の真の姿を知ってて、すでにあきらめてるか諦観《ていかん》の域に達してるからかもしれない。

しかし世の中、なんでこうも、他人の結婚と子孫繁栄に興味があるんだろうか。

人間はすべからく結婚しなければならず、結婚したら子供産むべし！　ってルート確定で、そうすれば、世間に堂々とおのれの幸せ誇れるみたいに思ってるのかもしれないが、むしろそれがないと死んじゃう！　くらいなレベルで語る人は多い。

それはそれで悪いこととかじゃないけれど、それが全人類の当然のルールみたいに言われても困るんだよなぁ。

その後、イベントでコナツさんに会った時にご両親とはどうなった？　と聞いたら、あの後コナツさん、親の前で号泣して、「お父さんもお母さんも、私がどこの馬の骨ともわからない、飲む打つ買うって、どうしようもない男とでも結婚して適当に子供産めばそれでいいって思ってるのね！　駅で、子供産まないといけないので、ご協力お願いしますって看板出して立ってろ！　ってくらいのことだと思ってるのね！　お父さんやお母さんにとって、娘の私はその程度のものだったのね！」って、いや、誰もそこまで言ってないって言葉で押しまくり、とりあえずお母さんは「この話題には触れないようにします」というふうに押し込んだらしい。

それを横で聞いてた既婚者のミンミンさんが、「私だって、結婚したのは成り行きというか偶然で、別に相手探すためにがんばったとかじゃないし、子供だってまだできてないし、こういうのって、無理やりがんばってするものじゃないと思うんだけど、そうじゃない方向の風潮ってすごい強いよね」って、コナツさんにものすごく同情してた。

コナツさんもスギムラ君も、人生に結婚という形をもたないと考えてる人だけれど、その理由も背景も全然違う。

でも、ふたりとも不幸なわけでもなく、だめな人達でもない。

私も自分の人生に結婚とか、まったく考えたこともないし、恋愛とかも頭に全然ない。オーレとつきあうようになったけれど、私とオーレの関係って、世間でいうところの恋愛関係とかとはまたちょっと違ってるような気がする。

それを言ったらミンミンさんとコナツさんが、「そんなの、人によって全然違うし、結婚だけがふたりの最終形じゃないこともあるわけだし、ノブちゃんはノブちゃんが良いと思う形を作っていけばいいんじゃないの？」と言ってくれた。

そうだよね！　って思ったけど、じゃあ私の形ってなんなんだろうって、考えた。

オタクであることが、結婚という形で変わってしまうことはよくあることで、それでオタクを辞めた人もいれば、逆にオタクであるために、相手と別れた人もいる。

世の中には二択しかないように見えるけれど、本当のところは、物事はそんなに簡単じゃない。

どっちかを選べ！　なんていうのは、むしろ安易なやり方だと思うし、逆に全部丸ごとOKにしろ！　ってのも無謀すぎると思う。

ただ、私も、いつまでも今の私ではいられなくなる日が来るかもしれないって、そんなことを突然思ったりした。

＊

エナリさんが会社を去って一ヶ月後、残務処理にあたっていたハツネさんも会社を去る日が来た。

その直前に部内で送別会が行われたんだけど、エナリさんは事前にミナさんにポケットマネー渡して花束を頼んでいたそうで、最終日、ミナさんからそれを渡されたハツネさんはぽろりと涙をこぼし、ミナさんをハグするという感動的なシーンを我々は見ることになった。

それはいつものハツネさんとはちょっと違うとってもアメリカ的なやり方だったけど、ハツネさんとハグしあうミナさんの表情がものすごく優しい感じで、あれ？　このふたりには何かあったのかな？　って思った私。

歳も一番近い同士だったたし、色々話をしたこともあったのかもしれない。

エナリさんのポジションは後任が決まるまで空きのままって事になり、秘書のデスクもぽっかり空いたままになった。

元気のよいタマコさんが去り、いつも穏やかな笑みを浮かべてたハツネさんが去った後のその場所を見ると、寂しい気持ちになっちゃう。

みんな、自分の道を歩こうとして一生懸命考え、悩んでがんばってる人たちで、この席から旅だっていった。

そして、それとは対照的な道を進むエツコさんが、その空いたデスクの向こう側に座っている。

エツコさんの結婚が決まったのはタマコさんが会社を辞める少し前だったんだけど、わりと親しかったエツコさんとタマコさんが、そのあたりからなんとなくお互いに距離を置くようになったのは、そういうのにまったく無関心な私にもわかるほどだった。

エツコさん、もともとプライベートな話は恋愛と彼氏の事ばかりだったけど、結婚が決まってからは完全にその話だけになっちゃって、アメリカに行こうとしているタマコさんとは話があわなくなってしまっていた。結婚に対して複雑な想いを抱えたまま渡米を決意したタマコさんには、そういうのはやっぱりきつかったんだと思うんだ。

普通の女性だったら好きな人と結婚するってたぶん人生最大のイベントだろうし、結婚式っていったら、たいていは人生一度きりの最高に幸せな時だからそれが当たり前で普通なんだと思うけれど、エツコさんが笑顔で「ノブちゃんも、オーレと早く幸せにならなきゃね！」とか言ってくると、なんとも言えない複雑な気持ちになってしまう。

なんか違うって思っちゃう。

会社を辞める少し前から、タマコさんは、私とも微妙に距離を取るようになってしまってた。

違うよ、タマコさん、違うよ！って、私は何度も言いたかった。

オーレとつきあうようになっても、私は私なんだよ。

変わらない私、変わらないオタクのまんまなんだよ。

そう言いたかったけど、タマコさんはそう言おうとする私をするりとかわして、そのまいなくなっちゃった。

タマコさんの会社最後の日、エツコさんは屈託なく、「タマコさん！　あちらですてきな人に出会えるといいわね！」って言ってて、ヒサコさんが後でそれを「エツコさんは徹頭徹尾、恋と結婚オンリーな人だよね」ってちょっと呆《あき》れた感じで言ってた。

それを聞いてたエリちゃんが、「そういう自分だって結婚してるじゃない？」って笑ったらヒサコさん、「私、別に結婚に人生捧げてないもん」と、アサヌマ君が卒倒しそうなことをさらりと返した。

「話題が恋愛と恋人と結婚しかないって、これからどうするんだろうって思うけどな。私、結婚したからこそ言えるけど、それだけじゃ、人生続かないわよ。まぁ、うちの場合は私も彼も変わってる部類にはいるんだろうから例にはならないけど、私、彼女みたいにお花畑な状態には全然ならないわ」

ヒサコさんとエツコさんでは、タイプが全然違いすぎて比較になりようもないけれど、ヒサコさんが言わんとしている事はわかる気がする。

そんな中、エツコさんが式のために休暇にはいる間、彼女の仕事を私が代行することになったので、エツコさんのデスクで彼女から色々説明を聞くことになった。

でも、なかなか仕事の話が進まない。

エツコさんは、部内では恋愛と結婚と彼氏の話を共有できるのは私しかいないと思ってるらしく、「こういう時ってオーレならどう言うのかしら?」とか、「ノブちゃんは結婚式はどこでやりたいって思ってるの?」とか聞いてきたり、「彼ったらね」「彼はそういう時ね、こうするの」とか、自分の婚約者がどうしたこうしたって話ばかりになってしまってる。

それで時間が過ぎてしまって、いっこうに仕事の話が進まない。

私、エツコさんのことは嫌いじゃない。

話題はまったくあわないけれど、いっしょに仕事するのは楽しいし信頼してる。性格も明るくて優しい、かわいらしい人だと思ってる。

でも、この時だけは、うざいって思っちゃった。

ちゃんと仕事の話しようよって思ったんだ。

そしたらそこでエツコさんが言った。

「うちの部も、タマコさんがいなくなっちゃったから、ついにシングルはミナさんだけになっちゃったわね」

その言葉に私、確認していた書類から、思わず顔をあげてエツコさんを見た。

エツコさんは笑顔を私に向けてる。

その笑顔には、今まで私がエツコさんには感じたことのない毒があった。

「ミナさんみたいに仕事できる女性ってそういないし、かっこよく見えるけれど、やっぱり見ていて寂しい感じしちゃう。ハツネさんも良い方だったけど、私は、ああいうふうにはなりたくないなぁって思っちゃった」

そしてエツコさんは、「私たちは違うから、よかったね」って言って、うふって笑った。

私はそれを見て、ものすごく嫌な気持ちになった。

「やっぱり女と生まれたからには、愛されて結婚して、好きな人の子供産むのが最高の幸せと思わない？」

エツコさんは、私がイエスというのを当然のように、聞いてきた。

一瞬、どう答えていいかわからなかった。

ここは、適当に流してしまうほうがいいのかもしれない。

でもやっぱり、私は嘘はつけなかった。

「私はそうは思わないけどな」

私の言葉に、エツコさんがものすごく驚いた顔をした。

本当は、こういう時はいわゆる〝空気読め〟ってやつで、エツコさんにあわせて「そうだよね〜」とか言うほうがいいのかもしれない。

そうすれば、場はなごやかなままだし、いわゆる〝雰囲気乱さない〟のかもしれない。

でももし私が「そうだよね〜」って言ったら、私も、ミナさんに対してもハツネさんに対しても、エツコさんと同じ見方をしてるって事になっちゃう。

それはいやだ。

絶対にいやだ。

私の返事に、エツコさんは表情を曇らせている。

「エツコさんにとっての幸せはそれでいいと思う。とってもすてきなことだと思う。でも、恋愛や結婚がなければ幸せじゃないって考えは、私にはないんだ。だから、ミナさんやハツネさんのことについても、エツコさんが思ってることには『そうだね』って言えない」

私は、私の言葉に複雑な表情をするエツコさんに、「さ、仕事しよう。引継ぎ終わらせないと、時間ないよ」って言ってせかした。

これ以上、この話はしたくなかった。

エツコさんはその後、にこりともせずに、でも、きちんと丁寧に引継ぎをしてくれた。

だから私はこの話題はこれでおしまい、これ以上はお互いに触れないでいる事にしたんだって思っていた。

次の日、ダイレクターとケヴィンの会議の打ち合わせをしようと、リフレッシュルームにあるソファに向かった私とミナさんの耳に、「何それ、ちょっとムカつくわぁ」って声が聞こえてきた。

ミナさんが先に立ち止まり、私の腕をつかんで、そこにとどまるように合図した。

「えっちゃんの言ってること、おかしいことなんて何もないわよ。恋愛も結婚もしてないなんて、男の人に相手にされないってことでしょ？　女として終わってるって、みんな普通はそう思うわよ。相手がミナさんだから、みんな遠慮して言わないだけじゃない」

「そういうハセガワさんだって、オーレ・ヨハンセンとつきあってるでしょ？　それで恋愛なくてもいいとか、何言ってるのって感じじゃない？　自分だけ違うとか、言いたいわけ？」

「だいたい、結婚前の超幸せなえっちゃんの気持ちに水さすとか、無神経すぎて、ほんとにムカつく」

「だいたいあの人、オタクなんでしょ？　オーレのことがなければ自分だってハツネさん街道まっしぐらで、誰からも相手にされないで人生終わっちゃう予定だったから、えっちゃんのこと、やっかんでるんじゃないの？」

「ほんと、なんかあの人、いろいろムカつくわ。空気読めって感じ。今度、本人に直接言ってやろうかしら」

その瞬間、私はだん！！！　って壁の向こう側に飛び出した。

そこには、ソファに座ってエツコさんを囲んで他部署の女性が三人いた。

名前は忘れたけど、エツコさんと親しい人たち。

話題の張本人の突然の登場に、四人とも驚いたまま、私を見ている。

私はその視線の真っ只中で、思わず大声で叫んじゃった。

「空気読めだと？　自分らこそ、空気読めよ！　私があんたらの言ってることなんかどーでもいいって思ってる、その空気読め！　読んでから人のこと、言え！」

四人とも、私の剣幕《けんまく》に口を開いたまま、呆然《ぼうぜん》とこちらを見ている。

怒りのゲージが振り切れて、私がバーストしかけた瞬間、のんびりとした声が私たちの間を割った。

「ほらほら、そんな喧嘩しないの。ね？　あなたたちも仕事に戻ったら？」

緊迫した空気をいきなりぶったぎったのは、ミナさんだった。

みんないっせいにミナさんを見て、そのまま慌《あわ》てたようにして、ばたばたとリフレッシュルームを出て行った。エツコさんだけ、ミナさんと私を見てからちょっとバツが悪そうな表情を浮かべたけれど、何も言わないまま、他の人たちの後を追った。

みんなが出ていくとミナさんは笑顔のまま、今までエツコさんが座っていたソファに腰かけて、「ノブちゃん、いつまで立ってるの？　座ったら？」と私に言った。

「み、ミナさん」

私はテンション上がりすぎて、ドモっちゃってる。

「むむむむ、ムカつかないんですか？　あんなこと言われて」

ドモりまくる私に、ミナさん、声出して笑い出した。

笑うところじゃない！

「別にたいしたことじゃないわよ。考えなんて、人それぞれでしょ？　ああいうふうに思ってる人、たくさんいると思うし」

「お、思うしって、そそそ、それであんなこと言っていいってことにはなりませんっっっ！！！」

立ったままドモってる私にミナさんが、「とりあえず座りなさいって」と言って、ぽんぽんとソファを叩いた。

私は持っていたバインダーを胸に抱きしめたまま、ミナさんの叩いた場所に、どさりと座った。

なんだかわからないけど、くやしくて涙が出そうだった。

「彼女たちみたいな考え方は普通で、とくに日本だったら、まだまだああいう考え方の人ってマジョリティでしょ？　いちいち怒ってたら、疲れちゃうわよ」

穏やかにミナさんは言った。

「で、でも、だからって、何も感じないとか、ないですよね？　嫌な気持ちになりませんか？　あんなクッソ狭い価値感で他人を貶《おとし》めるみたいなこと、言われて良い気分にはならないですよね？」

憤懣《ふんまん》やるかたない私に、ミナさんは「そりゃそうだけどもね」って言いながら笑顔のまま、ちょっとだけ視線を遠くに向けた。

「だから、同じステージには立たないのよ。同じステージに立ったら、戦いになるでしょ？　そのステージって、きちんと議論して意見交換できるステージじゃないのよ。彼女たちみたいな人にとって、恋人もいない、結婚もしてない私は、女としてもう終わってるって絶対値なわけだから。別にそう思ってもらっててかまわないし、それを説得して私のこと理解してもらう必要もない。あの人達は私にとって、同じ会社にいるってだけの存在だし、そんな人と関わるのは面倒くさいだけだもの。そんな人たちと関わったって、嫌な気持ちになるだけでしょう？」

さらりとそう言ったミナさんだけど、言葉の内容は、なんだかものすごく重みがあった。

そういえば以前、私が根も葉もないことで悪口言われてた時もミナさんは、「人は自分の価値観で他の人間も測る。あんなものは放っておくしかない」って言ってくれたことがあったっけ。

ミナさんはそういうものに対して、しっかりとした自分の考えをもってる。

「ノブちゃん、私の年齢知らないでしょ？」

いきなり聞かれて私、返事できずにぶんぶん首を横に振った。

「私、今年で四十九歳になるの」

私思わず、「え！！！！」って声上げちゃった。

だってミナさん、すっごくきれいで若々しいから、四十歳くらいかとずっと思ってた。

「今、結婚してないのは私自身の選択だから別にそれでいいと思っているけれど、でも将来どうなるんだろうって、不安になることはあるのよ。うちの会社だってレイオフあるし、病気したらどうしようってのもあるし。そんな話を、ハツネさんがいらしてたときにふたりでいろいろしたの」

ハツネさんは、その道を通り抜けてきた人だ。

通り抜けて、ああやって穏やかに笑っていられる人だって、私知ってる。

「ハツネさんがね。『結婚してたって、私みたいになっちゃう人もいますよ。先のことなんて、誰にもわかりませんから。ミナさんはミナさんが選んだ道を信じていけばいいんじゃないですか？　何かあったときは、その時考えるしかないです。でも、それでもなんとかなるものですよ』って言ったの。私ね、すごくほっとしたし、うれしかったわ。ハツネさんは人生の先輩ですもの」

私はミナさんを見た。

ミナさんは、あまり自分のことを語らない。

普段何してるとか、何が好きとか、私たちはミナさん個人のことをほとんど知らない。

仕事を通じて私が知ってるミナさんは頼りになる先輩で、法務部《リーガル》のまとめ役で、信頼できるチームリーダーでもあったけど、それ以上のことを私たちは知らずにいる。

ミナさんは私たちよりずっと大人で、私たちと楽しく仕事をしながら、でも上手に適度な距離を置いている感じがする。

私が誰にも侵《おか》されない大事な場所を持っているように、きっとミナさんにもそういうものがあるんだろうと思う。

「ノブちゃん。戦ってはだめよ。同じステージに立ってはだめ。何も得るものはないし、自分が傷つくだけよ。自分と違う価値感のもとに生きる人たちは、違う世界に生きる人と思って、気持ちの中でばっさり切り捨てることね。そして、必要以上に関わらないこと。理解しあえるなんて、絶対にない。そんなことに関わってる暇があったら、自分のやるべきことに目を向けて、そのために時間を使ったほうがいいわ」

いつも笑顔を崩さない、物事に動じないミナさんは、その信念を心に秘めてがんばってきたんだなぁって私、ただただ感心するしかない。

私はまだまだ未熟で、そこまで割り切れない。

オタクライフを、自分の中にあるオタクワールドを守るので、精一杯。

でもミナさんは違うんだ。

もっと大人で、もっと冷静で、そしてもっとスマート。

でも、そこに至るまでの長くて厳しい道のりがあったことは、言葉の端々でわかる。

黙りこんだ私に、ミナさんが笑いながら言った。

「でも、ノブちゃんの言葉にはすっきりしたわぁ。自分らこそ、空気読めよ！　って、まったくその通りだわ」

ミナさんは声をたてて笑った。

すてきな笑顔だった。

＊

「ノブコ、ついに身内に被害者が出た」

土曜日の朝十時、イベント参加の打ち合わせしようと思ってかけたスカイプで、タツオが開口一番そう言うので、「被害者？　なんの？」と尋ねると、タツオは毎度お馴染みの抑揚《よくよう》ない声のまま、いきなり言い放った。

「ハタケヤマが、コレクションを嫁さんに処分されたそうだ」

…………。

えええええええええええええええええええっっっ！！！！

タツオの言ったことが理解できるまでに、ちょっと時間かかった。

それくらいすごい衝撃的な話。

私、思わず立ち上がっちゃって、さらに大声張り上げて驚いちゃったよ。

「待って！　待って！　待って！　タツオっっっ！　ハタケヤマ君のコレクションって言ったら」と、私がスカイプに映し出されたタツオのモアイ顔に叫んだら、タツオは「そうだ、魔法少女コレクションだ」と静かにつなげたが、お前、冷静に「そうだ」とか言ってる場合じゃないだろう。

世の中には、アニメ関係のコレクターはやまほどいる。

いろいろいる。

フィギュアはもちろんソフビ（ソフトビニールでできた怪獣とかのおもちゃ）やセル画、特定のアニメや漫画のアイテムやグッズなどなど、星の数ほどさまざまだけれど、ハタケヤマ君のはその中でも他の追随《ついずい》を許さない珍しさと貴重さで、巷《ちまた》では名の知れたコレクターだったんだ。

彼のコレクションは、魔法少女アニメの魔法アイテムグッズ。

ステッキとかコンパクトとかバッジとかはもちろん、ペンダント、リップスティック、中には人気がなさすぎて一クールで終わっちゃった『魔法のバレリーナ　スワニー』とかってアニメのトウシューズレプリカまである。そういうグッズが、うちのバカ父世代に放映していた魔法少女シリーズからそろってるっていうんだから、そりゃもう、すごいコレクションなわけだよ。

基本、女の子用のおもちゃだから高価なものは少ないけれど、逆に、だからこそきれいに現存しているものが少なくて、ハタケヤマ君は個人所蔵のものを丹念に探し求め、倉庫に眠っていたデッドストックやら廃業するおもちゃ屋さんとかを訪ね歩いて、長い年月をかけて集めてきた。

この筋で彼以上のコレクターはいなくて、しかも彼は几帳面《きちょうめん》にきちんとそれらを管理していて、結婚を機に購入したマンションにコレクションルーム設置してガラスケースや棚に丁寧に整理・保管していたほど。保存状態よし、箱ありで、しかもあの数のコレクションは、恐らく他に例を見ないはず。

っていうかその前に、そもそもそういうモン、集めている人はそうはいないと思うけどさ。

その、ハタケヤマ君が人生を賭《か》けたコレクションが処分された、だと?

「帰宅したら、コレクションルームにあったものすべてが、きれいさっぱりなくなっていたらしい」

「らしい……って何、どういうこと? 本人から連絡があったんじゃないの?」

「違う。嫁さんからスギムラに電話がはいった。出張から朝帰ってきて部屋が空っぽなのを見て、しばらく呆然としていたそうだが、いきなり悲鳴をあげて家を走り出て、その後戻らないらしい」

う――わ――――。

「や、やばいでしょ、それやばいでしょ。マジやばいでしょ。ちょっと」と私が言葉にならない言葉を発すると、タツオはいつもと変わらぬクッソ落ち着いた声で、「ノブコ、お前が取り乱しても、何の解決にもならん」とか言いやがった。

知っとるわい！

でも、その状況が、どれだけ大変なことかだって知っとるわい！

「今、うちのメンバーが全力で行方を捜している」とタツオが言うので「警察は？」と聞いたら、「まだ出て行って二時間しかたっていないから行方不明者にはならない。だから警察は動かん。だが、事態を考えたら危険度数はマックスだ。はっきりいって、ハタケヤマの生死に関わるレベルだ」と言ってきて、私、さぁぁぁぁっっって血の気が引いちゃった。

長い年月をかけて、おのれのすべてを賭けて丹念に集め、大事にしてきたコレクションが、一瞬にして消えたってその状況。

はっきりいって、そのまま橋の上から、ビルの上から、身を投げてしまってもおかしくないくらいのショックな状態で、世界が一瞬にして崩《くず》れたくらいの衝撃なはず。

「ハタケヤマが行きそうな場所は、メンバーが把握している。今、都内近郊のメンバーが総出でそれぞれのポイントに向かっているから、ハタケヤマが早まったことをしなければ、見つかる可能性は高い」

都内近郊メンバーって、どんだけいるんだよって思って聞いたら、タツオ、さらりと「七三名いる」と言ったが、それ、機動隊いっこ小隊より人数多いんじゃないのか？

チームタツオ、すげぇ機動力だな。

それから一時間しないうちに、タツオは自分のPC持って都心部にある私の家にやってきて、スギムラ君をアシスタントに総力展開となった。

スギムラ君が、持ってきたホワイトボードにハタケヤマ君がよく行っていた店の名前やエリアを書いて、そこに貼られた地図にマーキングしていく。

「アキバ、行きつけのメイド喫茶〈マリナちゃんハウス〉、クリアです」

「よし、アキバは残すは三ポイントだな。ニキに連絡をして、ヨシムラと合流させて、アキシマ電気の模型コーナーに向かわせろ」

「池袋エリア、オタクロードはクリア。〈虎《とら》〉、〈メロン〉、〈K〉、〈まんだらけ〉、全同人書店男性向け同人誌コーナーの顔馴染のスタッフ全員に、来店したら知らせてくれるように依頼しました」

「池袋デパート内おもちゃエリアは現在、ヤマウチとマミヤのグループが探索中」

「猫カフェ〈もふもふ〉、クリア。今日は来ていないそうです」

「浅草橋《あさくさばし》、おもちゃ問屋〈丸光《まるこう》〉さん、二週間ほど顔出していないとのこと」

報告にあがってくる店の名前がすさまじいことになってて、ハタケヤマ君がここにいたら、「やめてくれー！　それ以上、俺のすべてを晒《さら》さないでくれぇー！」って叫ぶしかない状態だが、私はそのハタケヤマ君の無事を祈り続けた。

タツオが言った〝早まったことをしなければ〟って言葉が、重すぎた。

実際、そういうことになってしまってもおかしくない状態なんだ。

スギムラ君が時々奥さんに状況を知らせる電話をかけているんだが、その電話からも、奥さんの取り乱した声が聞こえてくる。

私はそれを聞きながら、「そこまで騒ぐならなぜ捨てた？」と冷たく思ったけど、もしかしたら奥さんも予想だにしなかったことになってるのかもしれない。

そして午後七時を過ぎた頃、ついにハタケヤマ君が見つかった。

「見つかったか！！　どこにいた？……え？　〈キディランド〉？」

そう叫んだタツオの言葉に、表参道《おもてさんどう》の〈キディランド〉の四階に、確かにおもちゃコーナーがあるよなぁと私は納得しちゃったんだが、ハタケヤマ君の心情を思うと笑えない。

とりあえず連れてこいというタツオの言葉で、しばらくして後、アサヌマ君と他二名に連れられてハタケヤマ君が到着した。

私、その姿に、思わず「ハタケヤマ君……」って言った後、声を失っちゃった。

だってハタケヤマ君、顔面は蒼白《そうはく》で、魂が抜けちゃったみたいになってってふらふらで、アサヌマたちが支えていないと立っていられないほどだったんだもの。

アサヌマが、「顔色の悪い男が何時間も魔法少女グッズ見ながら泣いてたんで、店の人が不審者ってことで警備員呼びそうになってたところを捕獲しました」とか言って、事態の緊迫感を違う方向にもっていっちゃったんだが、ハタケヤマ君の心のヤバさが如実《にょじつ》にわかりすぎるのは確か。

私が急いで温かいお茶をいれてタツオの部屋にもっていくと、部屋の真ん中で、ハタケヤマ君はがっくりと肩を落としたまま座りこんでいた。

「……もう、終わりですよ……」

囁《ささや》くように言ったハタケヤマ君に、「何も終わってないぞ」とタツオが冷たく言い放つ。

すると、ハタケヤマ君の目から涙がぼたぼたと落ちた。

「命より大事だったんですよ。俺のすべてだったんですよ。それを『ね？　部屋、すっきりしたでしょ？　あなたもこれで、オタク卒業できるんじゃない？』って……」

そのまま下を向いて嗚咽するハタケヤマ君を見ながら、それを囲む男たちは言葉を失ってる。

そりゃそうだ。

ヒトゴトではないもん。

いつ、自分の身に起こるかわからない。

巷では、最近この種の話はよく聞くようになった。

親に捨てられたってのはだいぶ前からよくある話だったけど、奥さんが勝手に捨てるってのはここ最近激増している新しいバージョンで、ある意味、我々オタクには衝撃的な展開。

だって、よりにもよって愛する女が、生涯ともにすると誓った相手が、自分の魂を捧げ、全人生賭けて集めたコレクションを、あろうことか本人に無断で本人不在の時をみはからって、勝手にゴミ業者呼んで捨てちゃうんだぜ？

自分の子供でもボーイフレンドでも夫でもいいけど、いくら身内でも勝手に処分するとかって、それは違わないか？

人のもの勝手にいじるなって、子供の時に教わらなかったのか？

ハタケヤマ君の奥さんは、ハタケヤマ君が自分のものを勝手に捨てたら、怒らないのか？　ショックじゃないのか？

私はそんなことを考えながら、それを口にすることができないまま、声もなく涙をこぼしているハタケヤマ君を見つめた。

「マンション買ってしばらくしてから、俺のコレクションのこと邪魔だとか、いい加減にしろとか言い出したんですよ。子供生まれたら手狭《てぜま》になるのにとか。それで最近、よく喧嘩になってたのは確かです。出張行く前にも、言い合いになってました。でもまさか、俺のいない間に全部処分するとか、思ってもみなかったですよ。ゴミ処理業者呼んだって言ったんですよ。ゴミ処理ですよ……ゴミだなんて……」

そう言ったハタケヤマ君に、スギムラ君が「とりあえずあったまるからお茶、飲めよ」と、私がいれたお茶を薦《すす》めたが、ハタケヤマ君は下を向いたまま動かなかった。

そしたらそこでタツオがいきなり、いつもと同じ抑揚のない淡々《たんたん》としたあの声でハタケヤマ君に言った。

「お前の怒りは理解するが、それでお前が嫁さんを責めるのは間違いだ」

その言葉に一瞬全員が、「え？」ってなった。

そりゃそうだ。

だって、ハタケヤマ君のいない間に勝手にコレクション捨てたのは、奥さんなんだよ？

思わずそう言葉に出そうになった私より先に、タツオが淡々と言い放った。

「お前は、嫁さんときちんと話し合ったのか？」

みんな、また一瞬「え」ってなった。

今度はさっきとは違う、「え」だった。

「結婚はひとりで決めて出来ることじゃない。お前自身が、彼女と結婚することを選んだんだろう？　そういうことをするとは思わなかった。そりゃそうだろうが、人間は突然変わるもんじゃない。お前の嫁は、最初からお前の趣味を理解していたわけでもなく、納得していたわけでもなく、認めていたわけでもなかった。それに気がつかなかったとは言わせんぞ」

ハタケヤマ君の涙がそこで止まった。

「嫁さんには嫁さんの言い分があるだろう。恐らくは、『知っていたけど、結婚したらやめると思っていた』というところなのだろうが」

「そう言われました」

ハタケヤマ君が言った。

「結婚したら、全部処分してくれると思ってたのにって言われました。何言ってんだよ、こいつって、俺思いました。大事なものだってのもわかってたはずだし、結婚決めた時に何も言わなかったですよ。だから理解してるって思ってました」

「それは、お前の勝手な思い込みだな」と、タツオがハタケヤマ君の言葉を一刀両断《いっとうりょうだん》した。

もうやめてあげてよ。

私、そう言いたかったけど、言えなかった。

タツオの言ってることはあまりにも本当で、あまりにも現実で、そして、そこにいるみんなが一番聞きたくない真実だった。

いつもは諌《いさ》め役のスギムラ君もアサヌマも、何も言わずにタツオとハタケヤマ君見ている。

「オタクのコレクションについて、一般人に理解を求めるのは難しい。だが、結婚してともに生活する以上、そのために話し合うのは必要なことなんじゃないのか？　狭い日本のマンションで、一部屋まるごとコレクションルームに占領されれば、オタクではない嫁さんにとってはストレスもあっただろう。喧嘩になっていたのは、その証拠じゃないのか？　お前は嫁さんと、ただ喧嘩をするだけで、きちんとした話し合いをしようともしなかったんじゃないのか？」

ハタケヤマ君、タツオの言葉にびくっと身体を震《ふる》わせた。

「いくら夫のものとはいえ、人のものを勝手に処分するというのは、やっていいことじゃない。いくら怒りにまかせて衝動的にやったとしても、許されることじゃない。残念なことだが、お前の嫁さんはそれをやってしまう人間だった。だがな、結婚は双方の意志で決まるものだ。お前はそういう相手と結婚することを、自分で選択した。だから、お前の帰る家は、その嫁さんがいる家なんだ」

タツオはいつも、残酷なほどにざっくりと核心《かくしん》を突いてくる。

私たちから見ると、ハタケヤマ君の奥さんのしたことは、極悪非道《ごくあくひどう》、神の怒りの鉄槌《てっつい》が下されるくらいの事だけど、奥さんからみれば、結婚したのにアニメとかそんなくだらないものにお金つぎ込んで場所とるとかありえないって、そういう話になる。

そしてそれって、ハタケヤマ君の奥さんだけじゃない、世の中にはそういう人はたくさんいる。

それぞれに言い分があり、どちらも正しいんだと思う。それぞれの価値観においては。家族や夫婦とはいえ、人のものを勝手に捨てたって所は、どう考えても彼女が悪い。でも、それを悪いこととは思わない人たちもたくさんいる。結婚したのにオタクやってるとか、おかしいんじゃないの？ってのが正しいとしている人たちもたくさんいる。

ハタケヤマ君は、そっちの世界の人と一生を共にするって選んで、神様の前で誓っちゃった。

それは、ハタケヤマ君自身が選び、決めたことで、誰のせいでもない。

タツオはまさに、そこを突いたんだ。

「お前たちがどういういきさつで結婚したか、俺は知らんが、結婚は知らない者同士がいきなり生活をともにする。それで『わかってくれて当たり前』はありえない。結婚すればお前がコレクションを処分すると思っていた嫁さんも、自分のオタク趣味を嫁さんが理解してると思っていたお前も、わかってくれて当たり前と思って、お互いに相手に理解を求めることを怠《おこた》ったんじゃないのか？」

ハタケヤマ君は、タツオの言葉にうなだれた。

「しばらくひとりにしてやれ」というタツオの言葉に、我々はタツオ部屋を出た。

そこでアサヌマと同行していたふたりは帰り、タツオはスギムラ君に、ハタケヤマ君の奥さんに無事を伝えるように言った。

スギムラ君、携帯を切った後、「奥さん、泣きながら謝ってました。お世話かけてすみませんって」と、スギムラ君に似つかわしくない暗い感じで言ったら、アサヌマが「お世話かけてすみませんかぁ……違うんだよなぁ」ってぼそっと言ったんだけど、誰も何も言わないのは、奥さんの言葉に空しさを感じたのがアサヌマだけじゃないってことなんだと思う。

結局ハタケヤマ君はその日、タツオとアサヌマに付き添われて、自宅に戻った。

なぜスギムラ君じゃなくアサヌマがついていったかっていうと、途中で暴れて逃げ出さないようにっていうタツオの判断。

うちを出る時、ハタケヤマ君は私に頭下げて、「ノブさん、すみませんでした。関係ないノブさんにまで心配かけて、家まで押し掛けることになっちゃって」って言って、いつもイベントやカラオケで会ってたハタケヤマ君に戻っていたんだけど、でも私にはわかる。

今回のことで、ハタケヤマ君の魂の一部は死んでしまった。

もう、以前のハタケヤマ君に戻ることはできないし、ありえない。

何十年もかけてひとつひとつ探し求め、こつこつ貯めたお金で買い集め、いろいろな人の助けを借りたり、関わったりしながら大事にしてきた彼の魔法少女コレクションは、まさに彼の人生そのものだったろうに、それはもうこの世には存在しない。取り戻すことは出来ない。

本人不在の時を狙ってゴミ業者に渡したのが、彼が愛して、一生をともにすると誓った女性だったってこと。

人生最大に大事だったものは、人生最大に信頼していたはずの人に裏切られた形で、この世から消え去った。

同じものなんて決して手にはいらないあのすばらしいコレクションは、未来永劫《えいごう》失われてしまった。

みんながいなくなった後も、しばらく私の心に苦い想いが残った。

それからしばらくして、イベント前にタツオとうちにきたスギムラ君が、「ノブさん、聞いてないかもしれませんが、ハタケヤマ、離婚しました」と小声で言ってきて、びっくりしたのと同時にやっぱりかぁって思った。

「司令、ノブさんに何も言ってないのは、離婚するまでに奥さん、相当ヤバかったからだと思います」というので、「ヤバいって何かあったの？」って聞いたらスギムラ君、「ハタケヤマ、奥さんにポットで殴《なぐ》られて、怪我したんです」って言ったもんだから、私一瞬、息が止まるくらい驚いた。

自分のことを理解していない、信用できない人間とはもう暮らせないと離婚を申し出たハタケヤマ君に、奥さんは激怒したんだそうだ。

あんなおもちゃのために私と別れるっていうの？　あなた、自分で何言ってるかわかってるの？　馬鹿じゃないの？

そんなことを、奥さんは叫んだらしい。

ハタケヤマ君はそんな彼女に、「そういうくだらないもののために命張ってる男と、お前だっていっしょに暮らせないだろう」と言ったそうだ。

それに激怒した奥さんは、手近にあったポットで、ハタケヤマ君を殴りつけた。

当然だけど、ハタケヤマ君は病院送りになったんだそうだ。

タツオがそれを私に言わなかったのは、すでに平静を失っている奥さんが浮気とかまで疑い始めて、そこで私がお見舞いなんか行っちゃったもんなら何が起こるかわからないってのがあって、あえて何も言わずにいたらしい。

モアイな顔にだまくらかされて私は何も知らずにいたけど、タツオなりの配慮だったんだと思う。

「ハタケヤマは家を出てマンション売ろうとしたんですが、奥さん、マンションに居座って、さらにストーカー状態になってたんです。会社にまで追いかけてきて、騒ぎになったって言ってました。それでハタケヤマ、最後の手段に出たんですよ」

「最後って？」と聞いた私にスギムラ君、「ノブさん、あいつがコレクションの管理、すごくちゃんとしてたの、知ってますよね？」と聞いてきたので、「うん」と答えたら。

「あいつ、小学生の時からのコレクション購入の領収書とそれにかかった経費全部まとめて、弁護士通して、正式に奥さんに損害賠償《そんがいばいしょう》請求したんです。マンション出て行かないのなら、これ払えって」

ぐらり……とショックで私の身体が揺らいじゃった。

愛し合って結婚したはずのふたりが、そんな形で終わるなんて、どちらも思ってもみなかっただろうと思う。

「ハタケヤマ、俗世捨てて出家するって、俺らのところに来たんですよ」

スギムラ君のその言葉に、私、は？　ってなって、「止めたんだよね？　それ、止めたんでしょ？」と言ったら、

「司令が一言で止めました。『魔法少女は不滅の存在だ。一生かけてその行く末を見届けるのが、お前の役目じゃなかったのか』って言って……ハタケヤマ、声あげて泣いてました」

スギムラ君が言った。

笑うとこなんだよ！　ここは笑うとこ！

そう思ったけど、私、笑えなかった。

ただひとつ、はっきりした真実は、ハタケヤマ君を生かしたのはやっぱり魔法少女だっ

たってこと。

奥さんがゴミ扱いして処分した、魔法少女って存在だったたってこと。

ハタケヤマ君の離婚の顚末をスギムラ君から聞いた後、会社でランチタイムに、ヒサコさんとエリちゃんにこの一件について話してみた。

正直なところ、オタクの中でもさらにクソうざいオタクと結婚したヒサコさんが今回のハタケヤマ君のことをどう思うか、知りたかったたってのがあるんだ。

話し終えた私にヒサコさん、「知らない人のこと、悪く言いたくはないけれど、その奥さんが自分勝手な人であることは確かね」と言った。

「アサヌマは、そういうコレクションとかはないと思うけど」って言ったら、「あらやだ、彼、すごいわよ」とヒサコさんが大笑いして、「初めて彼の家にいって部屋はいった時、私、びっくりしちゃったもの」って言うから何かと思ったら、「壁全部に胸の大きな女の子のポスター貼りまくってて、棚にはエッチな格好した女の子のフィギュアが並んでるし、本やDVDは床に積まれてタワーになってるし、PCの画面にも露出《ろしゅつ》度高い服着た女の子のスクリーンセーバーが踊ってたもの」って……アサヌマ、お前、彼女部屋にいれる時くらい、少しはなんとかしろよって思った私だけど、エリちゃんは隣でげらげら笑ってる。

「すごい、ヒサコさん、それ見ても平然としてたなんて！」

エリちゃんがそういうとヒサコさん、「平然となんかしてないわよ。びっくりして固まっちゃったわよ。だって、座る場所もないのよ？　ＤＶＤの箱と本の山で、どうやってここで生活してるのよってくらいだったもの」って、うん、それ、オタクには普通の部屋なんだよって、さすがにそこで言えなかった私。

オタクの部屋には地層が出来る。

積まれたＤＶＤやブルーレイ、本（ラノベとかマンガと同人誌がメイン）がタワーとなり、地層を作る。

あの本読みたい！　ってなって、いや俺持ってる……なんだけど、どこかにあるのは確かだけど、どの地層にあるのかわからず見つからず、買った方が早いってまた買っちゃうってのはオタクあるある話。

部屋にはそのタワーの狭間に獣道があって、ベッドとか洋服ダンスとかに通じてる。

タツオは整理整頓の鬼で、結婚して家を出たお兄さんの使っていた部屋を倉庫にしてるし、私もオタク関係のものは人の目に触れないところにしまってあるので、家に遊びに来た人にはそうとはわからないけど、仲間内では本のために一戸建て買ったとか、ＤＶＤボックスを並べる棚のためにマンション購入した人もいて、家の中はすさまじいカオスになってるとか、そんな話は山ほどある。

一戸建て買ったって中には、二階の床が抜けそうになったり階段がかしいだ人とかもいてシャレにならないレベルなんだが、そんな話を聞いても驚かないのがオタク。

ちなみに、汚部屋とまったく違うのは、そこにあるのはゴミじゃなく確実に宝の山で、持ち主的にはある程度整理された形で、ちゃんとした認識のもとに地層化されているってところ。

「よもやアサヌマ、抱き枕とかまであった？」って恐る恐る聞いたら、「それはなかったわね。まぁ、あっても別におかしくないって感じだったけど」って、またしてもヒサコさん、大物な発言した。

エリちゃんが横で、「そこまでいってたら、私だったら無理だわ」ってつぶやいてる。

「その辺に腰かけてくださいって言われたけど、座るところなんて他にないから、タワーになってる本の上に腰おろしてやろうって思ったら、彼、すごいあせって、あわてて本どかしてスペース空けてくれたくらい、みっちり色々詰まってる部屋だった」

いやぁ、それ、もう、すっごく想像できちゃうんだけど、さすがのアサヌマも、よもやエロ同人誌の山に座ろうとする女がいるとは、夢にも思ってなかっただろう。

「そんなにたくさんあったもの、今どうしてるの？」

そこで出たエリちゃんの問い、まさに私が聞きたかったこと。

「実家においてきてもらったものもあるけど、うち、ひと部屋、彼のオタク部屋になってるから、全部そこにいれてもらってる」

私とエリちゃんが「オタク部屋？？？」ってそろって声あげたらヒサコさん、「うち、2LDKだしね。オタク部屋に全部いれてもらって、そこから出さないって約束してるから。フィギュアとか、他の部屋に置いたら粉々に叩き潰しますよって言ってあるから、彼、出さないわよ」と……なんかさらっと言ってるけどさ。

それ、オタク的に、超鬼発言だからっ！

しかも、この人なら、笑顔でフィギュアを壁に叩きつけるってはっきりわかるから、さらに恐ろしい。

それ聞いた時のアサヌマを見たかった……ぜひとも現場で見たかった。

「アニメは普通にリビングのテレビで見てるけど、ゲームやネットは部屋でやってるし、彼がそこにこもってる間は私も好きなことしてるから気にならないかな。基本的に彼はうるさいことまったく言わないし、私も好きにやらせてもらってるから、何も問題ないわよ」

「ヒサコさん、やっぱり大人ね。普通の女の人は、エッチな格好のフィギュアとか、気持ち悪いってすぐ言うじゃない？　ゲームに没頭してたら、なんで私がいるのにそんなことやってるの！　とか怒ったり。私の友達でも、そう言ってる子いる」

ヒサコさんの言葉にエリちゃんが返す。

そうしたらヒサコさんが、「彼だって大人よ」と笑って言ったので、私とエリちゃん「えー！　あのアサヌマが？」って言っちゃった。

ごめん、アサヌマ、君って色々な意味でかわいそうな奴だよな。

「私が仕事でイライラマックスで帰って、すごい態度悪くても全然気にしないし、疲れて帰ってご飯作れなくてソファで死んでたら、うどん茹《ゆ》でてくれたし」

へえ、すごい、アサヌマ、えらい。

「料理なんて全然出来ない人だから、茹ですぎたうどんに醤油《しょうゆ》ぶっかけただけ」だったらしいが、それでもえらい。

「なんじゃこりゃ？　って思ったけど、うれしそうに作って持ってきてくれた彼の顔がまたよくて、写真撮ってコレクションに加えたかったくらいで、それでもういいや！　ってなっちゃった」って言うヒサコさんに、「やっぱり顔かよ」とか思ったが、まぁ、そこはアサヌマとヒサコさんらしいっちゃ、らしい。

「気持ちがうれしいでしょ？　ちゃんと行動にしてるのも、大人だと思う。私はとくに趣味とかないし、どうして彼があんなにのめりこめるのか全然わからないけど、でも彼がそれでハッピーならいいって思うの。私がソファに寝そべってぼんやりうとうとしてる時とかに、オタク部屋から彼の笑い声とかキィ叩く音とか聞こえてくると、ああ、平和だなぁって思うんだ」

オタクのお籠《こも》り部屋から男の笑い声が漏れ聞こえてきて、それを平和だと思えるのは、恐らくこの世にヒサコさん、あなただけですって言いそうになった。実際、普通に考えてもサイコホラーなシチュエーションだけど、ヒサコさんが言いたいことはわかる。

いっしょに暮らす相手の幸せな様子や、うれしそうな笑顔を見ると、こっちまでうれしくなるって気持ち。超うざいオタクのアサヌマと、オタクにはまったく縁のなかったヒサコさんだけど、楽しく幸せな結婚生活送ってるんだなぁって、なんだかほっとした。

しかし、他の部屋に物を持ち出さない約束の他に、アサヌマのオタク部屋、ゴキブリを主とする虫が発生したら、すべてのものを焼却処分にするってヒサコさんは宣言しているそうで、アサヌマはそれに震え上がったらしい。

湿気だらけのこの日本ではまずカビ対策が重要だし、そもそも本とか多いと小さな虫とかは出やすくなる。ちょっとでもお菓子とか食べたら、カスとか落ちるのはどうしようもないし、潜《ひそ》む場所はあふれかえらんばかりにあるから、ゴキブリの巣窟《そうくつ》になる可能性は確実に高い。

エリちゃんが「掃除するのも大変な部屋で、どうやって虫対策してるの？」って聞いたらヒサコさん笑いながら、「彼、虫よけスプレーにアレルギーあるから使えなくて、ネットで調べたって、デフューザー三個も買ってきて、アロマたいてるわよ」と答えたので、私とエリちゃんで「はあ？？？？」ってなっちゃった。

確かにアロマオイルは虫対策に有効って聞いたことあるけど、よもや大の男がアロマの香りにまみれて、エロ同人誌読んだり、アニメ見たりしてるって、どこのホラー映画だよ。

エリちゃんが耐え切れなくて声あげて笑い出して、ヒサコさんが「今度うちに遊びにきてよ。見せてあげるから」ってこれまた笑いながら言ってるけど、アサヌマってば、果てしなくイケメン人生脱落した男だよなって、私、確信したわ。

*

相変わらず、ニーナは人気者だ。

アメリカンセレブの代表みたいな扱いになってて、日本の女性ファッション誌にしょっちゅう掲載されている。

もともと超お金持ちの家の娘だし、学生時代、私と関わってるうちに日本語覚えてしゃべれるようになったのもあって、日本に来てからは注目あびっぱなし。

いわゆる、セレブ妻のカリスマって感じで、そっち系のブログに「ニーナ・フォルテン風」とか書かれてしまうほど。

真実を知らないって、恐ろしいよね。

お手伝いさんが熱出して動けなくなった時、ニーナがお湯はったお風呂にはいったフォルテン氏、救急車呼ぶかってくらいの大騒ぎになったのは、つい先日のこと。

適温が何度かも知らないニーナが、寒いからってものすごい温度設定にしてたらしく。いはく、「パスタ茹でるくらい、煮えたぎってた」

お湯の加減も出来ないくらいだめな子です、ニーナは。

お風呂場で悲鳴をあげたフォルテン氏は、そのまま邸内を全裸でかけまわり、大理石の床に転がって体を冷やして凌《しの》いだらしいが、それを全部、あっちこっちに設置されてるセキュリティカメラで見られていたのは必至で、あらたなる伝説を作ってしまった感じ。すぐ横にシャワーあんだろ？　水浴びろよって突っ込みはしてはいけないらしい。

ニーナ、もとからしてあの性格でのんびりしてるし、育ちがよすぎて擦《す》れてないし、うなるほどお金のある家に生まれ育ってるから金銭的にも鷹揚《おうよう》。そんなだから、悪意のある人間とか近寄っても、ディズニーランドのイッツ・ア・スモールワールドにはいっちゃった人みたいに、ハッピーパラダイス！　らららんらんらん♪　になっちゃうのが普通。

ニーナを見ていると、超越するってことは人間関係においてけっこう重要なことなんだなって、最近思う。

そこから見るに、いろいろありえないところでツツカれてしまう私は、ツッコミどころ満載で、ナメられてるってことなんだろうな。

最近、察知能力がバージョンアップした私は、ニーナの「いっしょにお出かけしましょう」のどれがパーティとかの誘いかわかるようになり、「あ、その日、都合悪い」で逃れるスキルが搭載《とうさい》されたので、見事に回避しまくっていたんだけれど、その時はちょうどBLゲームプレイ真っ最中で、そっちに気をとられて、ニーナの「いっしょに来て」な言葉をスマホ片手に聞きながら、「あ、うん、あ、あー、選択イエスにして……え？　あ、わかった、わかったから」ってものすごく適当に返事してしまい、何だかわからないまま、何かの集まりに行くことになってしまった。

ちょうど主人公が押し倒されて喘ぎはじめたところで、慌てていてやむをえなかったとはいえ、いまさら、山ほどの後悔。

ああ、私の馬鹿、馬鹿、馬鹿。

さすがに、「もうBL濡《ぬ》れ場シーン見ちゃったんで、あの返事はなかったことに」とか言えず、その後メールで送られてきた詳細見て、さらに後悔しまくることに。

だってその集まり、東京メンバーズクラブっていう、外国人向けの会員制クラブが会場だったんだもん。

東京メンバーズクラブというのは、都内の外国人が多い地域に建つ、やたら凝ったデザインのビルにある外国人向け会員制のクラブで、豪華なレストランとカフェ、ジム、図書室や会議室などがある所。外国人の駐在員の家族のために、華道やお茶、お料理とかの教室を開催していたり、自宅でパーティをやる際のケータリングとかも請け負《う》ってる。入会金と年会費で、五〇〇万近いお金払うとかで、そりゃもうバブルの時とか羽振《はぶ》りがよかった頃は、ほとんどの外資系企業が法人契約していて、それこそ都内にいる外人勢の交流の場所みたいになっていたらしいけれど、経済落ち込んでそんな所にお金かけられるような会社が激減した昨今、個人契約がメインになってると聞いてる。

　個人でそんなお金払って会員制クラブのメンバーになりたいって人いるのか！　って思ってたけど、外国人エグゼクティブが集まるってなステイタスを求めて、メンバーになりたいリッチな日本人の名前がずらりと並んだウェイティングリストが出来てるらしい。

　昔いた会社のＣＥＯがそこのメンバーで、いちどだけ社内のクリスマスパーティをそこでやったことがあるんだけれど、確かに雰囲気はいいし、料理はおいしいし、館内公用語は英語だし、そっち向きの人にはあこがれの場所になるだけあるなって感じはしてた。

　ＣＥＯの秘書の人が、「トム・クルーズが来日した時、ここのバスケットコートで、みんなとバスケしたんですって！」とか、目をキラキラさせながら言ってたんだが、そういう有名人もよく来るらしい。

　ちなみにその時、女子な皆様がきゃー！　とかなってた横で、「トム・クルーズだってバスケくらいやるだろう」と思ってた私。

そういう所で行われるということは、そういう人たちが結集するのは簡単に予測できちゃう。

「で、何の集まりなの？」ってあらためて電話かけて聞いたら、「キッチンで、インド料理の会があるのよ。駐在してるインドの方の奥様が、日本人向けに自宅でお料理教室をやられていて、それで今回、ここで公開レッスンすることになったの」って言ったもんだから、私、驚愕しちゃった。

「ちょっと待った、ニーナ！！　料理の会って、女ばっかなの？」

あせって叫んだ私にニーナ、「たぶんそうかな」って。

そうかな、じゃない！！！

会員制高級クラブ（そういうふうに言うとなんかエロい）に結集する女性陣とか、私の天敵だから！！！

だいたいニーナ、お湯もまともにわかせないくせに、料理教室とか何言っちゃってんの！！！

しかしニーナ、あせりまくる私に、「もう、出席リストに名前出しちゃったからね」って言って、さっさと電話切っちゃった。

くそー、最近私の扱い方に熟練の技を見せるようになってきたな。

とにもかくにも、きゃー、どうしましょう！　って言ってるうちに、その日がやってきてしまい、約束してしまった手前、私は嫌々ながらもニーナと合流して東京メンバーズクラブに向かった。

入り口にはいるなり、スタッフが「ようこそ、フォルテン夫人」って笑顔で挨拶しまくってくるので、小声で「よく利用してるの？」と尋ねたところ、「ここの図書室、英語の本たくさんあるし、私、ここの日本語教室通ってるのよ」とニーナが答えた。

図書館と日本語教室……学生時代、学年でいちばん成績悪くて常に落第寸前だったニーナが、よもやそんな所に通っているなんて、びっくりだ。

人間って、年月とともに変わるものなんですね。

するとそこでニーナ、「ノブ、私、ダイレクターの方にご挨拶してくるから、ちょっとだけここで待っててくれる？」と豪華でやたらと広いロビーのど真ん中で言った。

「何か言われたら、私の名前出してね」と言ってどこかへ行っちゃったニーナ。残された私、ソファに座ろうとすると、どこからともなくスタッフが現れ、笑顔で案内してくれて、「何かお飲み物をお持ちしましょうか？」とか、聞いてくれる。

えー、すごーい、さすが会員制クラブ、座っただけでも飲み物出てくるんだー！　しかも無料だぞー！　とか、私、思いっきり感心しちゃった。

しかも、出てきた紅茶は、ポット入りで、ちゃんと茶葉でいれてる。

わー、ティーバッグじゃないー！

自分で言うのもなんですが、入会に五〇〇万とかかるような会員制のクラブなんて、庶民でオタクな私には基本、まったく縁がないから、なんでもかんでも新鮮に驚きだ。

大変おいしくいれていただいた紅茶を飲みながら、ゴージャスアンドビューティホーなロビーを見渡すと、当然ながら外国人も多いけれど、思っていた以上に日本人も多いことに気がついた。

週末なので、家族連れもいるし、おいしいと有名なレストランに食事にきてる人もけっこういそうな感じだけど、共通するのは、雰囲気豪華な人ばっかりってとこ。

つまり、見るからに「お金、たくさんもってます」って、それ。

前は、それこそTシャツとか軽装でジムに来たって感じの外国人とか見たような記憶あるけど、今日はそんなラフな人はいない。

時代とともに、いろいろ変わっていくんだなぁ。

そんなこんな考えながら、たいへんおいしい紅茶をのんびり飲んでいたら、「本当に最近、目立って態度悪いわよね、すごいお高くなっちゃって」って、英語が聞こえてきた。

ふと見ると、斜《なな》め前のソファのところに座っている女性四人、なにやら超盛り上がってる。

「表参道のおしゃれなコンドミニアムに住んでいるのが自慢みたいよ。何かっていうと、うちのライアンはダイレクターだしって言ってるし」

「日本で住んでいる家、自慢されてもねぇ。私もそうだけど、アメリカ帰ったら小さなアパートメント借りて暮らす身で、日本に住んでいるからこそ出来る贅沢《ぜいたく》じゃない？」

「あら、あなたなんて、まだシカゴで都会だからいいわよ。彼女なんて、テネシーのど田舎の出身よ？」

「来たばかりの時は、素朴《そぼく》な感じだったのに、今ときたら、ダサいドレス着てパーティで大きな顔してるものね」

「大きなのは顔だけじゃないわよ。この間のパーティなんて、座っていたら、あの大きなお尻で思いっきり押されて、挙句に『ふんっ』とか言われたわよ、私」

私、紅茶片手に、聞き耳頭巾しちゃう。

どうやら、彼女たちの知り合いの女性が、日本に来てしばらくしてから、性格が一変したらしい。

「ここのメンバーシップだって、会社が法人契約してくれてなかったら、私たち個人で会員になるなんて、そりゃもう無理でしょ？　彼女、そういうの、すっかり勘違いしちゃってるわよね」

なるほど、駐在員あるある話だな。

仕事で日本に来て駐在員になる人たちの中には、今、彼女たちの話題になってるような人、けっこういる。

白人で英語圏の人限定なのは、日本人がそういう人たちを羨望《せんぼう》の目で見て、あこがれたりする傾向がまだまだあるからなんだけど、日本に来るとやたらモテたりするから、勘違い甚《はなは》だしくなっちゃって、俺様になって帰国する人もいる。

もちろん、アメリカに帰ったら〝ただの人〟だから、こてんぱんにされて、目が覚めるわけだけど。

逆に、日本人にもそうなってしまう人、たくさんいる。

バカ父の部下だった人で、ニューヨークの華やかな駐在員暮らしに馴染みすぎてしまった奥さんが、日本に帰ってきた後、普通の日本企業の会社員に戻ったご主人とのソリが合わなくなった挙句、社宅住まいとなった自分も受け入れられないまま、離婚に至ったたって話を聞いたことがある。

そういうのって、国籍とか関係ない。

隣のソファの会話も、ぶっちゃけ、そこにいない誰かの悪口ではあるんだけれど、言いたくなる気持ちはわからなくもない。

……と、そこでいきなり彼女たちの会話が止まった。

「あら、みんな、今日は早いのね」

反対側から現れた人物に、ソファにいた人たちがいっせいに視線を向けた。

そして、「あら、シェルビー、こんにちは」とか、みんな、ちょっと前とはうってかわった感じのよい笑顔で、そのシェルビー某《なにがし》に挨拶してる。

なるほどー、このシェルビー某が、おケツのでかいドヤ顔の噂の人ってわけかぁ。

一見、小柄で金髪でけっこうかわいい感じの人で、アメリカの地方都市だったら、チアリーダーとかやって人気者って雰囲気の人。

ティーカップ片手に観察してたら、シェルビーのすぐ後ろに、日本人女性がふたりいた。

そのふたりが、私の前を通り過ぎる時に、一瞬、私を見た。

なんていうかその視線、独特の空気があったんだけど、外人スキー女子がやるような値踏み視線とちょっと違ってて、なんだ？　ってなった。

シェルビーと日本人女性ふたりが、みんなのいるソファにすると、さっきとはうってかわって、当たり障《さわ》りのない会話が始まってる。それを見ながら「いろいろ大変なのね」とか思っていたら、スタッフがやってきて、「フォルテン夫人からの伝言ですが、少し時間がかかりそうなので、先にキッチンに行っててほしいとのことです」と言ってきた。

ニーナ、何やってんだろうなぁとか思ったけど、仕方ない。

料理教室とかを開催するために作られたキッチン、やたらめったらでかくてびっくりなんだが、集まった人たちも人種いろいろでびっくり。

さすが会員制だけあって、ほとんどの人たちが顔なじみっぽい感じの中、ニーナがいない私は完全にひとりぼっち状態でどうしたものかと思っていたら、「ひとりでいらしたの？」と英語で声かけられた。

さっきソファにいた中のひとりだ。

見ると、その向こう側に、シェルビーとさっきソファに座っていた人たちもいる。

「友達に誘われて来たんですけど、友達が今、ちょっと別件で来るのが遅れていて」

そう答えるとその人、「私、ジェーン、よろしくね」と感じのよい笑顔で挨拶してから、

「これが今日のレシピよ」と、英文で印刷されたレシピを渡してくれた。

「ここのお料理教室は、先生が説明しながら作るのを見て、好きに質問したりしていいから、遠慮なくいろいろ聞くといいわ」

ジェーンがそう教えてくれたが、見れば、みんな好きな所に立って話していたり、変わったインドのスパイス見てメモに書き込んだり、用意された食材を確認したりしている。

なんかわりとラフなんだなーとか思っていたら、今日のお料理の先生になっているディバディ夫人が前に出てきて、「みなさん、今日はサバのココナッツカレー、トマトライス、デザートはきゅうりのヨーグルトです。説明しながら作りますから、それまでレシピを見ていてくださいね」と言って、準備にとりかかる。

生まれてこのかた、料理なんて習ったことない私、お教室ってもっとクソ真面目《まじめ》にやる

ものかと思っていたけれど、なんかかなり自由な感じでほっとした。

一五人くらいいる生徒が、ディバディ夫人が準備するのをのぞいたり、おしゃべりしたりしながらやってて、なかなか雰囲気もいい。

ニーナに連れて行かれたパーティのほとんどが、外人スキーな英語かぶれ女子が外人男をハンティングする場所みたいな状態だったし、今回は会員制クラブの料理教室とか聞いて、どれもこれも縁がない私は超ビビってたけど、なんかいい感じに楽しめてる。

こういうのなら、参加ウェルカムだわー。

なんたって、インド人直伝《じきでん》のおいしいカレーも食べられるしな。

そんなこと考えてにまにましてたら、ジェーンがまたそばにやってきて、いろいろ教えてくれた。

ディバディ夫人のご主人はイギリス系金融会社のITのえらい人だそうで、一家は赤坂《あかさか》のすごい豪華なコンドミニアムに住んでいるらしい。

「自宅でも、インド料理を教えてるそうよ」とも教えてくれた。

ジェーン、ソファでの会話聞いてた時は、ちょっと意地悪な印象があったけど、こうやってみると、普通に親切な人なのがわかる。

ふと見ると、ふんぞりかえってるシェルビーの横で、日本人女性ふたりが、ジェーンと話している私を見ていた。

そしてそのふたりが、ジェーンがお手洗いに行ったのと同時に私に近づいてきたので、私ってば瞬間、「来た！！」って思っちゃった。

やっぱりロックオンされてたかって感じ。

男探しに来てるようにはみえないけれど、明らかにシェルビーのお取り巻きなわけで、いわゆる外人スキー女子の亜種だと思われ。

「初めての方ですよね？」

ひとりが私に聞いてきたので、素直に「そうです」と答えると、「英語、お上手ね」と
その人、いきなり英語で言ってきた。

いやぁ、挨拶も自己紹介もなしに、いきなり英語ほめられるとは思わなかったぜ。

あまりに唐突だったから、「はぁ、ありがとうございます」と言うと、その人、にっこり笑顔で「私、マミです。こちらはヒロミさん」とやっとそこで自己紹介してきた。順番違うぞ。

「ノブコです」って私も名乗ったけど、なんていうか、外国人のジェーンには感じた親しみやすさが、同じ日本人の彼女たちには欠片も感じられない。

するとそこで、マミさんがいきなり、唐突に、「私、外国に長く住んでいたので、英語で話す方が落ち着くんですよね」とか言ってきた。

……へー。

……と、棒読みで申し上げたいところ、ぐっと我慢した。

いきなりそれ、言われても「知らんがな」って話だけど、そもそも私、九年近くアメリカに住んでいたが、英語で話す方が落ち着くとか、考えたことも思ったこともないぞ。

著《いちじる》しく反応悪い私に今度はヒロミさんが、「マミさんはご主人の転勤でアメリカに住んでいたことがあって、私はイギリスで育ちましたのよ」と言ってきた。

いったいこの人たちは、私にどういう反応を求めてるんだろうか？

ここはやはり英語で、「Ｓｏ ｗｈａｔ？」と返答したほうがいいのだろうか？

ってか、なんか外国暮らしを自慢気に言ってるみたいだけど、それが今の状況とどう関係があるのか、ぜひとも聞いてみたい。

ヒロミさんとマミさん前に、私、なんなんだよ？　ってなってたそこで、お手洗いからジェーンが戻ってきた。

「あら、ノブコ、マミとヒロミとは知り合い？」とジェーンが聞いたので、「いや、今ここで声かけられて」と答えた私に突然、マミさんが言った。

「ノブコさん、英語お上手ね、どちらでお勉強なさったの？」

どちらでお勉強なさったの？　って、しゃべれなかったらマンスリーオタク便が止められるという過酷なミッションのもと、アメリカでガチ勉強したんです！　とか、そんなことはもちろん言えるわけもなく、私、激しく割愛して、「ニューヨークにいたことがあるんで」とかあっさり答えた。

「まぁ、そうだったの？　ニューヨークはどちらにいらしたのかしら？」

「そうなのね。ニューヨーク、語学学校たくさんありますものね。通ってる日本人も多いし」

……………え？

私、語学学校行ったとか、一言も言ってませんが、いつの間にそういうことになってるんですか？

混乱しまくってたら、ニーナがやってきた。

なんだろう、ニーナが部屋にはいってくると、雰囲気ががらりと変わった感じがする。

「ディバディ先生、遅れてごめんなさい」と先生に丁寧に挨拶した後、私のところに来てニーナ、「ノブぅ、遅れてごめんね」と言った。

ちなみにニーナ、思いっきり日本語で言った。

その瞬間、マミさんとヒロミさん、見た目にわかるほど固まった。

「ノブの友達って、ニーナ・フォルテンだったの！」

ジェーンだけが、普通に驚いてる。

「ニーナさんとは、どこでお知り合いになったの？」

なぜかそこだけ日本語で言ったマミさんに、ニーナが「ノブは学生時代からの友達よ」

と、これまた日本語でニーナが言った。

ニーナ、お湯もわかせないが、語学だけは堪能なんだな。

学生時代、私に英語教えているうちに、自分が日本語しゃべれるようになっちゃったっていうね。

さらにどうやら、今はここの日本語教室にも通ってるらしいから、さらに磨きかかってると思われ。

だから、「日本語でしゃべればわからないはず」な会話は、ニーナには通用しないんだ。

「学生時代？」

マミさんが、ニーナの言葉を繰り返していると、そこにおケツのでかいシェルビーが乱入してきた。

なんていうかその乱入が、いかにも大きなお尻で相手を押しのけるみたいな感じで、私ってば、「なるほど、これかー」とか別な方向で感心したんだけど、シェルビーはおケツ同様、態度もでかいって感じで、「こんにちは、ニーナ。お久しぶりね」とか言ってる。

ニーナ、笑顔でこんにちはとか返してるけど、つきあい長いからわかるぞ。

この笑い方は、「この人誰だか覚えてないけど、とりあえず失礼にならないように、ちゃんと挨拶しとこー！」ってそれだわ。

ところがマミさんとヒロミさん、親玉のシェルビーが参入したのも気が付かないみたいに、「学生時代からって、ノブコさん、学生の頃にニューヨークにいらしたの?」と聞いてきた。

「十四歳から大学卒業まで、アメリカにいました」

ちょっとムカつきながら私がそう言うと、マミさんが「え!」って声をあげ、ヒロミさんが「ノブコさんも帰国子女だったの?」とか言ったので、「そんなものですが、ヒロミさんはどのくらい、イギリスにいらしたんですか?」と尋ねてみた。

するとヒロミさん、「いや、私は、小学生の時にちょっといただけで。しかもイギリスの小さな田舎町で……」とか言いよどむ。

帰国子女って看板ひっさげてたわりには、いきなりしょぼい事言ってるんだが、さっきとはうってかわったふたりの態度に、こっちのほうがとまどうぞ。

するとそこで、帰国子女とかってものに知識も理解もないであろうシェルビーが、「あら、アメリカの大学卒業したの? うちのライアンは、カリフォルニアのアーバイン出たのよ」と、ものすごーく自慢気に言ったから、今度は私がびっくりした。

いや、それ、私の卒業した大学と同じだから!

「私もそこですよ、アーバイン。えー! そうなんですかー」

アーバイン、大きな大学だから卒業生と遭遇するのは珍しくもないけれど、日本で出会うっていうのはそう滅多《めった》にあるもんじゃないし、あらまぁって感じになったんだけど、シエルビーはそうじゃなかったみたいで、すごいびっくりした顔をしてる。

ライアンってよくある名前だけど、「もしかして、ライアンって、ライアン・ゴースとかじゃないですよね？」と、冗談まじりに私が言ったら、今度は全員すごい驚きの顔をしたのでこっちが驚いた。

え？　ゴースなの？

「それ、こちらのシェルビーのご主人の名前よ！！」

ジェーンの言葉に私、「えー！！！　〝ライアン・ギークフリーク〟の奥さんだったんだ！！」って叫んじゃった。

ライアン・ゴースは、大学ではライアン・ギークフリークって呼ばれてた超オタクで、彼の場合はアメコミのオタク。太った身体に、制服みたいにアメコミキャラのTシャツ着ていて、スギムラ君のアメリカ人バージョンみたい感じ。

有名だった所以《ゆえん》は、ライアンがアメリカのテレビで、選抜オタククイズみたいな番組で優勝して、名実ともに全米一のアメコミオタクとなったから。

日本人だから、もしかしてアニメとか詳しかったりする？　って、学食で声かけられたことがあって、その後、会うとオタク話に花咲かせていた時期もあったけど、卒業後はお互いまったく連絡取っていなかった。

太ってて長髪、短パンにビーサンで、日本でもそう見ないようなオタクスタイルだったけど、気さくで良い人だったんだよね。

「わー、懐かしい！！　ライアン元気ですか？　相変わらず、フィギュアとかグッズとか集めまくってます？　大学の時、アメコミのヒーローのTシャツ、すごいレアものとか着てきてて、有名だったんですよねー」

その時のシェルビーの反応、料理教室の人たち全員が、手をとめてガン見しちゃうくらいのものだった。「NO，NO，NO」と言い続けて後ずさると、そのままあっという間にキッチンから走り出ていってしまった。

何が起こったんだかわからない私、ぽかーん……他の人たちも呆然としてる。

と、そこで突然、ジェーンがお腹をかかえて笑い出した。

え？　何？　どういうこと？

「ノブコ、あなた、さいこーよ！！！」

げらげら笑うジェーンに、「何？　どういうこと？　なんか私、やった？」と思わず聞くと、「やった、やった、思いっきりやったわ」とジェーン、笑いすぎて泣いてる。

「シェルビーが言ってた『うちのライアン』は、アーバインで優秀学生賞も取ったくらいすごい人で、能力を買われて、エグゼクティブ待遇で日本駐在が決まったって人になってるから。ライアン・ギークフリークだったなんて話、絶対してほしくなかったと思うわ」

ジェーンが涙拭きながらそう言ったけど、それは嘘じゃない。

ライアンは優秀な人だったし、成績も抜群によかった。

ただ、あまりにもオタクだったので、そっちでの方が有名だったし、女の子にはまったくモテてなかった。

本人、全然気にしてなかったみたいだけど。

「ライアン、忙しいみたいでめったにここには来ないのよ。だから私たちライアンのこと、シェルビーのライアン自慢でしか知らなかったの」

私、なんか悪いことしたかも。

でも、あんなにモテなかったライアンが、おケツはでかいかもしれないけれど、けっこうかわいいシェルビーと結婚できたなんて、それはかつての友達としては、とりあえずうれしい話ではある。

学食で、「いつか日本に行きたいんだよね」と話していたライアン、本当に日本で暮らしてたんだなぁって、そこも考えると感慨深い。

そこで突然、これまたまったく場の状況を無視した質問がヒロミさんから飛んできた。

「ノブコさん、ニーナさんとはハイスクールとかでいっしょだったんですか？」

なんでそんなこと知りたいのかなぁって思ったけど、「いえ、私、マンハッタンの私立女子校に通ってたんで」と、とりあえず正直に答えるとニーナが「クレアモントという学校なの」と付け加えた。

「え！！　クレアモント出身なの！　ノブコって何者！！！」

また、ジェーンが大声出した。

その声に、マミさんとヒロミさんが、「え？」ってなってる。

「マミもヒロミも日本人だから知らないでしょうけど、クレアモントって超有名お嬢様学校で、しかもアイビーリーグ進学率全米トップ20にはいるくらいの名門校よ。もしかしてノブコ、そこでたったひとりの日本人だったんじゃない？　すごいわ！！」

ありがとうございます、いろいろ大変でした、とか言いたい気持ちだけど、ふと見ると、なんかすごいおびえた様子で私を見ているマミさんとヒロミさんがいた。

「ノブコさん、ただの帰国子女じゃなかったんですね。スーパー帰国子女だったんですね」

……え？

「ただの帰国子女の私とは、レベル違います」

……は？

「ごめんなさい、私たち、失礼しますね」

……え？

あっという間にキッチンから出て行ってしまったふたりを、私、呆然と見ていたら、ジェーンが「ノブコ、さいこー」って言って、私の肩をばんばん叩いた。

意味わかんない。スーパー帰国子女って、何その、新しいスーパーマーケットの名前みたいなのは。

「ノブコ、あっという間に彼女たち、撃退しちゃったね。彼女たち、裏で、SHALLOW－Sってあだ名ついてたのよ。日本駐在がすごい特別なことみたいに勘違いして、特別な人気分になっちゃってるシェルビーと、外国に住んでいたことが自慢の日本人ふたりで、いっつもツルんでて感じ悪かったのよ」

「だって、外国に住んでたとか、別にいまどき、珍しくもなんともないですよ。レベル違うとか、スーパーとか、わけわかんないでしょう？」

私がそういうと、ジェーンが目を大きくして、「へぇ」って顔をした。

「私、日本人の知り合いって、ここのクラブで会う人くらいしかいないけど、たいてい、やたら英語できることをアピールしてきたり、外国住んでたことを自慢にする人多いから、日本ではそういうのってステイタスになるんだと思ってた」

「まさかぁ。英語できる人なんて、珍しくないですよ。うちの会社にいる日本人全員、片言でもなんでも英語使ってるし。そんなこと、自慢してどーするって感じですけど」

そういった私にジェーンが、「確かにね」とうなずく。

するとそこで、それまで何も言わなかったニーナが突然言った。

「シェルビーの気持ちもわからなくもないけど、私」

え！！　マジで？？？

叫んじゃった私とジェーンにニーナ、「だって、日本にいると、みんながちやほやしてくるじゃない？」と言った。

「私もそうよ。どこへいってもちやほやされるの。でもそれって、アメリカ人だからとか、お金持ちだからとか、そういう理由で、私自身とは関係ないのよね。そういう人たちって、アメリカ人なら誰にでもそうだし、お金持ちなら誰にでもそうなの。そこを知らないと、誰でもいい気になって勘違いしちゃう」

ニーナ、学校で毎年落第宣告受けていた人とは思えない、素晴らしい洞察《どうさつ》力だぞ、それ。

「シェルビーは、海外駐在がすごいって思うような人たちの中にいたんだろうし、ヒロミやマミは、外国に住んだらすごいって思う人たちの中にずっといたんじゃないかしら？　ノブは逆に、そんなの全然関係ない世界に生きてる人だから、そういう価値観は全然通用しないと思うわ。人って、特別って言葉がとても好きで、自分は特別って思いたい人ってたくさんいるよね」

ニーナがそういうと、ジェーンが面白そうに、「ここにはそういう人、ごまんといるわよ」と笑った。

「そういうジェーンだって、ここの会員じゃないの」

んばん叩いた。

ちょっと意地悪く言ったら、ジェーン、「やだぁ」とか言いながら、また、私の肩をば

「うちの亭主がこんなところ、自分で払えるわけないじゃないの。会社が法人契約してるから、駐在員はおこぼれ頂戴《ちょうだい》で利用させてもらってるだけよ。ジムとかプールとか、無料で使えるし助かってるわ。それにね」

ジェーンが声をひそめた。

「ここの入会金や年会費、外国人は日本人より安いのよ。シビアな外資系企業や外国人なんて、そんな贅沢だけにお金使わないもの。そうでもしないと、ここ、会員全員日本人になっちゃうからって話」

うーわー、真実って常に残酷だ――。

ステイタスって、けっこうハリボテなものなんだな。

そこでディバディ先生が「みなさん、スパイスの調合の仕方をご説明します。こちらに集まって」と私たちを呼んだ。

ディバディ先生のインド料理は、レストランで食べるのとは違った家庭の味で、とてもおいしかった。

しかも、私たちもおうちで作れる感じ。

気さくなジェーンが、ニーナと私をみんなに紹介してくれたおかげで、私たちはその後、とても楽しい時間を過ごすことが出来た。ジェーンといっしょにソファにいたひとりが、「ニーナって、セレブレティだし、ちょっと声かけにくかったのよね」と言ってて、ニーナはちょっと困った顔をしていたけれど、これできっと友達も増えるんじゃないかな。

余ったカレーをタッパーにいただいて帰宅した私、PCを開けてFacebook《フェイスブック》を見ると、なんと、ライアン・ギークフリークからメッセージがはいっててびっくりした。

──久しぶり、ノブ！

妻のシェルビーが、東京メンバーズクラブで君に会ったたって話をしてて、びっくりしたよ。

日本に帰ってきてるなんて知らなかった。

今度ぜひ、会おう！　僕の家に遊びに来てくれよ。シェルビーは料理がうまいんだ。

ライアン、幸せなんだなって、メッセージ見て、思った。

シェルビー、ライアンが超オタクだったたってこと、バラしてごめんよ。

あそこでは気取ってたけど、ライアンにとっては、きっと良い奥さんなんだろうな。

今度シェルビーに会ったら、絶対に伝えたい。

別に気取って宣伝しなくても、ライアンはとても良い人で、すごく出来る人だったし、きっとこれから出世すると思うよ。

でもそれは自慢する必要なんて全然なくて、ライアンとあなたが幸せなら、そっちのほうが自慢できることだと思うんだ。

ライアンの友達申請を承認して彼のページを見ると、髪の毛も短くなり、だいぶ痩せて、すごくすてきになったライアンが、シェルビーと幸せそうに笑ってる写真が出てきた。

ね？　シェルビー。

こっちのほうがずっとすてき。

3

一年の計は
コミケにある

「僕もコミケに行く」

お盆の前に、突然オーレが宣言した。

夏休みはあなたが日本に来ても相手してられません！　って言っていたのだが、その時期にしか飛行機が取れなかったとかで、休暇を取って日本にきたオーレ、よもや本当に私が、まったく、さっぱり、全然、彼を見もしない状態になるとは思ってもいなかったらしい。

開催日三日間だけがコミケじゃないんだよ。

コミケとは、前のコミケが終わった瞬間から始まるものなんだよ。

本を出すサークル参加者は、会場で買った申込み用紙で規定期限内に、次のコミケ参加を申請しなければならない。

それと同時に、新刊製作に取りかからなければならない。

そして一般参加者な我々は、開催の前月に発売されるカタログのチェックが必須。

これがまた、イエローページを超える厚さで、人も殺せるといわれるほどの重量。

びっしり並んだサークルカットを見て、当日回るサークルをピックアップし、まわるサークルの配置を全て書きこんだ宝の地図を丹念に作り上げていく。

宝の地図も、ただ作っただけでは完全とはいえないのがミソ。

開催日が近づくと、連日Twitter《ツイッター》やPixiv《ピクシブ》に新刊予告があがってくるので、それを丹念にチェックして情報をアップデイトするのがコミケ参加者の日課になる。

サークル参加の人たちの過酷さは、開催日が近づくにつれヒートアップする。ほとんどの人が仕事から帰ってから原稿やることになるから、印刷所の入稿に間に合わせるために徹夜上等！　が続く。

印刷所は前日受付までやってるところもあるけれど、当日早朝までキンコーズやコンビニでコピーして本作る人もいる。

当然、睡眠時間はざりざり削られるし、何日もろくに寝てないなんてのは普通にある。

地方から出てくる人たちは、移動や滞在のためにお金を貯め、前日から移動を開始。

都内コミケ会場近郊のホテルは参加者でいっぱいになり、深夜バス、新幹線、飛行機、車と、ありとあらゆる交通網はコミケ参加者で満ち溢《あふ》れ、人々は聖地有明《ありあけ》へと向かう。

コミケとは、オタクにとって、聖地巡礼の日。

我々は、年二回のこのイベントを軸《じく》に生きているといっても過言じゃない。

そんな中オーレは日本にやってきたわけで、盆と年末はコミケ！　ってどんなに言っても、そりゃオタクでもない、しかも外国人な彼に理解できるわけなく、本人はせっかく日本に行くのになんなの？　ってなって、じゃあ僕も行く！　ってなったらしい。

なんちゅー安易な発想なんだ。

ところが、宣言してきたのはいいんだが、宣言したのは私に向かってではなく、ソファに座ってアニメ見ていたタツオに向かってだった……なんで？

「僕は、タツオといっしょにコミケに行く！」

身長188センチのオーレが、165センチのタツオを見下ろしてそう言ったが、どっからどうみても、タツオの方が格上にしか見えない。

風格が明らかに違う。

「いつも、僕だけみんなの仲間にはいれない。いつ来ても、タツオたちはとっても楽しそうだし、ノブもみんなといるとすっごく楽しそうだ。僕も仲間にはいりたい」

なんなんだ、その、僕も幼稚園でみんなのお遊戯《ゆうぎ》はいりたい！　みたいな理由は！……と思って、「何馬鹿なこと言ってんの！」って言おうとしたら、タツオが「覚悟はあるか」といきなり言った。

「ちょっとあんた、何言ってんの！　オタクでもないド素人《しろうと》、挙句に外人が、用もないのにコミケ参加とかありえないでしょ！　だいたいそんな奴、邪魔なだけじゃない！！」

そう叫んだ私にオーレが、「ノブはいっつも僕をdis《ディス》ってばっかり！！」って、どこで覚えたんだかわからないツイッター用語で私に反論してきた。

言い合う私たちを横に、タツオだけはいつものように無表情、かつ淡々としている。

何があっても動じないところは、本当にモアイだ……。

「コミケは戦場だ。そこに参加する我々は最前線の兵士だ。新兵だからといって甘えは許されない。わかるか」

オーレはその言葉に思わず黙り、そしてうなずく。

横に立つスギムラ君とクニタチ君も、見たことのない厳しい表情でオーレを見ている。

なんなんだよ、この、出撃前の新兵入隊みたいな状況は。

「コミケは物見遊山《ものみゆさん》で行く場所じゃない。文字通り、最前線の戦場だ。そこに俺たちといっしょに参加するのなら、それなりの役割は担《にな》ってもらう。萌えも欲しい本もないお前には、かなり過酷なミッションになるがいいか」

オーレは大きくうなずくと、「タツオ、モノミユサンって何？」って、全員の腰を砕《くだ》くようなことを言いやがったが、タツオはそれを丁寧に説明すると、さらに言葉を続けた。

「途中の脱落は許さん。すべては俺の指示に従ってもらう。それが出来なかったら、あるいは誰かに迷惑をかけるようなことをしたら、俺は、今後お前とノブコのつきあいを認めん。言っておくが、ハセガワ家で俺がだめと言ったら、誰も反論できんからな」

何それ！　そんな話は聞いたことないよ！

私は反対、絶対反対！！！

横でぎゃーぎゃーわめいていた私に、タツオはその細い目を向け、まさにメガネをきらりと輝かせながら言いやがった。

「オーレはコミケを知らない。お前とつきあっていく以上、コミケとはなんなんだという疑問がずっとついてまわるはずだ。本人がそれを知りたいと思ったのは良い機会だ。しかも言う相手を、お前ではなく俺に言ったというのは、それだけの覚悟があり、真剣に考えてるともいえる。状況把握もしっかりしているし、冷静な判断だ」

ううう……悔しいけど、確かにその通り。

でも、オタクでもない人間があそこに行くってのは、すべてを知ってる者にとって、「命知らず」としか言いようがない。

なんたって、世界中、戦地や僻地《へきち》や奥地を渡り歩いた人が、「ここ以上に過酷な場所はない」と言ったコミケだよ？

しかも史上最強の地獄と呼ばれる夏コミだよ？

無理無理！ と叫びながら動揺してる私に、タツオはいつもと変わらぬ冷静なモアイ顔で言い放った。

「大丈夫だ。俺が責任をもって面倒をみる」

ミッションはなんと三日間全日程となった。

タツオいはく、「どうせ参加するのなら、全部見せるほうがいい」……いや、オーレ、死ぬで？　マジで死ぬで？

しかしオーレは至極真面目に、コミケ参加に臨《のぞ》んでいた。

事前準備と教育のためにオーストラリア育ちの英語堪能なハセ君がやってきて、スギムラ君とふたりで、コミケの地図を見せながら英語で説明していたんだが、ハセ君が「当日、何着てくつもり？」って言って、オーレが出してきたグッチの黒のシルクのシャツ見て、「ああ、だめだめ、こんなのじゃ。お前、死ぬ気？　捨ててもいいような通気性の高いTシャツとかにしないとだめな。自分の汗臭さで死にそうになるような所なんだぜ。身体もべたべたになるしな。黒の服は、外周列で日差し浴びたりすると熱射病確定だからやめとけ。日焼け止めクリームも持っていったほうがいいよ。お前暑がり？　だったら、短パンはいていく方がいい。ジーンズとか、死ぬほど蒸《む》れるからな。ただし靴は踏まれる可能性が高いから、スニーカーとかのほうがいいよ。とにかく熱中症対策最優先で、死と隣あわせだから、冷却スプレーと汗拭き用のウェットティッシュとか常時携帯して、水もペットボトルいちばんでかいやつを凍《こお》らせて持っていくこと。それを全部いれておくために両手ふさがないバッグも必須な」

ハセ君の、的確かつ冷静かつ容赦ない説明に、オーレの顔が、時間を追うごとに変わっていく。

なんか俺、すっげーやばい？　みたいな感じがありありと出てきた。

ハセ君は宝の地図を指しながら、コミケのエキスパートらしい説明をオーレにしていく。

「東と西をつなぐ通路は、こっちな。コスプレ広場まわりのルートもあるけど、それに気をとられて見てたりしたらだめだから。コミケ移動は走らないこと。でも、できるだけ早く移動すること。最短ルートを瞬時に把握すること」

「男子トイレには列はできないけれど、基本、トイレ行く暇もないくらい大変だから、行かれる時にいっとけ。もっとも、汗かきすぎて、トイレなんて全然行きたくなるんだけどな」

「うちわか扇子《せんす》はバッグにいれておけよ。炎天下の待ち時間にはこれが命綱になるからな。タオルは首にもかけられるでかいのがいい。すぐに汗でびっしょりになるから、替えのタオルももってこいよ」

「水分はこまめにとること。そうしないと、気が付いたら熱中症になってるなんて普通にあるから要注意な」

「中継基地になるのは、東123ホールはここ、東456ホールはここ。西館はここな。荷物が増えて持てなくなったら、中継基地で預かってもらえ。指令基地は、今回は東館外のここになる。司令とオカモトのふたりがここから全員に指示を出す。スマホをヘッドセットかイヤホンにして、連絡を逃さないようにすること」

「地図は当日入場待機列にはいった時点で渡されるから。そこで全員で待っている間に打ち合わせにはいる。ペン、忘れずにもってこいよ」

ハセ君の言葉にオーレは、いちいちうなずいている。

小柄なハセ君とでっかいオーレでは、見た目だけだと子供と大人が会話してるみたいに見えるんだが、このペアも、どうみても、ハセ君のほうが格上。

ハセ君は歴戦の勇者のオーラをがんがん出してるし、スギムラ君は言うまでもない。

このメンバーにおいては、オーレはヒエラルキーの最下層にいるのは確か。

感心しながら見ていたら、そこでハセ君がとんでもないことを言った。

「ノブさん、オーレ、二日目、〝企業〟行かせることになってるんで」

は？

「スギムラさんと俺と三人で特攻かけます」

さわやかにそう言ったハセ君に私、びっくりしすぎて大声出しちゃった。

「だって今回の〝企業〟って、あれだよね、あれ、あれあれ！！！」

「そうです、『ガル戦』の限定ブースです」

興奮してドモった私の言葉を受けて、スギムラ君がつないでくれたんだが、『ガル戦』ってのは、『ガールズ戦隊スターズ』っていう、選んだ女の子キャラを育成して戦士に育てメンバーを組んで戦隊で相手と戦う、今大人気のオンラインゲーム。

女の子が日本各地の方言をしゃべるんだが、それがエロかわいいと大ヒットして、ユーザーはうなぎのぼりに増えている。ところが、製作が小さなゲーム会社なので他に手が回らず、グッズ展開やメディア展開はほとんどないままでいたんだ。

それが今回、初めての企業ブース参加で、当然だが初売りのグッズが山ほどあって、とてつもない混雑と混乱が予想され、屍《しかばね》が山と積まれると言われてる。

なんたって企業ブース、コミケの中でも最前線の中のさらなる激戦区で、コミケ会場最高の人出と混雑があるエリア。

そして、企業の人気ブースに並んだ者は、極寒の中、あるいは酷暑の中、何時間も延々と無言で並び続けるという、まさに巡礼の地！

しかし、そこまで並んだとしても、残酷にも突然表示される「●●完売！！」の札……なんてのもよくある話。

ここに足を踏み入れる者は、コミケ参加者の中でも、猛者《もさ》中の猛者と言われてる。

ちなみに私は行ったことがないんだけど、オリジナルBLドラマCDを目当てに、ミンミンさんが時々特攻をかけてる。

彼女がそこにいく時は、〝いつ戻ってくるかわからない〟前提の出陣。

その最前線にド素人のオーレを行かせるなんて、武器の使い方もわからない一般人を最前線に送り込むようなものじゃないか！

絶句してる私にスギムラ君が、「ノブさん、大丈夫です。購入数保持要員としていくんで、僕らがちゃんとサポートします」って言ったけど、私、思わずオーレを見た。

オーレは、驚愕して叫んでる私を見て、ものすごーい不安の真っただ中に落とされたらしく、珍しくおどおどした様子で私たちを交互に見てる。

「き、きっと大丈夫だよ」

そう言った私の言い方と様子が、思いっきり大丈夫じゃないって言ってるようなものだが、もうどうしようもない。

オーレの運命は、指導教官のハセ君、その先にいるタツオの手に握られたわけで。

「オーレ、必ず生きて帰ってきてね」

真顔でそう言った私に、オーレはものすごい不安そうにうなずいた。

今さら「やっぱりやめる」とは、さすがに言えないだろうな、お前な……。


えーっとですね。

始発に乗るためにタツオたちといっしょに家を出るオーレを見送った時の私は、心の底から彼を心配しておりました。

これは、嘘偽《いつわ》りなし。

しかし、自分が国際展示場《こくさいてんじじょう》の駅を降りた瞬間、オーレのこと、頭の中からきれいさっぱり消滅しちゃいました。

これはコミケ参加者六〇万人が同意するところだと思うけど、あそこで自分の目的以外のことに気を向けていることなんて不可能だから。

ごめんオーレ、でも、もう、君のことにかまっちゃおれんのよ、私。

しかも今日のジャンルのひとつは、アニメ。

私が今、大萌えに萌えている『ダンク！ ダンク！ ダンク！』関係の同人誌が並ぶ日だからね！

買い物部隊編制するのは、タツオたちの専売特許じゃない。私たちにもある。

今日の女子買い物部隊は、BLドラマCD鑑賞会のメンバーを中心に六人（ちなみにタツオのところは三日間で二八人）。

私を含めた四人は、それぞれお友達のサークルのお手伝いにはいっていて、残りの二人は一般入場。

個人の都合で参加できないオタ友たちや、サークル参加のために、自分で買いに行かれない人たちの分も購入してあげるので、東西全館を網羅《もうら》したミッションになる。

宝の地図と隊員の配置と担当を考えるのは、チカさん。

我々買い物部隊は、カタログが発売された後、目的のサークル名と場所を早々にチェックしてリスト化し、それを隊長のチカさんに送ることからミッションが始まる。チカさんはそれをExcel《エクセル》でリスト化、カタログについている配置図をデータにして読み込み、二日分（私たちの購入メインは初日と二日目なので）の宝の地図を作ってくれる。

我々は、それぞれのサークルの新刊情報を逐次《ちくじ》確認して最新情報をチカさんに送り、チカさんは随時それをアップ、最新のものを当日の朝、我々に渡してくれるのが前準備。当日朝いちばん、サークル参加者やお手伝いの人たちが、まず集まって買い物の担当を決める。一般入場ではいる隊員には、LINE《ライン》で知らせて、入場と同時にミッションにはいってもらうっていう流れ。

人気壁サークルとかだと、当日仕事とかで来れなかった人の分含めて新刊十冊購入なんてことにもなったりするけど、それで一サークル新刊三冊とかの場合、三×一〇となって重量的に地獄を見るので、事前情報は必須。当然だけど、複数名で特攻をかける。冊限（ひとりあたりの販売冊数を限定すること）もでたりするので、そういう場合は他の隊員を緊急召喚する必要がでてくる。

我々の基地は基本、サークル参加している人たちのブースで、今日はアルタさんのところ、明日はコナツさんのところになる。

特に今回が初めてのコミケとなる『ダンク！　ダンク！　ダンク！』は、何百というサークルさんが本を並べているわけで、私とミンミンさんは買い物部隊のミッションが終了したら、あらためてそのエリアに戻り、絨毯《じゅうたん》爆撃をかける所存。

絨毯爆撃というのは、全サークルをしらみつぶしに見てまわることで、そのジャンルに初めてハマった時は、好みのお話やら好みの絵やら描かれているサークルさんを探すために、これをやらずにはおれない。

しかしたいていの場合、そうやっていっきに人気沸騰《ふっとう》したジャンルの同人は、すべからくあっという間に新刊がさばけてしまう。

コピー紙とか突発本だったりすると、作れる冊数は限られてしまうから、当然売り切れるのも早い。

同人誌は基本、個人発刊の趣味の本。

ここで買えなければ、二度と、一生、手にはいらない本ともいえるわけで、だからこそ、私たちはまだ見知らぬ、出会っていない愛ある同人誌を求めて、この灼熱《しゃくねつ》のコミケ会場を歩き回るわけなんだ。

シャッター前とか壁サークルとか呼ばれる人気サークル主の多くは、いちばん旬《しゅん》の作品の同人誌を出す人が多い。

『ダンク！　ダンク！　ダンク！』、さすがに今、最も勢いのあるジャンルなだけに、実際早くからどこもかしこもすごい列ができている。

あっちこっちで、〝最後尾〟と書かれた札を持つ人々が立ち、その札を次の人に渡していく。

雑踏とざわめき、したたる汗、あっちこっちから聞こえる「ありがとうございます」の声。

ものすごくうれしそうな表情で、本を抱えて列を離れる人々。

笑顔で応対しているサークルの売り子の人達。

それを見て、なんかもう、アドレナリンが炸裂《さくれつ》したみたいにテンション上がる。

ああ、コミケだ、コミケに来たんだぁって思う。

ここは我々オタクにとっての楽園、そして聖地。

参加者六〇万人の想いと願いが、台風の進路すらそらすと言われている、オタクの祭典。

『ダンク！ダンク！ダンク！』のサークルさんを絨毯爆撃かけていたら、カートを引いた金髪の女の子ふたり組に遭遇《そうぐう》した。

最近はそうやって、コミケ合わせで休暇取って日本に来る外国人も増えた。

彼女ら、カート引いているあたり、タダモノではない感ありあり。

すると彼女たち、私が別ジャンルの頃から好きだったサークルさんの前に立ち止まり、持っていたメモを確認してから、すごい勢いでイタリア語でなにやら話し始めた。

すごーい、イタリアから来たのかーって感心していたら、ひとりが片言の日本語でサークルの人に話しかけた。

「スミマセン、エッチナドウジンシ、クダサーイ」

瞬間、周囲にいた人たちがびっくりして、一斉に彼女たちを見た。

ここはコミケ、『ダンク！ダンク！ダンク！』の腐女子エリア、めったなことでは驚かない我々オタク女子だが、イタリア人のあまりに直球な質問に、度肝《どぎも》抜かれた感じ。

いや、確かに腐女子向け本はエッチぃけど、そこまではっきり言わんでもえーがな。

どーすんの？　どー答えるの？　って、ドキドキしながらみんなが見守る中、質問された売り子さん、一瞬たじろいだけど、がっつとイタリア人ふたりを見据えて、そして言った。

「全部、エッチです！」

思わず周辺、歓声と拍手があがった。

いやもう、これ以上ないってくらい、素晴らしい回答だわ！！

しかしこのサークルは老舗《しにせ》サークルさん、既刊本の量がハンパない。

イタリア人女子ふたり、数に圧倒されてたじろいでしまい、どうしていいかわからない様子。

なので私、「英語、わかります？」と声かけてみた。

イタリア娘ふたり、ぱぁっと顔を輝かせて、「英語ＯＫですか！　よかったー！！！」と言ってから、「これ、続きものですか？　私たち、今度いつ日本に来れるかわからないから、続きものじゃなくて、単発の本が欲しいんです」と言うので、そのまま売り子さんに伝えると、売り子さんは笑顔で丁寧に選んでくれた。

「イタリアからわざわざきたんですか？　すごいですね」と言ったら、「コミケ来るために、お金貯めました。カートの持ち方も練習しました。日本のファンの人ともお友達になりたくて、日本語勉強しました」って言いながら、ふたり、顔見合わせてうれしそうにうなずいてる。

「このサークルさんの絵、ネットで見てすごい好きになったんです。今日は、ここの本買うのがメインだったんです」と言うので、これはサークル主に伝えなければ！　って思ってそのまま言うと、後ろでスケブ（頼まれた絵を渡されたスケッチブックに描いてあげる）描いていたサークル主さんが立ち上がって、「イタリアから！！！」って驚きの声を上げた。

その瞬間、イタリア人ふたり、キャーーって叫んで、イタリア語ですごい勢いで何かを言い出した。

私、イタリア語わからないけれど、彼女たちが言ってることはわかる。

『いつも見てます！　作家さんに会えるなんて、うれしい！！　ずっと前から応援してます』

そんな感じのことを言ってるのに違いない。

好きな作家さんに会えた時の反応に、国境はない。

「えー、なんていえばいいんだろう。すごい、うれしい！！」

作家さんがものすごく感動してるので、私がそれをふたりに伝えると、日本語できる子が、「ワタシ、アナタノ本、ヨミタイ、カラ、日本語、勉強シマシタ。アナタノ本、買イタクテ、コミケ、キマシタ」と作家さんに向かって言った。

その瞬間、作家さんが「どうしよう！！！」って言ってから、両手で顔を覆《おお》い、そして泣き出した。

同人誌は、とっても個人的なものだ。

自分の好きなものを、自分の好きな形に出して表現したいって情熱と萌えが、一冊の本になる。

みんな、仕事しながら、学校に行きながら、物語を作り、絵を描く。

意外に知られていないけれど、同人誌を作るには膨大な時間と、お金がかかる。

そして、同人誌を作って黒字出せてる人は、実は少ない。

決して安いとは言えない参加費、本の製作費、地方の人たちはイベント参加のための旅費や宿泊費も必要になる。

そこまでお金かけて、他に遊ぶ時間や寝る時間も削って同人誌描くのは、好きだから。

その作品を愛してるから。

それに尽きる。

そうやって描いた絵を見て、自分の同人誌を買いにわざわざイタリアから来てくれた人がいる。

そりゃ泣くよ。

イタリアの女の子ふたり、サークルの人たちと私にお礼を言いながら、ずっしり重くなったカートを引っ張って次のサークルに向かっていった。

サークル主さんが涙を拭きながら、「ありがとうございました。私もびっくりしました。通訳、助かりました」と言うので、「いえいえ、お役にたててよかったです。同人読みたくて日本語勉強したなんて」と返すと、「うれしいですねー」と作家さんがまたぽろりと涙を落とした。

もちろん私もそこで新刊ゲットしたけど、この本を、イタリアのどこかで、彼女たちも読むんだなぁって思ったら、ちょっと胸が熱くなる。

新刊を持って、買い物部隊の隊員が次々戻ってくる。

両肩には、新刊が詰まったバッグや袋がくいこんでる。我々、毎回コミケ終了後、この重さで両肩に痣《あざ》が残るんだ。

サークルのお手伝いを交代でやりながら、午後二時頃に館外に買ったものを持って集まり、集計、精算、配布することになるんだけど、ここからがまたすごい作業で時間がかかる。

とにかく量がすごい。

新刊に伴ってグッズを出してくれるサークルさんも多いし、地方在住の人、仕事で来れない人、子供がいて家をあけられない人など、参加できない人たちがいて彼女達の分もあるから、手分けして購入したとはいえ、集まった本やグッズの数は半端ない。

配分と精算はすごい大変な作業になるけど、私たちにとっては、これもコミケならではの作業だから楽しい。

午後二時、ムッとするような風がほのかに吹く中、私たちは決めておいた場所に荷物を持って集まった。

するとコナツさんが、「朝一番で、ノブちゃんの彼氏、見たよ」というので、そこで私、唐突にオーレのことを思い出した。

正直に言います。

それまで忘れてました、完璧に。

「どこで見た？」と聞くと、「東1の〈Tera House〉さん終わった時に見たよ。ものすごい量のエロ絵の紙袋両手にさげて、わき目もふらずに歩いて行った」とコナツさん。

〈Tera House〉さんの近くってことは、たぶん横狐《よこぎつね》太郎《たろう》さんのところだ。あそこは毎回、新刊あわせで紙袋作ってくれるからなぁ。

あれもって歩ってたんかぁ……と、昨年作成されていた横狐さんの紙袋の絵を思い出す。

露出《ろしゅつ》度高い戦闘服着た女の子がM字開脚した絵でしたなぁ……オーレもついに、そういうのを持つようになったのかぁ。

「ノブちゃんの彼氏、かっこいいうえに外人だから超目立ってたけど、それが『マジカルなのは』のTシャツ着て、エロ絵の紙袋大量に持ってすごい顔して歩いてるから、周囲全員ドン引きだった」

……なんていうか……想像したくない情景だな、それ。

うーん……オーレ……ほんとに大丈夫なのか？

今まですっかり忘れていた私が言えることじゃないが、ちゃんと生きてるか？

しかもなんであの人、この期《ご》に及んで、『マジカルなのは』のTシャツなんか着てたんだ？

行く前に見せてくれたバッグには、オールドネイビーの替えのシャツはいってたよね。

そしたらさらに、恐ろしい話をチカさんが言ってきた。

「〈エンチラーダ〉さん並んでいた時、隣にいた子たちが、『シャッター前の超Hな新刊出してる男性向けサークルで、すっごいかっこいい外人が大声で新刊くださいって言っててビックリしちゃったー。しかも新刊束で買ってたんだよぉ』って笑いながら話してた」

オーレっっっ！！！

お前、もう、アメリカ帰れ！！

人生最大の羞恥《しゅうち》プレイしてるぞ、お前！！

今さら気が付いたんだけど、ここは日本、普通は外人ってだけで目立つんだった！

しかもここはコミケ会場、いかにもオタクっちい外人なら、みんな何も思わない。

だがしかし、無駄に見た目がいいお前は、むやみに目立ってる！！！

目立ちすぎてて、むしろ赤っ恥かいてるっっっ！！！　このコミケ会場でっっっ！！！

そこでコナツさんが「ノブちゃんの彼氏、背も高いから、目立つわ」っていうもんだから、私、わああああああああああっっっってなっちゃった。

コミケ会場では絶対、オーレのそばにいきたくないぃいぃいぃいいいっっっ。

ひどいとわかってても、絶対にいやああああああっっっ！！

だがしかし、私の心配をよそに、その後も私は無事（え？）コミケ会場内でオーレに遭遇することもなく、その日に限ってチームタツオのメンバーと会うこともなく、午後七時には家に着いた。

当然だが、オーレもタツオたちも帰っていない。

どこかの飲み屋さんかカラオケ屋さんにはいって、明日の打ち合わせをしながら、夕飯食べてるんだと思う。

今日の戦果を聞きたかったんだけど、私もへとへとで、気がついたら寝てしまっていた。

*

二日目の朝、起きるとすでにもう誰もいなかった。

みんな、いつの間にか帰ってきて、いつの間にかお風呂にはいり、そして朝、いつの間にか出陣してってる。

帰ってきた形跡だけは、ちゃんと残ってる。

ふと見ると、リビングのテーブルの上にある私のノートパソコンの上にメモがあるのに気が付いた。

〝やり遂げてみせる　オーレ〟

……………お前、なんかすでにいろいろ違う方向に爆走してないか？　とツッコミいれそうになったんだけど、とりあえず初日は無事終えたのはわかってほっとした。

二日目、私はコナツさんのところでお手伝い。

二日目はＪＵＮＥ《ジュネ》と呼ばれるＢＬ創作ジャンルのある日で、コナツさんはそこで新刊を出す。

コナツさんの新刊といえば、岡田さんとアサヌマをモデルにカップリングした秋葉×星名シリーズ。人気絵師のアルタさんが表紙イラストを描いてて、これが実はけっこう人気を集めてる。

そんなことになってるとは、もちろん、岡田さんもアサヌマも知らない。

知られちゃいけない。

新刊は当然その第三弾で、今回も激しい絡みと熱いエロシーン満載の素晴らしい出来で、我々は幸せいっぱいだけどもさ。

買い物部隊は、本日、自分のサークルを離れることが出来ないコナツさんにかわって、アルタさんが参戦。腐女子決戦の日なので、人数も増えてる。

時計が九時半になって、各館のシャッターが閉まり、逆に外に列を出す外側のシャッターが開きだした。

そこでアルタさんが、「なんか今日、昨日より暑くない？」と言い出した。

確かに暑い。まだ開場前なのに、すでにかなり暑い。

夏コミ、場所によっては冷房はいっているところもあるけれど、そんなのはまったく意味がないほどに館内は暑い。

全部のシャッターを開けるので、たまに風がはいることもあるが、基本、灼熱地獄。

しかも今日の配置、みんなから鬼配置と言われてるんだけど、1ホールから3ホールまでつながってる東館で、1ホールに我々JUNEサークルがきていて、残り2ホールと3ホールに『ガル戦』がきてる。

今回のコミケにおいて、女子でいちばん熱いジャンルと男子でいちばん熱いジャンルが東123ホールに詰め込まれてるってわけ。

つまり、最も人が集まるジャンルがふたつ、ひとつの建物に集められてるってことで、どれだけの人がそこに集まるか、我々ですら想像がつかない感じ。

ただでさえ暑いところに、人体が発する熱量でそれが増幅されて、外気よりさらに暑くなるのがコミケ。

世の人々は、暑さで汗が揮発するということを知っているであろうか。

化粧がすべて、汗で流れ落ちてしまうというのを、経験したことはあるだろうか。

コミケでは、すさまじい湿気と暑さによる汗でべたべたになった我々の身体から、水分が揮発する。

揮発して、通路でうっすら霧状《きり》になったり、館内上部に雲ができたりする。

嘘でもなんでもなくて、本当に出来る。

以前やはり猛暑の時、東西をつなぐゴキブリほいほいと呼ばれる通路で、揮発した汗で通路内が靄《もや》り、空気が薄くなってしまったってことがある。

みっちりそこにつまって移動していた人たち、口々に「やばいやばい」「空気薄いぞ」「早くここから脱しないとマジ死ぬ」とか言い合いながら必死に前進したことがあるけど、あの時は本当に怖かった。

まさに、死の行軍。本当に空気が薄くなってたしな。

しかし今日の暑さは、もしかしてあの時を超えるかもしれない。

そしたら隣のサークルの人が、「いや、本当に危ないですよ。この時間で、三七度超えてます」って、スマホ見ながら教えてくれたんで、みんな、一瞬顔を見合わせた。

これ、もしかして開場したら、凄まじい混雑とあいまって、とんでもない暑さになるんじゃないのか？

そう言いあってたら、反対側のサークルの人が、「なんか一般入場列でばたばた人が倒れてるって、今、友達からラインはいりました」って言い出したからびっくり。

「担架《たんか》が足りなくて、スタッフがかついで運んでるって」

「黒い服の人ばっかり倒れてるって、来た」

「友達が、『まわりで人が次々倒れていく。ここは地獄です』って言ってきた、外、かなりヤバイかも」

オタクの黒い服着用率はハンパなく高いわけで、そのせいで熱がこもって倒れちゃう人の確率が確実に上がってるんじゃないのか？

我々の会話を聞いていた周辺サークルの人たちが、一般入場列にいる人たちからの連絡を次々報告しだしたんだが、どれもこれも恐ろしい話ばかりで、私たち、震《ふる》え上がった。

「外の救護室、収容できないくらい、いっぱいになったらしいよ」

「スタッフが、倒れる前に声をかけろって、アナウンスしてるって」

「スタッフにも倒れる人がでてきてるって」

えらいことになった。

例年、くっそ暑い夏コミだけど、その分我々参加者、みんな耐性ができてるし、ある意味熱中症対策のプロともいえる。

まだ開場前なのに、そういう人たちがばたばた倒れてるって……今年のコミケの暑さがハンパないって証拠だ。

そして十時、二日目開始のアナウンスに参加者全員の拍手が重なり、入場が始まった。

我々のいる東１２３ホールの中央通路がいったん封鎖され、そこをコミケスタッフに誘導されて、シャッター前サークルに並ぶ列の通過が始まった。

この列の行進は、コミケ名物のひとつでもあるけれど、何度見ても壮観。

スタッフたちが大声で、「走らないでー」「そのままゆっくり前へー」「次の人、そこで立ち止まってー」と叫んでる中、ものすごい数の人達が肉壁がごとく行進していく。

私は、その列が外に出たところから分かれて、JUNE最大手のひとつ〈アダージオ商会〉さんの列についた。

〈アダージオ商会〉さんはJUNEジャンルのシャッター前サークル常連で、同人専業の数少ないサークルさんのひとつ。

それだけ売れてるってことで、ここはものすごい数の人が列を作る。炎天下の外で一時間待ちなんて、ざら。

今日は幸い日陰ポジションで、運よく一〇列目くらいに並んだ私、まわってきた新刊情報の札を見ていたら、そこにアヤちゃんからラインがはいった。

――〈ジュエルマント〉、冊限はいった。新刊とは別にコピー誌。終わったらこっちはいって。ここやばい、直射日光。

早々に買えた〈アダージオ商会〉さんを終えてジュエルマントさんにまわると、すでに三〇分待ちレベルの列ができていた。アヤちゃんはだいぶ前の方にいるはず。

そしてその列はアヤちゃんの言う通り、恐ろしいほどの直射日光エリア。

コミケ、日傘使用は禁止されてる。ちなみに、雨降っても場所によっては傘も禁止。人が多すぎて、傘をさした状態がひじょうに危険になるから。

だがしかし、この殺人的な直射日光の中で、帽子かぶっただけではたいした日よけにはならないのは確実。

オタクはね、海で焼けるんじゃないの。コミケの待ち列で日焼けするのよ。

とりあえず並んでスマホで気温を見たら四〇度と出てびっくり、隣に並んでいた人がそれを見て、「サハラ砂漠のど真ん中みたいな状態ですね、やばい」と言ってきたら、今度は反対側の人が「熱射病に日射病ダブルでやばいですね」と言ってきた。

それがジョークで終わらない、それがコミケ。

熱したフライパンの上に乗っかったウィンナーの気持ちがよくわかる。〝焼かれる〟感覚、ハンパない。

「コピー誌発行、買えるといいんですけど」

右側の人が、気を紛《まぎ》らわすかのように話しかけてきた。

あおいでいるうちわをこちらに向けてくれて、ありがたくも風を感じて生き返った感じ。

「冊限、ひとり二冊までだそうですよ」と言ったら、左側の人が「さっきツイッターに、一昨日《おととい》放映だった『ダンク！　ダンク！　ダンク！』のネタ本ってありました。完全な突発本ですよ、〈ジュエルマント〉さん、萌えに火がついちゃったみたいですね」と教えてくれて、そこから我々三人、怒濤の萌え話で盛り上がり。
「一昨日っていうと、あれですかね、潤《じゅん》が宗司《そうじ》にひっかかって転んだシーンとか」
「いやー、あそこは萌えましたよねー」
「わざと？　わざとだよね？　わざとでしょ！！　って、思いっきり言っちゃいました
よ！！」
「私も、声でちゃいましたよー！　大声すぎて、姉がすっとんできました」
見知らぬ同士で名前も名乗ってないけど、でも、好きなものが同じ者同士、そしてこの
灼熱の炎天下の中で同じ本を求めて並ぶ者同士で、私たちは自分たちの順番がくるまで、
「ダンク！　ダンク！　ダンク！」の話で盛り上がった。
そしていよいよ私たちの購入の番ってなった時、「ありがとうございました、楽しかっ
たです！」「まだ始まったばっかりですからね！　がんばりましょう！」「気をつけて、ま
たどこかでお会いしましょう！」ってお互いに挨拶して、激励しあう。
ああ、これこそがコミケ！！！
私が心から愛するコミケなのよ！！
〈ジュエルマント〉さんの新刊と突発コピー本、予定数無事購入して館内に戻ろうとした
時、私の前を歩いていた女の子が持っていたお宝（つまり同人誌）をいきなりばさーっと

落とし、そのままへなへなと倒れた。

　熱中症だ！！

　思わず駆け寄った私の周囲で、女性たちの悲鳴があがる。

　その瞬間、聞いたことのある野太い声が周囲のどよめきを一瞬にして薙《な》ぎ払った。

「落ち着け！　誰かスタッフを呼んで来い！」

　声とともに人ごみの中から出てきたのは、クニタチ君！！

　クニタチ君は私を見ると、「ノブさん、冷却スプレー持ってますね。俺が頭抱えるから、首筋にふきつけてください」と言って、倒れた女の子の頭をそっと持ち上げる。

　私が彼女の首の裏側に冷却スプレーを吹き付けていると、「どうやら、頭は打ってないようだな」と言って、クニタチ君はあっという間に、女の子をお姫様抱っこした。

　周囲の女性陣と男性陣両方から「おおおおおおおっっっ！！！」歓声が上がる。

　すげー、クニタチ！！！

　男すらもハートゲッチューされる漢《オトコ》の中のオトコ！！！

　クニタチ君はみんなの歓声や悲鳴を気にも留めず、女の子を館内の隅《すみ》の、比較的涼しい場所におろした。

　私たちが女の子を移動させてる間に、周辺にいた人達が、彼女が落とした同人誌や荷物を拾い集めて、持ってきてくれてる。

静かに女の子を床に寝かせるとクニタチ君、「ここは大丈夫です。俺にまかせて、ノブさん、戦線復帰してください。俺らのチームは人数いますが、ノブさんとこ、ぎりぎりでしょ？」と私に向かって言った。

すみません、わたくし、その瞬間クニタチ君に抱きついて、「好きっっっ！！！」って言いそうになりました。

倒れた女性を介抱し、お姫様抱っこして避難させ、同行している人間に「ここは俺にまかせろ、お前は戦場へ戻れ」って、ここまでリアルにかっこいいことやった男は、私は見たことがない！

横にも縦にもでかい、持っているものはエロ同人誌とエロ同人グッズだとしても、クニタチ君ほどにかっこいい、頼れる男はいただろうか。

否《いな》！！！

さすが、チームタツオの盾《たて》と呼ばれる男だっっっ。

乙女心、わし摑《づか》みだ！！！

「ありがとう、クニタチ君。私行くね」

私は立ち上がると、新刊が詰まった、帆布《はんぷ》でがっつり丈夫につくられたでかいバッグを持ち上げて、戦線に復帰した。

振り返ると、クニタチ君が、女の子の頭に手を添えて寝かしているところだった。

クニタチ、頼んだぞ!

そこでスマホをチェックすると、会場内に散っている買い物部隊のメンバーの報告が大量にあがってる。

――〈蜜星堂《みつぼし》〉終了、〈H&G〉に向かいます。

――〈水穂《みずほ》カイ〉さんところ、合同本新刊落ちてました。

――〈青空《あおぞら》クラブ〉新刊三冊もあったので重量負け、いったん基地戻って荷物預けます。

――〈まさかり金太《きんた》〉、売り子がひとりしかいなくて、とんでもないことになってます。足止めくらってるんで、〈修羅修羅《しゅらしゅら》〉、誰かお願いできますか?

――〈森見《もりみ》ともこ〉、もうすぐ終わるので、〈修羅修羅〉行きます。

我々全員、どのサークルがどのくらい並ぶか、どのくらいのペースで列がはけるかっていう予測を立てていて、それに従って動線を作っている。

それぞれのサークルさんがどのくらいの量の新刊を搬入してくるかも、長年の経験でだいたい把握《はあく》していて、最短の動線を状況にあわせて脳内で作り、本を買って行く。

朝一番の作戦会議で渡された宝の地図をもとに作戦会議を行い、その日の配置や新刊状況によって担当を決め、各自がその日のルートを脳内にシュミレーションして動く。

そうやって効率よく、漏れなく、欲しい本をゲットしていくシステム。

この日、最初にミッションを終えたのは私で、肩、脱臼《だっきゅう》するかと思うほどの重量になったバッグを両側にかかえて、基地になってるコナツさんのサークルに戻った。

戻った頃に、ちょうどコナツさんのサークルが一番混雑する時間になるので、休む間もなく売り子にはいる。

それと入れ替わりに、それまでお手伝いしていたアルタさんが出陣した。

「アルタさん、日差しやばいよ」と言ったらアルタさん、「ノブちゃん、今、館内四二度よ」と言った。

よんじゅうにど？？？？？？？？

その時、東2、3の『ガル戦』の方から、男性陣のどよめきが上がった。

コナツさんのところに並んでいた人がそっちの方を見て、「あ、でたわよ！！！　コミケ雲！！！」と叫んだ。

見れば、上の方にうっすら濃い靄が浮かんでいる。

揮発した汗で出来るといわれる伝説のコミケ雲……ついに出たか。

そこでコナツさんが大きな声で言った。

「みんな、水分取って！　倒れちゃだめ！！　倒れたら、お宝を手にできなくなるのよ！」

その瞬間、周辺の人たちの表情に気合がはいり、みんなが顔を見合わせてうなずいた。

少し落ち着いたのは午後一時を過ぎた頃。

買い物部隊のミッションも無事終了して、みんないったん荷物を置いて、今度はそれぞれの買い物に散っていってる。

私、そこでやっと（というか本日初めて）、オーレどうしてるだろうかと思った。かつてないほどの過酷さとなった今日のコミケ、よりにもよってそんな時に初めて参加って、運がいいのか悪いのかわからん。

そもそもこんな暑さの中、オーレは無事なんだろうか。

本当はメールとかラインとかいれたいんだけど、タツオから絶対にそれやっちゃだめだと言われているので、出来ない。

黙ってスマホ見ていたらコナツさんが、「オーレ、どうしてるかねぇ？」と言って、「過去最高の暑さになってて、その日に企業でしょ？　普通に死ぬわ」と言った。

いつもだったら笑うところなんだけど、今日は誰も笑わない。

紙で指を切ったアヤちゃんが少し前に医務室にいったら、「すごいことになってた。床にびっしり、意識のない人が寝かされてて、野戦病院みたいだった」って言ってて、隣のサークルの人も「なんかさっき聞いたんですけど、意識ある人は医務室はいれないそうですよ。意識なくなった人で、もう医務室いっぱいなんですって」と言ってて、医務室がそんなになってるのは、長くコミケ参加している我々でも初めて聞くことで、本当に驚いた。

さっき通ったスタッフさんは、「倒れないください、倒れても介抱する場所がもうありません。やばいと思ったら、スタッフに声かけてください。スタッフも担架が出払ってるので、倒れた人は、我々は運べません。動けるうちに言ってください。水分取って、少しでも涼しい場所にいったん退避してください」って歩きながらアナウンスしてた。

そこへ突然、ハセ君がでっかい袋もってやってきた。

「ちーっす、これ、凍った水とお茶のペットボトルです。さっきクロカワさんが差し入れで大量にもってきてくれたんで、司令がノブさんとこにも分けてやれって」

私たちの間で歓声があがった。

「ハセ君、オーレ、どうしてる？」

思わず聞いた私にハセ君、「とりあえず無事ですよ。あいつ、すげー真面目っすね。真剣にやってます」と言ってから、「今、『ガル戦』のサークル、アサヌマさんとまわってます」と言ったので私びっくり。

「え！！　あのコミケ雲の下にいるの！！！」

私とコナツさん、アヤちゃんで、そろって雲の方を見ちゃった。

「あ、ノブさん、それで司令から伝達なんですが、明日はコミケ終了後すぐに夜行で帰る奴らいるんで、今日、俺ら、打ち上げなんですよ。なんで、帰りは遅くなるってことだそうです。明日は俺ら、決戦の日なんで、ノブさんがオーレに会えるのは、早くても明日の深夜っすね」

そう、コミケ三日目は、男性向けと呼ばれるジャンルが設定されている日。

ぶっちゃけ、エロい同人誌が大量に並ぶ日で、当然、圧倒的に男性参加者が多くなる日でもある。

コミケ最大に混雑な日、参加するには覚悟が最大級に必要な日なんだ。

そこでチカさんが、「企業、どうだった？『ガル戦』初のグッズ販売だったんでしょ」とハセ君に尋ねる。

するとハセ君、「まぁ、あれっすよ、今回のコミケの、いわゆる最激戦区域？」って、さらりと言ったんだが、いやもうお前、それ、さらりという言葉じゃないぞ。

「オーレとスギムラ君とで行ったんだよね？」

私がそう聞くとハセ君、「ノブさんの彼氏、新兵でいきなりスキルあげてますよ」と笑った。

いやいやいやいやいや、そこは笑って済むとこじゃない。

「俺の知る中でも、過去最大の列でしたよ。入場列含めて、六時間くらい並びましたかね。限定はさすがに無理でしたけど、他は買えたし、ミッションとしては成功だったと思います」

歴戦の勇者、猛者中の猛者なハセ君が言うと、ほんとうにあっさりな感じだが、いやいや違う、コミケ最大の難所と呼ばれる企業エリア、この暑さもあって、すさまじいことになっていたはず。

オーレ、大丈夫なのか。

生きてるのか？

思わず黙り込んだ私の心配をよそにハセ君は、「じゃ、俺、戻ります。みなさんもがんばって！」と、爽《さわ》やかに去っていった。

その後ろ姿を見ながら、コナツさんが「チームタツオ、いい素材、やまほどもってるねぇ」とうれしそうにつぶやく。

うひっ。コナツさんのBLターゲット、ハセ君すらも逃さないのか！！

しかしオーレ、企業の後に『ガル戦』、そして明日は男性陣の決戦の日。

何も知らない、オタクでもないオーレが、果たしてこのコミケを楽しむことは出来ているんだろうか。

私、『ガル戦』ジャンルの上に靄ってるコミケ雲を見ながら、今更ながら、すさまじく心配になった。

＊

その日、みんなでご飯食べて帰った私、帰宅は八時過ぎていたんだけど、オーレもタツオたちも、もちろん帰ってなくて、結局また先に寝てしまった。

次の日の朝も、私が起きた時間には当然みんな、いない。

帰ってきた痕跡《こんせき》だけは残っていて、部屋をのぞくと、同人誌の山が増量している。

三日目、とくに興味あるジャンルがなければ参加しないんだけど、やっぱりなんか気になって、入場待機列が動き出してる十一時を目処に、国際展示場に向かった。

待機列は海側の広大な駐車場に作られていて、動き出しているとはいってもまだまだ相当な人の多さで、しかも人の数は減らない。灼熱の日差しの中、みんな、静かに待ってる。

当然だけど、ここも日傘は禁止だから、みんな灼熱の日差しの中、修行僧みたいにして立っていた。

四〇分くらいで列が動き出し、中にはいれたので、入場口から一番近かった評論ジャンルで参加中のクロカワさんのサークルに向かった。

クロカワさんは地方在住の、チームタツオのひとり。

「あ、ノブさん、どうも！　久しぶりです」

立ち上がって挨拶してくれたクロカワさんに私は、「昨日は差し入れ、ありがとうございました。すごい助かりました」と、昨日のお礼を言った。

昨日、ハセ君が届けてくれたクロカワさんからの差し入れの凍った水のペットボトル、みんな大喜びだったから、ここはちゃんとお礼を言わなきゃ。

「新刊売れ行き、どうですか？」と聞くと、クロカワさんは丸い顔いっぱいの笑顔で、ちょっと恥ずかしそうにしながら、「そこそこですかね。まぁ、うちはだいぶレアな本なんで」って汗拭きながら答えた。

クロカワさんの本は、ゲーム創世の時代、アタリ社とかが出して一世を風靡《ふうび》したゲームから、その流れが日本にはいってきた頃のゲームを研究調査したもので、ワードで打った原稿をコピーしてホチキスで止めただけの、簡素な作りの同人誌。

全部手作りだから、発行数も十部くらいで、五冊くらい売れれば万歳！　って感じのサークルだけど、でも、好きな人、興味のある人にはたまらない内容と情報が詰まってる本になってる。

まさにコミケらしい本、同人誌たる同人誌！　って感じで、こういう本と出会えるのもコミケの醍醐味《だいごみ》だったりすると思うんだ。

クロカワさんはその頃のゲームをこよなく愛していて、好きすぎて元アタリ社の社員の人とも連絡を取り合っていたりしているが、本人は、山口《やまぐち》県の農協で仕事をしていて、コミケ以外では県外にはほとんど出たことがない。

チームタツオにはクロカワさんのような人がたくさんいて、タツオは彼らのために、まとめて都内のホテルの部屋を押さえてる。

地方からのコミケ参加者は、とてつもなくお金がかかる。交通費、宿泊費、食費を含む諸経費、そこに同人誌購入費がかかるから、下手すると、夏のボーナス全部吹っ飛ぶくらいのお金になる人もいる。

なのでタツオは、彼らのために新橋《しんばし》にあるビジネスホテルに話をして、チームタツオ価格というのを出してもらい、イベントごとに定期的にまとめて部屋の予約をいれている。

チームタツオメンバー以外の関係者（例えばメンバーの友達とかサークル仲間とか）も事前に申請すればOKにしているので、とても感謝されている。

はっきりいってコミケ時、会場周辺のホテルは関係者参加者で空いている部屋を探すのが、とても大変。

安くて便利の良いホテルを探すのは、地方からの参加者にとっては毎年大きな課題になってるけど、タツオはそれを出来るだけ軽減しようと、彼自身が受付窓口になって希望者をまとめてリストを作り、ホテルの営業の人とやりとりしている。

「俺は、家で仕事をしているし、時間はいくらでもあるからな」だそうだけど、いはく、そういうところがタツオの優しさだと思うんだ。

そしてクロカワさんも、そうやって参加している中のひとり。

「司令、今さっき、〈北海体液軍人会《ほっかいたいえきぐんじんかい》〉に向かいましたんで、しばらく帰ってきません。オーレさんは、今日はこっちと反対側の東館担当で、ハセ君といっしょに伝書鳩《でんしょばと》やってます」とクロカワさんが言った。

伝書鳩っていうのは、列に並んでる人で荷物が多すぎてもてなくなった本を運んだり、足りなくなったお金を届けたりする担当のことを言う。

三日目は、コミケの中でも最も人が多い日、そして最も暑い日でもある。

ただでさえ、通常の気温より高くなるコミケだけれど、三日目はそれよりもさらに二度上がる。

まさに、灼熱地獄。

コミケ用語で、男幕《だんまく》とか肉壁（とんでもない数の男性陣が列を成してそれがいわゆる壁みたいになるのでそう呼ばれている）というのがあるんだけれど、この日はそれがそこら中大量にできる。

どれだけのものかっていうと、通路という通路が男どもでぎっしり、みっちり、隙間ないくらいになる感じ。むさくるしさの限界を超えるという感じ。

ちなみに今回は夏なので、そこに〝汗まみれの〟という単語が追加される。

普通の人が聞いたら、想像したくないという本能と理性が思いっきり作動すると思うけれど、現実、国際展示場のほぼ全域がそういう状態になるのは毎年のことなので、我々コミケ参加者は男幕肉壁見て、「ああ、コミケに来たんだわ」とか思う次元に至ってる。

面白いのは、男性陣のその列は、女性の多いJUNE（つまり昨日の我々の決戦の場所）よりマナー良く、きわめて静かで、列のはけもダンゼン早いってところ。

タツオの言うところの、「列の割り込みだの、無礼な行為だの、あそこでやったら冗談抜きで死体になる」からだそうだけど、女性と違って男性本は五〇〇円とか一〇〇〇円とか、払いやすい価格設定になっていて、さらに売り子さんと買う人がおしゃべりに興じたりとかなくて、いわゆる時間の無駄をいっさいがっさい省《はぶ》いている慣習にあると思う。

大手人気サークルにもなれば、並ぶ人数もはける冊数もハンパないので、買う／売る時間以外はこの日はどのサークルでも省略される。

「東1のあ―23bの〈密着合体同盟《みっちゃくがったいどうめい》〉が、向こう側の基地になってるんで、そこにいけばオーレさんに会えるはずです。ただ……」

クロカワさんが言いよどんだ。

「思いっきり男性向けエロ同人サークルなんで、ノブさんに安易《あんい》に行けといっていいかどうか……」

紳士なクロカワさんが、髪の薄くなった広いおでこの汗を拭き拭き、ものすごく申し訳なさそうに言ったので私、思いっきり元気に明るくお答えした。

「大丈夫ですっ！　エロも男性向けも、巨乳も触手も、まったく問題ありませんっ」

その答えをクロカワさんから聞いたタツオに、後で思いっきり叱られたことは、言うまでもない。

コミケに来て、エロ苦手とか言うほうがおかしいと思うんだが、違うのか？

私はクロカワさんに挨拶をしてそこを離れ、東館の反対側に向かった。

館内、昨日より暑い。

男の人は体温が高い。それがすさまじい数、ここに集結してるわけで、館内温度は男性陣の体温によってさらにヒートアップしてる。

そこへもってきて、通路は男の人達で埋め尽くされていて、日本人女性としては平均的な身長の私より頭ひとつ、ふたつみんな高いわけで、私はまさに、肉壁にもみくちゃにされながら、顔に、腕に、身体にべったり張り付く見知らぬ男たちの汗にまみれて通路をかきわけていくことになるわけで……ノブコ、泣きそう……マジ、泣きそう……。

すれ違った男の人のぐっしょり濡《ぬ》れたタオルが、びしゃっと顔に当たった時は悲鳴をあげて号泣しそうになったが、その程度のことで騒いでいたらコミケ三日目男幕のこの日、生き残れない。

壁側に配置された〈密着合体同盟〉に着いた時、私は自分の汗なんだか、見知らぬ男の汗がくっついたんだかわからないが、とにかく汗べったりになって、息を切らして、何やってんだかもう全然わからなくて、暑くて死にそうになってた。

「き、来ました……こんにちは……オーレ、いますか？……」

列ができているサークル前を避けて脇から中にはいった私に、ハタケヤマ君とスギムラ君が、「ノブさん、よれよれですね……大丈夫ですか？」って言ったんだけど、大丈夫なわけはない。

私、ぐっしょり汗にまみれ、すっかりぬるくなった（というか、あったまった）ペットボトルの水はとっくに飲み干し、暑さで脳みそが沸騰《ふっとう》しそう。

私に凍った水のペットボトルを渡してくれたスギムラ君は相変わらずエロゲーのTシャツで、首にタオルを巻き、額《ひたい》に冷えピタ貼ってて、完全コミケ仕様。

ハタケヤマ君は、魔法少女の絵のついたタンクトップに、バンダナを頭にまいて、汗が目にはいらないようにしてる、こちらも別バージョンコミケ仕様。

「オーレ、ちゃんとやってますか？」

そう聞いた私にハタケヤマ君が、「いやぁ、すごいですよ。ミッションコンプリートしまくってます。すさまじく使命感に燃えてますよ、彼」って、ちょっと意味わかんないことを言ってきた。

するとスギムラ君が笑いながら、「ノブさん、ちょっと言いにくいんですが、そこにある本の山、オーレのです」って言う。

そっちを見た私、思わず「は？？？」ってなって、そのまま固まっちゃった。

だってそこにあったのは、『ガル戦』の同人誌の山。

オーレの、ってスギムラ君、言ったよね。

だってオーレ、『ガル戦』、全然知らないよ？

いったいオーレに何が起こったの？

呆然とそれを見ていたら、「ノブっっっ！」って声が聞こえて、オーレの頭が人ごみの中にいっこ、飛び出して見えた。

……すっげー目立ってる……灯台みたいに目立ってる……確かに大いに目立ってる……。

「あんた、何着てんの！！ それ、どうしたのよ！！！」

オーレの姿見て思わず叫んだ私。

だって、オーレが堂々と着てるの、エロゲーのTシャツなんだもん。

そしたらオーレ、「ハセと色違いなんだぜ。クールだろ？」って言ってわざわざ胸張って見せてきたんだが、お前それ、なんだか知ってんのか？ あれだぞ、今、一番エロいって評判の18禁男性向けゲームの攻略相手の女性全員の顔が並んでるんだぞ？

「それ、どこで買った？」と聞くと、「昨日、企業いった時、買ったー！」とオーレ、ものすごくうれしそう。

数日、私が会わないでいた間に、オタクの欠片《かけら》もなかったはずのオーレに、いったい何が起きたというんだ?

するとオーレ、びっくりしたまま彼を見ている私に「ノブ、僕、今日帰り遅くなる。クロカワたちの見送りに、東京駅まで行って、帰りはトンカツ食べて帰るんだー」って、これまたすっごいうれしそうに言った。

トンカツってたぶん、みんなが常連になってる東京駅近くのおいしいトンカツ屋さんなんだろうけれど、それはいいとして、オーレが完全にチームタツオに同期してる。同じバージョンになってる。

「オーレ、コミケ、楽しい?」

思わず聞いた私にオーレ、思いっきりうなずいて、「すっごい楽しい」と答えた。

「昨日の企業、どうだった?」と聞くと、一瞬すごい真面目な顔になり、「ノブ、あんな過酷な場所は世界中探しても、そうないと思う。すさまじい暑さの中で、みんなじっと黙って立って待つんだ。照りつける太陽、灼熱の暑さ、滴《したた》る汗、すごかった……砂漠の中のシールズの特別訓練みたいだった」と言ってから、「でも僕はハセといっしょに、さよりちゃんのためにがんばった。ハセが、『これに耐えることが、さよりちゃんへの愛の証となる』って! だからがんばれたよ!」って言ってきて、そこで私、「え????」ってフリーズしちゃった。

今、あんた、なんて言った？　さよりちゃんのためにがんばるって、言ったよね？　そう言ったよね？

さよりって、『ガル戦』で一番人気のあるキャラの名前なはず。

なんでオタクでもないあんたが、さよりに愛の証たててるんだ？

何が起きたかわからず、呆然とフリーズしてたら、もっそりとタツオがやってきた。

〈北海体液軍人会〉のパロディ本を束で持ってる。

「タツオ、オーレがさよりちゃんに愛の証たてたとか言ってる……」

呆然とそう言った私をタツオはちらっと見ながら、「そうだな。まぁ、そのためにハセをつけたんだから、当然だな」……は？　意味がわからないよ！　なんでハセ君がそこに出てくるの！

「ノブコ、オタクでもない、萌えもない人間がコミケに参加したところで、本当の楽しさや素晴らしさは理解できない。わかるな？」

タツオは本を大事そうに置きながら、厳《おごそ》かに言った。

「だから俺は、ハセをオーレにつけた。ハセは〝愛の伝道師〟の異名を持つ、フランシスコ・ザビエルの再来とまで言われている男だ。ハセに萌えを説かれた人間は、すべて転ぶ。オタクであろうとなかろうとオちて、そのジャンルに必ず萌える」

「ハセ君がオーレに『ガル戦』、布教したの？」

タツオは静かにうなずいた。

「お前は気づかなかったようだが、ハセは戦略的にオーレをさより萌えにした。二日目の企業の限定販売が、さよりグッズだったからだ。ハセは『ガル戦』をオーレにプレイさせ、数日で萌えさせた。あいつはその道の天才だ。ハセに萌えを布教されてオちなかった奴はいない」

ハセ君すごい……。

なんていうか、その才能をもっと有意義に活かす場所があるんじゃないのか？　って本気で思う。なんたってオーレはオタク遺伝子の欠片もない男で、しかもアメリカ人。それを短期間で『ガル戦』ファンにし、さらにターゲット絞りまくってさより萌えにしたって、すごい。すごすぎる。

まさに愛の伝道師。フランシスコ・ザビエルと異名をとるだけある。

いやだがしかしハセ君、そのすごい才能を、こんなところで、アメリカ人をオタクに転がすことに傾《かたむ》けてていいの！！

どう考えても人類の損失レベルにだめだろう！！

「なんたる才能の無駄遣い！！」と叫んだ私に、「そんな奴は、俺のまわりには山ほどいる」とタツオがシレっと言ったが、考えてみたらこの人が世界でいちばん、才能の無駄遣いしてたわ。

私とタツオがその話をしている横で、これまた才能の無駄遣いにまい進しつつあるオーレが、「僕、次のシフトはウリコって書いてあるから、ここで本売ればいいんだね！！」って、これまたうれしそうにスギムラ君に向かって言ってる。

机の上に山と積まれているのは、チームタツオのメンバーにして、人気同人誌作家マルオ氏の渾身《こんしん》の力作、『マイコ〜巨乳でイヤイヤ』シリーズ。

当然男性向け、思いっきりエロ本。

人気壁サークルにふさわしく、机の前には男性陣の肉壁がどどん！！　と出来ている。

「オーレ……」

思わずオーレを見上げた私、たぶん、今世紀最大に困惑していて、いろいろ悲しみに満ちていて、さらに罪の意識にさいなまれた顔をしていたと思うんだ。

しかしオーレはそんな私に気づきもしないまま机の前に出て、今まで見たこともないようなものごっつー幸せそうな顔で、うれしそうに大声で言った。

「新刊五冊ですね！！！　五〇〇〇円になります！！！　ありがとうございます！！」

コミケ後、我が家の居間のソファの横に、私のものではない同人誌の山が置かれて、日々、オーレがそこでにたにたしながらそれを読むという状況が生まれた。

コミケはオーレにとって「軍隊の砂漠ミッションより過酷」で、「日本人のマナーの素晴らしさが輝く場所」で、「あそこで汗を流した僕は、もうみんなと同志！」で、「僕とハセは、ソウルでつながった兄弟だから」だそうです。

私、ハセガワノブコ、過去、おのが人生に後悔やら反省やら山ほどあるけれど、今回ほど後悔し、反省したことはないです。

オーレがコミケというものを知ろうとしたのは、大変喜ばしいことである。

彼はクソ真面目なので、自分で体験した上で知ろうとしたことも、みんなといっしょにがんばったことも、ひとりの人間としては素晴らしい行為であると思う。

だがしかし、それによって一時的にしろ（いや、もしかしたら永久不滅かもしれないが）、よりにもよって、さよりという『ガル戦』きっての萌えキャラ（しかも巨乳）にはまるという、とんでもない沼にオーレを沈めてしまったきっかけを作ったということに、私は本当に心から申し訳ないと思うわけで。

よもや、あの小柄で少年のような受けキャラっぽいハセ君が、そんな凄腕《すごうで》の愛の伝道師なんて、知らなかった。

ハセ君はさよりの素晴らしさ、愛らしさについて語りながら『ガル戦』をプレイさせ、さよりのけなげさ、強さについて説きながら、オーレに同人誌や動画を見せたらしい。

そんな現代のフランシスコ・ザビエルの手によって転ばされ、さより萌えとなったオーレは、スギムラ君に教えてもらったという通販サイトでさよりTシャツを入手して、家ではそれを着てる。

ついでに、壮絶なミッションを共に戦ったチームタツオのメンバーとの心の絆《きずな》をがっちり作ったようで、コミケオフや飲み会で彼らと過ごした時間を素晴らしかったと、延々《えんえん》私に語るようになった。

「待機列でね、朝日を見た時の感動は素晴らしかったんだよ。みんなが朝日の方を見つめて、ひとり、またひとりって立ち上がる……神が舞い降りたみたいなすごい景色だったよ」

「何時間も並んでいても、企業は買えないこともよくあるって言われてたら、コミケのスタッフが『もしかしたら、列このあたりでさよりグッズ終了かもしれません』って言ったんだ。ちょうど僕のところ。周辺みんな、一瞬絶望的な表情を浮かべた。でも誰も文句言わないし、誰も列を抜けない。みんな黙ってそのまま列にいた。すごいだろ、ノブ！！寡黙にミッションをこなすあの姿は、歴戦の勇者のようだったよ！！」

わかった、わかった、わかったからもう静かにしなさい。

君は今回初めてで、ものすごく興奮してるけど、私、そこにもう十年とか通ってるから。

そういうのをいっぱい見てきてるから。

半年に一度、あそこで生きるエネルギーと元気をもらってるから。

「オーレ、コミケ、楽しかった？」

私、あらためて聞いてみた。

オーレはものすごくうれしそうに、「すっごく楽しかったよ！！　また行きたい！！」と答えた。

私、それに笑顔で応じたけど、心の中で、「お前、早くアメリカ帰って、少し頭冷やせ」と思いながら、思わずため息ついちゃった。

＊

夏コミも無事終了して、オタク的にはシーズンオフにはいり、私の日常も通常に戻った感じ。

エナリさんのポジションは、結局しばらくオープンになることが決まった。

エナリさんのポジションがオープンになったままってのは、法務部《リーガル》にもレイオフの流れは多少なりとも影響が出てきてる証で、恐らく当分新しい人を雇用することはないんだろうなと思われ。

新婚旅行から帰ってきたエツコさんとは、あんなことがあったからやっぱり気まずい空気になっていたんだけれど、おみやげを渡しにきてくれた時、「私ね、あんなこと言ったけど、ミナさんのこと尊敬してるし、悪く思ってるわけじゃないのよ。ノブちゃんのことも、嫌いとか、そういうのじゃないの。ただ、なんていうか、私とは違う考え方があるんだっていうのを、うまく消化できてないから」と言ってきたので、私も「気にしないで。あの時はお互い、ちょっと感情的になりすぎちゃったよね」って笑って返した。

エツコさんは、いっしょに仕事をするには、とてもよい仲間だと思ってる。きちんとしているし、性格も明るいし、信頼できる。

でも、友達にはなれない。

エツコさんはミナさんにも謝罪したらしく、私がケヴィンの部屋で書類の整理していたらミナさんがやってきて、「エツコさんも真面目ね。あの時はすみませんでしたって、わざわざ言いにきてくれたわ」と言っていた。

エツコさんは、大人なんだと思う。

好き嫌いでは仕事できないし、そもそも個人の価値感や考え方の違いなんて、仕事に関係ない。

女性にとって、恋愛や結婚が重要課題、人生の幸福の象徴と考えるエツコさんの考え方は変わってないと思う。

でもエツコさんは、私たちに謝ることでその部分を仕事や職場には持ち込まないって、はっきりと態度で示した。

そういうのって、出来そうでなかなか出来ないことだと思うんだ。

少しでも嫌な想いしたら、人間、それに縛られてしまうのが普通。

あんなことされたから、あんなこと言われたから、あの人気に入らないからっていうのを、すべてに持ち込んでしまう人がとても多い。

エツコさんの態度は、そこから考えてもとても大人だ。

だからこそ、私はエツコさんを嫌いになれないし、あんなことがあっても、仕事仲間としての信頼が損なわれることがないんだなって思う。

辣腕《らつわん》のエナリさんがいなくなったことで、残されたメンバーの仕事の量は当然増えた。

エナリさんがやっていた最重要な部分は、ミナさんの上司のダイレクターとヒサコさんの上司のラモンが分担することになり、残りはエツコさんの上司のトニーとケヴィンが担当することになったんだけど、トニーがケヴィンの部屋で「エナリさん、どんだけ仕事こなしてたんだよ……四分の一でもきつい」と言っていたほどで、もともとある仕事にそれが加算されたことで、みんなの忙しさは倍増した感じ。

とくにラモンの残業がすさまじいことになり、当然、ヒサコさんも同じような状態になった。ラモンは強面《こわもて》で超えらそーなラテン系のおっさんだけど、部下に対して無謀なプレッシャーをかける人ではないし、前に営業部《セールス》にいたカオリさんが嘘並べて都合の悪い人を排除していた事件の時は、その正義漢ぶりを発揮して事態の対応にあたった人なわけで。

連日十時とかの残業続きに、ヒサコさんには「先に帰りなさい」と言ってくれたそうだけど、ヒサコさん、「帰れるものなら帰りたいが、帰ったら次の日、地獄を見ることになるから帰れない」という、悲惨の五段活用みたいな事を言ってた。

ケヴィンも日に日に疲れが見えてきて、先日、昼休みにイスにだらんと座ったまま口をあけて居眠りしていて、一瞬、我が腐った心に大きな炎が燃え盛りそうになったんだけど、リアルな現状がそれを邪魔したという、個人的な悲劇にみまわれてしまい、私自身も相当疲れてるなと自覚する始末。

オーレが帰国した後、仲良しの友達がいなくなったケヴィンはそれはそれは寂しそうにしていて、腐女子遺伝子のない社内の女性ですら、「なんか、雨に濡れた子犬っぽくてかわいい」とか言い出すような状態になっていたけど、今やその子犬も過労でヨレている。

そんな中、定時の五時半すぎて、リフレッシュルームにコーヒー取りにいってデスクに戻ると、見知らぬアドレスのメールが受信ボックスにはいっていた。

見ると、サブジェクトに〝FROM TAMAKO〟とある。

タマコさんだっ！　ってメール開くと、そこにはタマコさんらしい、元気のよい文章が綴《つづ》られていた。

――ノブコさん、ご無沙汰です、元気にしていますか？

やっと落ち着いたので、メール書けるようになりました。

結局、行きたかったボストン大学の院には費用の関係で難しく、同じマサチューセッツにあるエンディコットに落ち着きました。

エンディコットにある、アジア圏からの留学生のための特別奨学金が適用されたおかげです。

やっぱり自己資金だけでの大学院留学は厳しいと思い知らされました。

学校は海辺にあって環境抜群ですが、逆に都会から離れていて、ボストンまでにもけっこう距離があります。もうちょっと慣れて時間に余裕ができたら、週末はボストンで過ごすのもいい感じ。

授業も始まりましたが、予想にたがわず大変です。でも、その大変さが心地良いです。

真剣に何かに取り組むって、人生にそうないと思うし、今までなぁなぁで生きてきた私にはとてもいい薬。毎日すごい勉強してくたくたになってるけれど、新しく学ぶことがあるってすごいことだと思います。

きつい時もありますが、そういう時、なぜかノブコさんのことを思い出します。

ノブコさんは、中学生の時からこの環境で生きてきたんだなぁって思ったら、ノブコさんが私に言っていたこと、なんとなくわかってきたような気がします。

ここで勉強する人に、性別も国籍も年齢も関係ありません。

これってすごいことだよね。

恋愛とか結婚とかを含めて、日本で考えていた〝女性の生き方斯《か》くあるべし〟みたいな概念が、短い間にことごとく破壊されました。

今、いちばん親しいのは、ナディージャというアラブから移民した二十九歳の女性です。彼女から聞く話は、私の知らない世界がたくさんあるよ。

私にもまだ可能性がたくさんあって、これから先、いろいろな事に挑戦できるんだって気持ちになりました。

エナリさんからもメールをいただいたのだけれど、エナリさん、ニューヨークに転勤になったんですってね。出張でボストン来ることがあるそうで、その時はディナーにご招待くださるそうです。

今、本当に心から、ノブコさんといろいろ話したいよ。

私、タマコさんのメールを見ながら、しばらくの間動けなかった。

コーヒーをいれたカップを前に、ずっとタマコさんのメールを見つめていた。

「結婚できないまま、キャリアがあるわけでもない。だから大学院留学に賭ける」って、タマコさんは言ってた。

タマコさんの本当の願いは、ステキな男性と出会って、ステキな恋愛して、そしてステキな結婚をする事だったって、知っていた。

話しぶりから、思うようにならない自分の人生にタマコさんが行き詰まってしまっているのも、気がついていた。

タマコさんはもしかしたら、大学院に行くという形で日本から逃げ出したかったのかもしれないと、タマコさんが会社を辞めた後、ふと思ったことがある。

でも、メールからは新しい環境でこれまでの価値観から自由になったタマコさんが、今とてもいきいきしているのが伝わってきて、私もうれしさがこみあげてきた。

私はキィボードに向かい、タマコさんに返事を書いた。

――タマコさん、メールありがとう。

とってもうれしかったです。

元気そうで、安心しました。

タマコさんが会社を辞める前、何度かいろいろ話す機会があったけれど、私はタマコさんがいなくなった後もその時のことをよく思い出しています。

大学院の勉強は大変だし、ましてや知り合いも友達もいない異国でひとりで生活するのは、きついこともあると思います。

でも、タマコさんならきっとそういうのを乗り越えて、次の大きなステージに向かっていくと信じてます。

いっしょに仕事をしてた私が言うんだから、たぶん間違いないｗｗｗ

エナリさんの後任はしばらくの間はいらないことになり、エナリさんの部屋とタマコさんが座っていたデスクは空いたままになりました。なんだかオフィスが寂しい感じだよ。

会社もあちこちでレイオフが始まっていて、今後どういうふうになっていくかもわかりません。

そういう中で、自分の選んだ新しい道を、実直に歩いていこうとしているタマコさんを見ていると、素直にすごいなぁと思います。

時間に余裕ができたら、連絡ください。スカイプしましょう。

私もタマコさんといろいろ話したいです。

アメリカの大学とかは、私は経験者だから、なんじゃこりゃ？　みたいな事があったら聞いてｗ

ボストンはこれからどんどん寒くなると思いますが、体調に気をつけてがんばってください。

　またメールします。

ノブ

＊

　最近、岡田さんとは以前のようには連絡取っていない。ってのも、最近さらに人気が高まってきた岡田さん、ものすごく忙しくなってしまったから。

　アサヌマに聞いたら、さすがに仲良しのアサヌマにはたまに近況報告はいるらしいけれど、ロケやら収録やらで、休みもなく働いているらしく。

　我らが愛する『装甲騎兵団バイファロス』でタイタス様の声をアテた時は、まだデビューして間もなくで知名度もなかったみたいだけど、今はゴールデンタイムで主演だからなぁ。

　もちろん、私、そのドラマ見てないんで、岡田さんには、ごめん！　なんだけど。『ダンク！　ダンク！　ダンク！』で岡田さんが声アテてるキャラも人気で、声優としてのスキルも、格段に上がってる。

　エリちゃんいはく、最近は雑誌のグラビアにもよく出てるらしく、今年は抱かれたい男ナンバー2からナンバー1に昇格なんじゃないのか――？　とか、ひとごとながら思ったりしてるくらい。

まぁ、いいことだよね。

そんなふうに、まったく他人事にしていたら、突然岡田さんからメールがはいった。

――ノブさん、ご無沙汰しています、元気ですか？

『ダンク！　ダンク！　ダンク！』の舞台挨拶以来、連絡してなくてすみませんでした。映画のロケで地方に行ってた後、今度はドラマの収録で時間とれずにいました。

実は先月末、今まで住んでいた幡《はた》ケ谷《や》から代々木《よよぎ》に引っ越しました。仕事がはいりだしたおかげで、前より広いマンションです。なのでよかったら、今度は僕の家でご飯会しませんか？　みんなにも久しぶりに会いたいです。

岡田さん、相変わらずいい人だなぁ。

なんていうか、俳優なあなたにまったく興味ない私でも、ちゃんとこうやって連絡くれるし、会った時からまったく変わらぬ態度。

最初にタツオに声をかけたら、にこりともせずに「岡田氏の都合の良い日はいつなんだ？」と聞いてきた。

無表情だからわかりにくいが、けっこううれしかったらしい……と思う。

ってことで今回のメンバーは、私とタツオの他に、アサヌマとヒサコさん、コナツさんにスギムラ君、クニタチ君、そしてあの熱狂的バイファロスファンのオガタ君となった。

岡田さんが、「アサヌマの奥さんにもぜひ参加してほしい」と言ってきて、それを聞いたヒサコさんが大喜びしたのは言うまでもない。

顔が良い男がいれば、千里の道も越える女だからな。

土曜日、私たちはそれぞれ、代々木の岡田さんのマンションに向かい、とっても楽しい時間をすごした。

岡田さんはアサヌマからヒサコさんを紹介されると、結婚式に出席できなかったことをわびてから、アサヌマに「お前、よく結婚できたよなぁ！　よかったなぁ」って言って、それ聞いた我々、盛大に吹いたんだが、やっぱりわかってたんだなって思っちゃった。

コナツさんは岡田さんの家の豪華なキッチンに大喜びで、これまたおいしいものをたくさん作ってくれて、手料理に飢《う》えていたらしい岡田さんを感動の渦《うず》に巻き込んでいたが、コナツさんは変わらぬ邪《よこしま》な視線で岡田さんとアサヌマを眺めて、腐った妄想を発酵《はっこう》させてたのは言うまでもない。

帰る時にヒサコさん、「なんだか普通にとっても良い人だよね」って私とコナツさんに言ったけど、会うたびに私もそう思うんだ。

その日は私たち、食べて飲んで楽しくしゃべって、夜八時くらいに解散となった。

そうやって、あぁー楽しかった！　で終わるはずだったんだ、ほんとは。

週明けて月曜日、いつものように十分前に会社に到着し、オフィスにはいったら、私のデスクにたくさん人がいて、いっせいに視線を向けてきたんでびっくりした。

な、何が起きた？

「ノブちゃん、これ、見た？」

尋常ならざる様子でエツコさんが私の前につきつけたのは、新聞のトップ一面。

え？　何？　って見たら、そこに大きな文字で、『岡田ハルキ、熱愛発覚！！！』ってある。

熱愛？　一昨日何も言ってなかったけど、つきあってる人いたんだ、とか思ったら、エツコさんが、「ちゃんと見て！！　写真！！！」って言うから、微妙に粗《あら》い、でっかく掲載された写真……岡田さんのマンションの入り口で、岡田さんといっしょに写ってる女の人……あれ？　なんかどっかで見たことあるか？　この服、見たことあるっていうか
……。

「ノブちゃん！！！　これ、ノブちゃんよ！！！」

ええええええええええええええええええっっっ！！！！！！

エリちゃんの言葉に、私、オフィスに響き渡るようなでっかい声で叫んでしまった。

叫んで、エツコさんから新聞ひったくった。

『夜八時過ぎ、岡田ハルキ（35）のマンションから身を隠すように出てきた美女は、外資系企業勤務Hさん（33）、この日、Hさんは半日を岡田ハルキの自宅で過ごした』

読んでから私、ぎらぎらした感じで私を囲むみんなを見渡しながら、「美女だって」と言ったら、経理のカズミさんに「そこじゃないっっっ！！」って叱られた。

「岡田ハルキとつきあってるの？」

「オーレはどうなってるのよ！！」

「なんで岡田ハルキの家にいってるのよ！！！」

いっせいに質問されて、私も一瞬パニックになりかけたんだけれど、いや、これ、まったく真実じゃないわけでさ。

「岡田さんとは、オタク関係で知りあったんだよ。この時他にもいっぱいいて、みんなで岡田さんちにおよばれしたの。ヒサコさんとご主人もいたし。ヒサコさんのご主人も岡田さんと親しいんだよ」

そう言った私に、営業のセイコさんが「じゃあ、写真撮られてるのがノブコさんだけって、どういうこと?」って言ってきたから、「私、スマホ忘れて取りにいったから、その時のじゃないかと思う」と正直に答えた。

いっせいにため息ついて虚脱したみんな、「なんだぁ」とか言っちゃって、何それ、現金だな。

何を期待していたんだ。

エツコさんが、「出てるのも、いわゆるタブロイド新聞だもんね。あー、びっくりした」とか言ってる。

みんな、新聞より私の言葉を信じてくれて、ありがとうな!

日ごろの行い(良いか悪いかはともかく)が、活《い》きた気がするよ。

ところがそこで、エリちゃんが鋭い一言を放った。

「でもこの記事、イニシャルも年齢も合ってるし、外資系企業勤務って書いてあるよ。ノブちゃん、個人情報、バレちゃってるんじゃないの?」

その言葉に、みんながいっせいに私を見た。

するとそこへ、ヒサコさんが出社してきた。

「ねぇ、なんかあったのかな? 私、会社の前で、雑誌社の人間とかいうのに、オークリー銀行のハセガワノブコさんって方、ご存知ですか? って聞かれたんだけど」

ばさ——っと、私の手から新聞が落ちた。

私の名前、知られてる？

ってか、勤務先まで知られてるのか？

みんなも、フリーズ状態でヒサコさんを見ている。

「え？　何？　どうしたの？」って言ってるヒサコさんに、エリちゃんが、私が床に落とした新聞拾って渡した。

ヒサコさん、それ見て、「熱愛発覚って、どこにも発覚してないじゃん」とあっさり。

けど、カズミさんが「でも、記者が名前とかまでわかっててここまで取材に来てるってちょっとまずくない？　事実じゃなくても、芸能記事って走り出したら暴走するわよ」と言ったもんだから、隣で私、その言葉に腋汗どっと出た。

「カズミさん、やめてよ、怖いよ。だってこれ、まったくもって間違いだよ、どこにも真実ないよ」

私が言うと、カズミさんは「でもこの新聞、全国紙だよ。今、日本全国でこれ見ちゃった人がたくさんいて、しかもメディアには『岡田ハルキの熱愛の相手』って、ノブコさんの名前が伝わっちゃってるんだよ、間違いって誰も知らないよ？　どうするの？」って言った。

どうするの？　って、そんなの私が聞きたいくらいだよ！

どうすんだよっ！！

その時、いきなりスマホが鳴った。

「岡田さんからだ……」

そう言うと、ヒサコさんが「ラモン、今日いないから、とりあえずそこで話しなさい」と言って私をラモンの部屋にどつき、どん！！と扉を閉めた。

「もしもし、ノブさん？」

岡田さんの声に、「岡田さん、見た？　なにあれ、熱愛って何なの！！」といきなり叫んじゃった私。

「いや、僕もさっき事務所から電話きて、今、マネージャーが新聞買ってきてくれてみたところなんです」

「岡田さん！　ヒサコさんが会社のビルの前で、どっかの記者に私のこと聞かれたって言ってる。名前とかもバレてるみたいなんだよ！！」

岡田さん、それ聞いて沈黙した。

黙らないでー！！　なんとか言ってー！

「なんでそこまで知られてるのかわからないですけど、事務所の方でも今対応しようとしてるんで、少し待っててください。詳細また知らせますので」

電話、切れた。

いや、なんていうか、もうちょっといろいろ言ってほしい。

ここで放り出されても、私、いったいどうすればいいんだ？

ガラスの向こう側で、みんながものすごい心配そうにこちらを見ている。

私、なんかまた、おかしなことに巻き込まれてるのか？


会社の前に張ってる人がいたってのがわかった以上、他にもゴシップ雑誌とかテレビとかが押しかける可能性があるので、やむをえず、出社してきたケヴィンに事情を話すことにした。

「これ、ノブなの？　なんかボケてるじゃないか。せっかく新聞に載るんなら、もっときれいに撮ってほしいよね」

なんていうか、これが上司じゃなかったら、蹴り飛ばしてシバき倒してるところだ、マジで。

「記事、なんて書いてあるの？」と言うので訳してあげると、「美女って書いてるの？　わぁ、すごいじゃないかぁ！」って、誰もお前の事言ってるわけじゃねーよってなほどにうれしそうな顔したが、そもそも美女って書いてあるあたりでいろいろ間違ってると思うぞ、その記事。

「わかった。それ、とりあえず人事にも言っておいたがほうがいいね。何かあった時に、会社の方でも対応してもらわないと困るから」

ケヴィンの言葉にしおしおと人事に向かうと、すでに周知の事実になってて、人事部長のサワタリさんが「来ると思ってましたよ」って笑いながら迎えてくれた。

「うちは業種も業種だし、コンプライアンス教育がっちりしてるから、仕事に関係ないとはいえ、個人情報漏らす人やそういうのを相手にする人はいないと思いますよ。このビルはセキュリティも厳しいし、IDがなければ中にもはいれないから、大丈夫でしょう」

サワタリさんはそう言ったが、「しかし、よもやうちの社員がこんな記事にのっかる日がくるとはねぇ……」って笑って付け加えた。

私だって、声優イベントとかの観客席で、我を忘れて萌えまくってる顔とかが雑誌やニュースに映っちゃうことがあるかもって、そっちは想定していたけれど、よもや、抱かれたい男ナンバー2の俳優と熱愛報道されるとか、思ってもみませんでした。

人生、ほんとうに何が起こるかわからないにもほどがある。

デスクに戻っていろいろ見たら、ネットニュースにもばんばん出ていて、ひ――ってなっちゃったんだが、午後になって、ランチタイムでスマホでテレビ見ていたらしいセイコさんが、「ノブコさん、岡田さんの事務所が熱愛報道完全否定のコメント出したわよ」と社内電話くれた。

ネットニュースのリンクから岡田さんの事務所のサイト見たら、「彼女は友人のひとりで、当日、岡田ハルキは自宅に友人たちを招いて、食事会を催《もよお》していた中にいただけ」

ってあってほっとしたんだけれど、わざわざ世間様にそれを知らせる必要があるってのもおかしい話だよなぁって思った。

幸い、会社の人たちもそれ以上騒ぐこともなく、日本語読めない、日本の俳優なんて知らない外国人たちはもちろん無関心なわけで、周辺は穏やかに終わっていたけれど、ネットニュースとかSNSではその後もしばらく炎上が続いていたみたい。

岡田さんから夜、電話があった。

何度も何度も謝ってくれたけれど、岡田さんだって迷惑こうむった側で、彼が謝るところじゃない。

そう言った私に岡田さん、「俳優として売れていくのはとてもうれしいことだけれど、名前が売れれば売れるほど、こういうことにナーバスになっていく自分がとても嫌です」と言った。

「女友達とふたりでメシ食うとかだって普通にあるし、ひとりでどこか出かけることだってありますが、どこでもスマホで勝手に撮影する人とかいるし、今はツイッターとかフェイスブックで簡単にそれを公開できてしまう。そういうのも含めて仕事のうちって言われましたが、今回みたいなことがあると正直、本当にどうしたものかと思っちゃいます」

岡田さんも恋愛とか結婚とか、そういうのを考えて当然の年齢だし、マスコミもそういう部分、おいしいネタではあるんだろうけれど、芸能人っていろいろ大変なんだなぁって思った。

「ノブさんの会社の方で、トラブルにならなくて本当によかったです」

「まぁ、うちは外資系で、そういうとこ、ドライなんで」

そう言ったけど、実は、張り込みかけてた芸能記者らしき人が、うっかりラモンに声かけちゃって、ラモンがあのマフィアのボスの右腕みたいな超強面で、「うちの社員に用があるのなら、受付にいって理由を述べ、入館の申請したらどうかね？」とかいったそうで、オフィスに来るなり、「なんなんだ、あいつらはっ！」とかヒサコさんに言ってたってのはあった。

ヒサコさん、「あれ、絶対、その人達に『馬鹿めっ！』とか『くそったれ！』とか言ってる」って後で言ってたけど、ラモンはそこで名前出された私には何も言わなかったし、その後、私のデスクに来て、だん！！ってすごい音させて書類置いて、「ケヴィンのサイン」ってデカイ声で言ってて、全然いつもと変わらなかった。

ぐるぐる考えてる私に岡田さんが、「これからも変わらずに、みんなと友達でいられたらいいんですが……」ってちょっと自信なさそうに言ったので、「もちろん！！　こんなんで、変わるとかはないですよ！」って答えた。

岡田さんがどうこうしたわけじゃないし、もともと勝手に勘違いされただけだしね。

岡田さんがうれしそうに、「ありがとうございます！」って言ってて、なかなかかわいらしい人だよなぁって思いつつ、この件はこれで終わりって思ったんだけど。

思わぬところから、「そうはいきませんよ」ってことがどかん！　とやってきた。

二日後、オーレから「日本時間の今夜、スカイプで話したい」ってメールがあった。

いつもだったら、何した、あーした、こーしたって何かしら書いてくるんだけど、これだけしか書いていないって珍しい。

急遽《きゆうきよ》日本出張とかになったのかな？　って思いながら、夜十一時半、オーレにスカイプかけた。

「ノブ、あれ、なんなの？」

挨拶もせずに、いきなりオーレ、不機嫌露《あら》わにそう言った。

あれ？　あれってどのあれ？

「僕、見たよ。熱愛報道っていうの。人気の俳優の家で一日すごしたとか」

なんとあの報道、ニューヨークまでいってたのか？

いやでもしかし、ニューヨークで岡田ハルキ知ってる人がどんだけいるってんだ？

ニューヨークで日本の芸能記事とか、誰が読むんだ？

「いや、あれ、間違いだから。あの後、間違いですよって岡田さんの事務所が、正式なコメント出したからさ」

私が笑いながら言うと、オーレ一言。

「問題、そこじゃないでしょ」

なんかオーレ、怒ってる？

え？　なんで？

「パパラッチに張り込まれるくらい、つきあいがあるってことだろう？」

はぁ？？？？

「岡田さんの家に行ったのは初めてだし、他にもタツオとかアサヌマ夫妻とかいっしょだったんだよ。岡田さんに直接会うのだって、本当に久しぶりだったし。あれ、スマホ忘れて取りに戻った後、ひとりで出てきたところを撮影されたんだよ」

「証拠あるの？」

証拠？

証拠なんてないけど、タツオとかアサヌマとかヒサコさんとかから話聞いてもらえばわかる。

わかるけど、そこまでする必要があることなのか？

「パパラッチが、ノブの名前や勤務先知ってるくらい、調査された結果のあの写真ってことだよね。それって、君がその岡田とかいう俳優と、かなり親密だって証拠なんじゃないの？」

「あのさ」

私、ちょっとムカついた。

疑うにもほどがある。

名前も会社もバレてる中、住所だってどこかでバレてる可能性も当然あったわけで、芸能雑誌とかテレビの人とかじゃなくても、興味本位でやってくる人とか過激なファンの人とかがいる可能性だってあった。

自分の個人情報が誰ともわからない人達に拡散されて、知らない人が家の前や周辺にいたらって考えたら、押しかけ厨の時のことがフラッシュバックして、震えがくるくらい怖かった。

「今回の件は、私だってものすごく迷惑しているし、いやな想いしてるの。岡田さんは友達だけど、その人と会うのに、いちいちオーレに断らなきゃいけないの？　そういうこと、言いたいわけ？」

そこでオーレが激高《げっこう》した。

「そういう事言ってんじゃないよ！　ノブ、僕の家に来たことなんか、一度もないだろう？　ニューヨークにだって、つきあいはじめてから、一度も来ていないじゃないか。なのに、その岡田とかいう奴の家には行くってのか？　僕はアメリカにいて、ノブが誰とつきあおうと何しようと、そりゃわからないからね。岡田とかいう奴と何してるかなんて、ノブから話聞く範囲でしか、わからない」

オーレが怒るのを見るのも初めてなら、怒鳴《どな》るのも初めて見た。

正直、ちょっとビビったけれど、私に非があるのなら謝罪もしようが、非がないどころか、今回は私自身がいわゆる被害者なわけで、それをあらぬ疑いでとやかく言われたところで、言えることはひとつしかない。

「いい加減にしてよ、あなた、何言ってるの？」

画面の向こう側で、オーレが怒り露わな顔をして私を見てる。

「何もないから、何もないって言ってるんでしょ。それでも信じられないっていうのなら、それは私の問題じゃなくて、あなたの問題じゃないの？　私が言えるのは、岡田さんとはただの友達で、あの時は他にも大勢いたってこと。私がニューヨークに行かないのは、アニメの録画の消化とイベントで、長期の外国滞在は出来ませんって、ずっとあなたに言ってるまんまの理由です」

長い間、オーレも私も何も言わずに、黙ったまま、画面をにらみつけていた。

しばし後、オーレはすーっと画面から引いて、そして言った。

「わかった。僕はしばらく日本への出張はないし、今回のことでいろいろ考えた。しばらく距離を置こう」

距離を置くって、我々、最初っから日本とニューヨークで、ありすぎるくらい距離あるじゃん！　って言おうと思ってやめた。

そんなこと、言える感じじゃない。

無言になった私にオーレはそのまま、「バイ」って言って、スカイプをさっさとオフにしてしまった。

私、しばらくの間、ぽかーんとして、スカイプの画面みたまま固まってしまった。

なんだこれ？

岡田さんとの勘違い熱愛報道から、なんでこういう展開になっちゃうんだ？

なぜ、日本の俳優のゴシップ報道が遠いニューヨークで、普段そんなもの見ないオーレみたいな人の目にはいったのかも不思議だけれど、それでなんでそこまで疑われることになるんだ？

オーレと喧嘩するのは、実は今回が初めて。いつもはどっちかがムカついても、ムカつかれた方が天然にスルーしてたりして、喧嘩にならなかった。

初めての喧嘩が、こんなただの誤解とかで、しかもプレ破局宣言とかって、まったくもってどうよ？　って感じ。

当分日本に来る予定はないと言っていたし、幸か不幸か、我々には本当に時差十数時間というすさまじい距離があるので、お互い時間を置いて冷静になるのにはいいかもしれないけれど。

でもさ。

ひとつ、はっきりわかったのは、信じて欲しい人に信じてもらえないって、とってもきついことだったってこと。

信じて欲しい人に信じてもらえない、私を信じる気持ちがないってわかるのは、胸が本当に痛くなるくらいのものなんだな。

私はしばらくひとりで座って画面を見つめて、そしてちょっとだけ、泣いた。

次の日、エリちゃんとヒサコさんに全部話した。

なんていうか、誰かに聞いてほしかった。

開口一番、エリちゃんが、「ありえない」と言って、呆《あき》れたような顔をした。

「そんな、タブロイドの記事で、そこまで言うとか、オーレらしくない」

するとヒサコさん、「でも、言ってることは一応、彼的には筋が通ってるわよ。自分ばっかりが日本に来るだけで、ノブちゃんは彼のために長旅してないし。遠い日本にいるノブちゃんが、何をしてるかはオーレにはわからない」と言う。

「そうだけど、でもね、ヒサコさん、私、オーレの秘書、三年もやってたんだよ？　どんな考え方するとか、どういう見方するとか、だいたいわかるけど、それってオーレらしくない。ほんとに、オーレらしくない」

いつになく、エリちゃんが食い下がった。

「そもそも、なんで遠いニューヨークで、向こうではまったく無名な岡田さんの記事とか、わざわざオーレが見ることができるのかって、そこもわからない。彼、普段からアメリカのタブロイドだって見ないのに」

「たまたま会った日本人が持ってたとか、そういうことだってあるんじゃないの？」

ヒサコさんはそう言うと、「その部分、なぜ？　とかここで私たちが考えたって、わかるわけもないし、意味もないわよ。原因はどうあれ、とにかくオーレはノブちゃんとのつきあいに、いったんストップかけるって決意したんだから」と言って私に顔を向け、「で、ノブちゃんとしてはどうするの？」といきなり尋ねてきた。

「どうするもこうするも、相手がそう言うなら、そうするしかないよ。オーレは私の言うこと、信じる気がないんだし」

私の答えに、エリちゃんがため息ついた。

「遠距離も超遠距離だから、こういうことが起こると、誤解解くのも難しいよね」

するとヒサコさん、エリちゃんの肩をぽんぽんと叩いて、「遠距離だから、なんて、理由にならないって」と言った。

「遠距離だろうが近距離だろうが、だめになるものはだめになるし、うまくいくものはうまくいくものよ。本当にご縁があるなら繫《つな》がるし、だめならどんなにがんばってもだめだしね。そんな根も葉もない噂を信じるオーレもどうかとは思うけど、もしかしたらその程度の人だったってこともあるわけだし、オーレが言ったことも正しいっちゃ正しい部分もあるから、ノブちゃんも少しいろいろ考えてみるいい機会かもよ?」

そう言った後ヒサコさん、意味深長な笑み浮かべて、「私はね、オーレの方が、実は何かあったんじゃないかって思うんだけどね」と言った。

ヒサコさん、炯眼《けいがん》きらめくところがあるので、もしかしたらその通りなのかもしれない。

でも今の時点では、何もわからないわけで。

一瞬考え込んだ私の隣で、エリちゃんが、ものすごくいやーな顔してヒサコさんを見てる。

「オーレの出張、しばらくは本当にないと思う。今、営業部《セールス》の海外からの出張者の手配関係は、ユキコさんって派遣の方が全部やってくれてるから、今度何気なく聞いておくね」

エリちゃんが言う横で、今度はヒサコさんが、なにやら複雑な表情を浮かべたけど、何も言わないままエリちゃんを見てる。

今の私には、この件については出来ることはないのは確か。

悲しい気持ちがあらためてどっと溢れてきたけれど、この話はもう誰にもしないでおこうと思った。

帰ったら、『ダンク！ダンク！ダンク！』の録画を見て、気持ちを変えよう。

アニメも萌えも決して変わることはないし、あるがまま、私の〝好き〟を〝好き〟でいさせてくれる。

オタクであることは、つらいことや悲しいことがあった時に、私を救ってくれる。

私に、がんばれ！って激励を送ってくれる。

この続きを見るために、私、もっとがんばろうって思わせてくれる。

こんな時にそう感じてしまうのもなんだけど、人生何度目かで私、オタクでよかったなって思った。

＊

ケヴィンのプレゼン用の資料の修正をしていて、ふと個人のメールをチェックしたら、マッケランのアサクラさんという人からメールがはいっているのを見て、は？　ってなった私。

マッケランは、エグゼクティブを中心にしたヘッドハントを行っている、世界でも有数のエージェントで、その筋では有名な会社。

もちろん私も名前は知っているけれど、たかだか秘書風情《ふぜい》の私に縁があるわけもなく、転職活動してるわけでもないからレジメを公開してるようなこともなくて、なんで私のところにマッケランからメールがはいったのかわからん。

とりあえずメールを開いてみる。

——ハセガワノブコ様

突然ご連絡させていただき恐縮です。

このたび、弊社クライアントより依頼がありましたエグゼクティブ秘書のポジションの案件に、良い方を探しておりましたところ、ある方からハセガワ様をご推薦いただきました。

ご興味がおありになりましたら、詳細をご説明申し上げたいと存じます。つきましては、ご都合のよろしい日時をお知らせいただければ幸いです。

私、しばらく、開いたメールをガン見しちゃった。

これ、ヘッドハントのメールだわ。

ケヴィンとかオーレとかのところには、それこそメールや電話でこういうのはしょっちゅう来るけれど、事務職な私のところには、基本、ヘッドハントの話は来たことない。

ダイレクター秘書のミナさんくらいになると、エグゼクティブ対応ってことで秘書のランクもあがるし、特殊技能の域にはいってくるからヘッドハントの話も出てくるみたいだけど、ごくごく普通のマネージャークラスの秘書レベルな私にヘッドハントなんておこがましい話は、そうあったもんじゃない。

しかも、それがマッケランからのヘッドハント。

なんていうか、これ、かなりすごいぞ。

転職するつもりはまったくない。

欠片もないけれど、でも、どなたかが、こんな私を推薦してくださったということで、無下《むげ》にしてしまうのはその方に申し訳ない。

ヘッドハンターに会っても、推薦者が誰かを教えてくれることは絶対ないけれど、わざわざヘッドハンターから、しかもマッケランから連絡がくるってのはとてつもなく光栄なことではあるわけで。

ってことで、本来なら極秘な話で誰かに言うべきではない事項なんだが、私はエリちゃんを呼び出して、階段の脇にあるパントリー（いわゆる給湯室）で小声で詳細を話した。

「すごいじゃない！　マッケランからのヘッドハントなんて、喉から手が出るほど欲しいって人、山ほどいるわよ、ノブちゃん」

エリちゃんがちょっと興奮気味に言った。

エリちゃんですらテンションあがる、マッケランのブランド。

「転職する気は全然ないんだけど、会うだけ会ってみようと思うんだよね」

そういうとエリちゃん、「うん、絶対会った方がいいと思う。いつ何がおきて、またお世話になるかもわからないし」と言った。

そう、外資系企業は、真面目にきちんと仕事していれば定年まで勤められます、なんてことはほぼないと言っても過言じゃない。

レイオフとかじゃなくても、いきなり会社が買収されたとか、日本撤退とか、部門閉鎖とかも当たり前。

朝来たら、会社が買収されてました！　なんて話も聞いたことがある。

日本企業に長く働いている人の中には未だに、「辞めさせられるのは本人に問題があるから」なんて言ってる人もいるらしいけれど、現実は、能力がある人ほど、そういう時さっさと辞める。

いわゆる、〝沈みかけた船からさっさといなくなる〟って事。

能力や実績があれば、それが有効なうちに早く転職活動を始めたほうが有利だし、大掛かりなレイオフが始まった会社は当然、しばらくの間混乱するし、各自の業務も厳しい状況になる。

そこでいらぬ苦労するなら、パッケージもらってさっさともっと良いポジションに乗り換えますってのが、有能な人達の考え方。

パッケージというのは、会社都合による退職の際、会社側がその社員に提示する退職条件のこと。

法的には一ヶ月前告知、一ヶ月分の給与を支払うことで会社都合退職させられるところを、ほとんどの外資系企業は、それよりも良い条件を出す。

平均的には三ヶ月分の給与、就職サポートのエージェントに契約してくれるというものが多いけれど、中には、一年分の給与を出してくれたり、数百万から一千万以上のお金を提示してくれるところもあったりする。

なので、そのお金で長く休みを取ったり、留学したり、別の道に進んだりする人もいる。

私は今は転職なんて考えてもいないけれど、いつ、何が起こるかわからないし、転職しなければならなくなるかもしれない。

ケヴィンも、日本駐在が三年目にはいった。

本国から駐在ベースで来ている外国人の滞在は、うちの会社の場合、三年から四年くらい。それ以上いる人はほとんどいない。

ケヴィンが日本を離れた後、次に来る人がどんな人かもわからないし、もし、その人が私を自分の秘書にはふさわしくないって思ったら、私もあっさりレイオフされる可能性もある。

今、マッケランと繋がりがもてれば、何かあったときにすぐに連絡取ることが出来るわけだし、明日のこともわからない外資系企業で働く身としては、そのくらいのリスクマネージメントを考えておくのは必須なんだよな。

「もしかしたら、とても良いお話かもしれないし、会っておいて損はないと思うよ」

エリちゃんの言葉に私、「そうだね」ってうなずいた。

マッケランのオフィスは、日比谷《ひびや》のオフィスビルの中にあった。

重厚な受付には、いまどき珍しいレセプショニストが専任でいた。

来客が多い業界の会社だからかもしれない。

「ハセガワ様ですね。お待ちしておりました。こちらへどうぞ」

モデルかと思うほどに美しいレセプショニストの女性が案内してくれたのは、日比谷公園が一望できる会議室だった。

エージェントとの面接は、アメリカから帰ってきて就職のためにそれこそあきれるほどしたけれど、今日の緊張感はあの時以上。

だってあの時は就職のための、いわゆる人材斡旋《あっせん》のエージェントだったけど、今日は正真正銘のヘッドハンターの会社。

しかも、世界に名だたる有名エージェント。

こういう面談っていうのは、会社面接より緊張する。

会社の面接は、自社の社員にふさわしいかどうかを見るわけだけれど、ヘッドハンターは短い時間で私という人間を見てくる。

スキルや経験、人格や仕事ぶり。

履歴書に書かれている以上のものを見て、ぶっちゃけ、その人物が本当に彼らにとって〝売り物〟になるかどうかを見極めてくる。

有能な人材を多くの企業に紹介してきたからこそ、マッケランの信頼は高いわけで、当然、アサクラさんも生《は》え抜きのヘッドハンターのはず。

緊張をやわらげたくて窓から見える日比谷公園をながめていたら、扉がノックされて、「お待たせしました」と言いながら、恰幅のよい四十代くらいの穏やかな雰囲気の男性がはいってきた。

「今日はわざわざお越しいただいて、本当にありがとうございます。メールさせていただいたアサクラと申します」

そう言いながら、アサクラさんは名刺を出した。

〝シニアコンサルタント　アサクラ・トオル〟と英語で書かれている。

イスに座り、アサクラさんは持っていた分厚いファイルを広げてから、私ににっこりと笑いかけた。

「いただいたレジメを拝見しましたが、素晴らしい経歴をお持ちですね。失礼ながら、若干ツテのある会社がいくつかありましたので、ハセガワさんがお仕事されていた時のこと、そこで少し聞かせてもらいました」

つまり、私が過去働いた会社にリサーチかけて、リファレンスとってるって意味だ。どんな人物か、就労態度はどうだったか、仕事に対する姿勢や考え、他の社員の人達との関係などなど、少々どころじゃないだろうと思う。

リファレンスを取るのは、外資系企業ではよく行われる。

前に上司だった人や仕事で関わった人に推薦をもらうことで、エージェントはその人の評価や評判を確認する。

ぶっちゃけ、冷やかしと言っても過言ではなかった今日の私だけど、ここで冷や水浴びせられたみたいな気持ちになって、がっつり真剣モードにはいった。

これはガチだ。

「経歴やご経験について、おうかがいしたいのですが、よろしいですか?」と前置きして、アサクラさんは次々と、私が過去在職した会社でのことについて質問してきた。

私は、オークリー銀行が最初の勤務先じゃない。

最初は、日本の会社での仕事がどんなものか全然わからなかったから、派遣社員から始めた。

通訳としてIT関係の会社にはいって、そこで日本で働くのに大事な慣習とか方法とかを覚えて、半年後に契約社員という形で、イギリス系の小さな会社で秘書の仕事についた。そこからオークリーにたどりつくまでに、いくつかの会社で短期契約の仕事をしている。

オークリーには、ケヴィンが着任する二年前に入社した。

経歴、経験の確認をすると、アサクラさんは穏やかな笑顔を私に向けて、さらりと核心にはいった。

「今、ロスフィルド銀行で、重役の秘書を探しています」

「え!! ロスフィルドですか!!」

驚いた。

驚きすぎて私、固まっちゃった。

ロスフィルドというのは、世界に名だたる名家で、世界中の王家や貴族にもその血がつながっていて、歴史上、大きな影響を及ぼした事件がいくつもあると言われている。

銀行にもいろいろあるけれど、世の中には表だってわかりやすい事をやってる銀行ばかりじゃなくて、預金だのなんだのって関係ない、もっと天空レベルでお金を動かしている銀行がたくさんある。

ロスフィルド銀行はそんな銀行の中のひとつで、名前は私も聞いたことがあるけれど、詳細は知らなかったし、日本にオフィスを構えてるなんてことも知らなかった。

「日本にオフィスがあるなんて、知りませんでした」と言うとアサクラさんは、「知っている人の方が少ないと思いますよ。そもそも、表にはまったく出てこない銀行ですからね」と言った。

「おわかりいただけてると思いますが、特殊な銀行ですから、いわゆる〝機密〟が大変多い仕事になります。それだけに、人柄と信用が重要になってきますから、推薦もそれ相応の方からでした。当然ですが、仕事上で関わる方々もそれなりの方になります。海外出張も頻繁に出てきますし、今よりずっと激務になります」

身体に震えがきた。

これは、本当にすごい話だ。

そして、とんでもないポジションの話だ。

「上司となる方はイギリス人です。ヨークシャーの貴族のご出身だそうです。日本語も堪能だし、穏やかでお人柄も大変良い方ですよ。姪御《めいご》さんが、ハセガワさんが通っていらしたニューヨークの女学校の生徒だと聞いています」

そこでアサクラさんは、笑顔のまま、鋭い視線を私に向けた。

「ハセガワさんの交友関係が、銀行家のアンドレアス・フォルテン氏、その奥様ニーナさんのご実家のミルトン家、アルゼンチンの富豪のベルグランデ家、名家ヴァンダーヴォルグ家とつながりがあるのも、すでに存じています」

ベルグランデはアリーシャの家、ヴァンダーヴォルグはカテリーナの家で、実はブルーブラッドと呼ばれるアメリカ有数の名家なんじゃないかと噂されてた。

私自身はごく普通の日本人で、父親もごくごく普通のサラリーマンだけど、通ってた学校は超お嬢様学校だったから、クラスメイトも全員いずれかのご令嬢ばかり。

日本で言うところの〝お金持ち〟とは違う、いわゆる家柄の良いリアルお嬢様たちばかりだった。

ふいにバカ父がアメリカで何度も私に言っていた言葉を、思い出した。

『お前が学校で得るものは、勉強なんかじゃないぞ。もっともっとすごいもので、重要なものだ。この学校で築かれたものは、他では絶対得られないものなんだぞ』

学生時代は仲の良いお友達、優しいカテリーナ、元気なガリーナ、情の厚いアリーシャ、明るいビアンカ、ぼんやりなニーナ、ただそれだけで楽しくやっていたけれど。

そこにある慣習や使われているもの、社交術、会話、そこでは当然の価値観や考え方、人々がどういう視点で世界をとらえているか、いわゆる庶民じゃない人たちのそういうものに触れて、いろいろ知ることになったのは、ある意味特殊な経験だと思ってる。

本物の貴族、本物の上流社会、本物の富豪、本物のエグゼクティブ。

ロスフィルドで仕事するってことは、それを知らなければできないことであり、そのレベルでの言動を要求されるってことだ。

それこそ世界を牛耳《ぎゅうじ》れるくらいのビジネスマンや財界人、コングロマリットのオーナー、一国を動かせるくらいの資産を持った財閥、政治に関わる人々、そして歴史に深く関わってきた貴族や王族。

そういう人たちが仕事の相手になる。

そうか。

学生時代にそういうレベルの人たちと関わった経験や知識に、自分の経歴がプラスされて、この話がきたんだ。

完全にビビった私に、アサクラさんが笑顔で言った。

「あなたのような経歴をお持ちの方は、日本にはほとんどいません。なぜあなたが今、マネージャーレベルの秘書のポジションで満足されているのか、もったいないと私は思います。あなたなら、もっと上を目指せるはずです」

そしてアサクラさんは、ものすごく、ものすごく丁寧に、穏やかに、一番重要なことを言った。

「年収一二〇〇万、それとは別に年一回のボーナスがあります。ハセガワさん、これは、あなたにしか出来ない仕事かもしれません。大きなチャンスですよ」

＊

「ヘッドハンターがそう言いたくなるのもわかるポジションだな」

スカイプ画面に映るタツオが、もそっと言った。

うん、と私はうなずいて、「そもそもステイタスがすごいし、このご時世、事務職で年収一〇〇〇万超えるなんてのはそうあったもんじゃないし。なんたってロスフィルドの名前がすごいしね」と答えた。

外資金融業界でディーラーとかトレーダーだったら、ヘッドハントの金額が億超えるなんてことは普通にあるし、話としては驚くことでもないけれど、それを自分に置き換えるなんてことは、もちろんしたことがなかった。

「それでその話を俺にしてどうする？　よもやお前のことだ、金の問題ではなかろう」

「違うよ。お金のことだったらたぶん、迷う必要ないと思う。だってそんな給与くれるところなんて、他に絶対ないもん。お金のことだけだったら、その仕事受けると思うよ」

私の言葉を聞きながら、タツオは横にあったタンブラーを手にとって、コーヒーを飲んだ。

「タツオ、私ね、人生初めて、オタクとはまったく関係ないものに、心を動かしちゃったよ」

何も言わないタツオに、私はそのまま話し続けた。

「今回来た仕事の話、たぶん、すごい仕事だと思うんだ。やることは秘書だけど、関わる世界がまったく違う、もっともっと遥かな高みにある世界になると思うんだ。もしかしたら、どこかの国とか政治に関わるとか、戦争を止めたり難民を救うとか、そういうのに関わってくるかもしれない。つまり、末端にすぎないけれど、そういう世界の一部を動かす人たちの中で仕事することになるって、そういうことなんだよね」

私は、画面の向こうで何も言わずに私を見つめているタツオを見て、そして言った。

「会社の同僚のエツコさんって、すごいスピリチュアルにはまっててよくそういう話するんだけど、人間は人生のうちに何度か、大きな選択を迫られる時があるって言ってたことがあるんだ。どれを選択しても間違いではないけれど、でも、それは人生そのものを決める選択だってエツコさん言ってた。たぶん今回の仕事の話は、私にとってそれだと思うんだよね」

私はそう言いながら、ノートPCの横に置いてあるバイファロスの食玩《しょくがん》のミニチュアを見た。

これは、開王堂《かいおうどう》というフィギュアや模型で有名な会社が、バイファロス十周年記念の時に作ったガチャ玩具。

そのガチャのシークレットだった装甲車タイタス所属アルファチームモデルをゲットするために、お札何枚も両替して、コナツさんに手伝ってもらって、私は秋葉《アキバ》で延々ガチャを回し続けた。

当時の私はそれに全身全霊かけてて、これが出た時、コナツさんと飛び上がって大喜びしたんだよね。

忘れられないあの時のうれしさとか興奮とか、食玩を見ながら思い出して、そしてなぞっていた。

「今回の仕事、受ければ私、オタクな生活をたぶん半分以上捨てなければならなくなると思う。っていうか、もしかしたら完全に離れなければならなくなるかもしれない。それがわかってて、でも、一瞬だけ心が動いたんだ。アメリカに行ってから一度も揺らいだことのない、オタクに捧《ささ》げつくした私の心が、動いたんだよ……」

タツオの表情はまったく変わらず、メガネの向こう側の細い目も変わらなかった。

「お前の同僚のエツコ嬢が言うところのスピリチュアルとやらは、俺にはさっぱりわからんが」

タツオが前置きした。

「その話で心が動かない奴がいたら、俺はお目にかかりたいくらいだ。そんなすごい仕事は、そうあったものじゃない。しかもその話が名指しで来たんだ。心が動くのは当然だろう」

そう言うと、タツオは両手を組んで、ずいっとスカイプの画面に顔を寄せた。

ただでさえうっとうしい顔が、さらにでかくなってうっとうしい。

だけど今の私には、そのうっとうしさが、本当にありがたかった。

「お前の心が動いたのは、ロスフィルドの名前の向こう側にある、大きな世界、世界に貢献できるかもしれない意義ある仕事を見たからだろう」

うん、と私はうなずいた。

「ノブコ、人間の可能性は無限だ。今回の話は、お前にその可能性のひとつを見せた。お前自身が気づいていなかった、お前の持つ別の部分に触れたからお前は心を動かしたのだろう。それは人として当然のことだ」

タツオはさらにずいっと顔を近づけた。

「いいか、ノブコ。オタクとは、遺伝子に刻まれたものだ。やめるとかやめないとか、そういうものではない。魂《たましい》が欲するところにオタクがある。オタクであるということは、何もアニメやマンガにその情熱を向けることだけを指すことではないぞ。何かに情熱を傾ける、全身全霊でもってそれに打ち込む姿勢とスピリッツこそが、オタクだと俺は思っている。たとえお前がアニメを見なくなっても、コミケに行くことがなくなっても、そのスピリッツが失われることはない。何かに情熱を傾け、打ち込む時、そこにお前のオタクたるスピリッツは存在する」

ゆっくりと息を吸い、タツオは今まで聞いたことない大きな声で、私に向かって言った。

「オタクスピリッツは、年月を経て形を変え、成長していく。その昔、手塚治虫《てづかおさむ》の『鉄腕《てつわん》アトム』を見た人々が、アイボやアシモを作った。『ブラックジャック』に感動した人々の多くが医者を目指し、『キャプテン翼《つばさ》』にあこがれた子供たちが今、世界中の有名なサッカーチームで活躍している。『ベルサイユのばら』でフランス革命を知った少女がフランス歴史学者になり、アニメで宇宙を夢見た少年が宇宙飛行士になった。そういうふうにアニメやマンガや特撮を見て、たくさんの人々がそこからさらなる高みへと駆け上がり、未来を作っている。俺たちの子供の頃は、宇宙飛行士なんてのは夢でしか語れない仕事だった。だが今、それを職業欄《らん》に書く人々がいる。日本に限ったことじゃない。世界中の子供の心を震わせたゴジラが、メキシコの片隅にいた少年の心を摑み、彼はその後『パシフィック・リム』という名作を作り上げ、『攻殻機動隊《こうかくきどうたい》』に影響を受けた人々が今、ハリウッドで大作を作っている。大友克洋《おおともかつひろ》の『AKIRA《アキラ》』がどれほどのクリエイターに影響を与えたか、お前も知っているだろう」

タツオがこんなに熱く語るの、私、初めて見た。

こんなにたくさんいっぺんにしゃべるのも、初めて見た。

なんだかわからないけど、泣けた。

ぼろぼろ、涙がこぼれた。

「うちのチームのサナダが、オクラホマのド田舎にある工場視察に行った際、工場長に夕食に招待されてその家にいったんだそうだ。その時、そこの十歳の男の子が食卓に、大事そうに一冊の本を抱えてきたんだそうだ。それはぼろぼろになったドラえもんのコミックで、駐在していた日本人一家の子供が置いていったものだったそうだ。十歳のアメリカ人の少年は、それを読みたくて日本語を勉強し、擦り切れてぼろぼろになるまで、そのたった一冊のドラえもんを読み続けた。そして遠くからやってきた日本人のサナダに見せたんだそうだ」

タツオは少し遠くを見るようにして言った。

「その子はサナダに、いつかドラえもんを作る科学者になりたいと言ったんだそうだ。サナダは泣きながら、あの子は我々の同志だと言っていた。日本人で、オタクで、本当によかったとな」

私、思わず口を押さえた。

嗚咽《おえつ》が漏れて、声あげて泣きそうになってた。

「ノブコ、お前が何をしようと、どんな道を選ぼうと、オタクであることに変わりはない。オタクスピリッツは普遍《ふへん》だ。形を変えても、お前は必ず関わった人々にオタクの種を播《ま》いていく。オタクな何かを残していく。それはどこかで別の形で花開き、実を結ぶ。オタクに国境はなく、オタクに世代はない。オタクはすべてを超えて繋がっている。言語も宗教も、国籍も政治も超えてだ。魂にオタクを刻まれた者は、すべてを超えて、永久不滅にオタクなのだ」

数日後、私はアサクラさんに電話をし、仕事が終わった後、マッケランのオフィスを訪ねた。

あの時と同じ美しいレセプショニストが笑顔で、同じ会議室に案内してくれた。すでに日が落ちて、そこから見える日比谷の夜景がとてもきれいだった。

アサクラさんが静かに私の前に腰を下ろすと、「考えていただけましたか？」と私に尋ねた。

私はじっとアサクラさんの穏やかな顔を見つめて、そして答えた。

「大変素晴らしいお話を、本当にありがとうございます。たぶん、私の人生始まって以来の、そして二度とない素晴らしいお話と思います」

そこで私、一息ついて、そして言った。

「でも今回は、辞退させてください」

驚くかと思っていたけれど、アサクラさんは私を見つめたまま、微動だにしなかった。

そして、「その理由をお聞かせいただけますか?」と私に言った。
きっと聞かれると思ってた。
だって、断る理由がまったく見つからない、素晴らしいポジションだもの。
私も、眠れなくなるくらい考えて考えた。
だから、アサクラさんにきちんとその説明をしなければならない。
「このお仕事は、人生を賭けるレベルのお仕事と思います。ですが、私は今まで、そうい
う志《こころざし》を持って生きてきていませんでした。正直お話しすれば、好きなことをするため
にある部分、気楽に仕事してきました。だから私は、このお仕事を人生賭けて全うする覚
悟がまったく足りません。経歴や経験は確かにあっているかもしれませんが、このお仕事
には高い志が必要と思います。ごめんなさい、私にはそれがまったく足りていないので
す」
私の前にいるアサクラさんは、表情変えず、仏像みたいに黙って笑顔で私を見ている。
この人はたぶん、私の想像を超えた数の、いろいろな人を見てきたんだろう。
お金で動く人、野心に満ちた人、高い志や目標を持った人、たくさんの人を蹴落として
のし上がってきた人、仕事のために何かを犠牲にしたり、失ったりした人、そして、真
実、本当に人として素晴らしい資質と能力を持った人。
私はこの人の目に今、どう映っているだろう。

見た目に素晴らしい経歴を持っているように見えるけれど、実は特筆すべきところは何もない、三十三歳のただの秘書な私。

野心も野望もなく、自分の好きなことだけのために生きてきた私。

そんな私に、大きな価値と可能性を一瞬でも見てくれたアサクラさんと推薦してくださったどこかの誰か。

ごめんなさい、私は期待にお応えできませんでした。

「ハセガワさんを動かすのは難しいだろうと、推薦してくださった方が言っておられました」

突然のアサクラさんの言葉に、私は「え？」ってなって、一瞬ぽかん、とした。

「お金やブランドでは彼女は動きませんよ、と、その方はおっしゃられたんですよ。あなたほどの経験や経歴を持った方がなぜ、今のポジション、今の年収で満足しているのか、私も考えました。世の中には、努力したくない人もいます。がんばらないでいられる、ぬるま湯な場所に首まで浸かってそれで満足な人もいる。だがあなたはそういう種類の人間じゃない。慣れない環境の中でずっとがんばってきて、大きな成果を外国できちんと出してきた方ですからね」

そこでアサクラさんは、開いていた黒い革のファイルをぱたんと閉じた。

「正直私はハセガワさんがどうされるか、楽しみにしていたんですよ。あなたはご自身では気がついておられないようですが、仕事の能力も高いし人としても素晴らしいものをお持ちだ。しかし、あなたは自分のその可能性にまったく頓着《とんちゃく》しておられない。私もヘッドハンターとして多くの方と会っていますが、ごくまれにそういう方がいる。あなたはマッケランの名前やロスフィルドのブランドに驚いてはいましたが、それで目をくらませることもなかった。あくまでも自分の生き方、考え方、価値観でもって、提示された案件をご覧になっていた」

そこでアサクラさんは声を出して笑った。

「マッケランもロスフィルドもあなたを動かすことが出来なかった。それはなぜですか。ぜひともその理由をうかがいたい」

オタクだからです。

一瞬、本気で言いそうになった。

アサクラさんならきっとわかってくれる。

意味不明にそう思った。

そう思わせるような雰囲気を作ってしまう、凄腕ヘッドハンターなんだ、アサクラさんって人は。

どうしよう、何も言わずにごまかせない。

この人には、ちゃんと説明しないといけない。

「あの」

アサクラさんが、ものすごく面白そうに、楽しそうに私を見てる。

「私はとても好きなものがあって、それがとても大事なんです。それは日本じゃないと関われない、出来ないことなんです。アメリカで生活していた時、それは私の心の支えで、そのために全力でがんばりました。今の私があるのは、それのおかげです。それは私の原動力で、生きるためのエネルギーで、そして日々の糧《かて》なんです。ロスフィルドの仕事をお受けしたら、私はたぶん、仕事のためにそれを切り捨てなければならなくなります。一生懸命考えましたが、それは私には無理でした」

重厚な木目の壁に仕切られた会議室の中は、何の音も聞こえなかった。

アサクラさんはその中で、相変わらず楽しそうな表情をしながら私を見ている。

「大変すばらしいお話を、こんな事でお断りするのは間違ってると思います。でも、私には、その好きなものを手放すことはできません」

そう言って、私は頭を下げた。

「謝ることではありませんよ。ハセガワさんの人生は、ハセガワさんが作るものです。この仕事は、ある部分で世界を動かす大きな力に加わる仕事になります。当然、過酷な仕事にもなる。だからこそのやりがいだし、だからこその高年収になります。でもそれがその人の望むものにつながるとは、もちろん限りません。ハセガワさんの求める道は、そこじゃなかった。ただそれだけのことです。是《ぜ》も否《ひ》もありませんし、私がどうこう言う筋合いのことでもありません。ただ……」

アサクラさんは、くすっと笑った。

「私としては、もったいないというのが正直な気持ちですよ。もしハセガワさんに仕事に対する高いモチベーションがあったなら、どんなふうになっていかれたのかと思うとね」

アサクラさんは立ち上がり、右手を差し出した。

「ハセガワさん、お目にかかれてよかったです。何かの時には、またご連絡することもあるかもしれません。ハセガワさんも転職を考えるような時がきたら、ぜひご連絡くださいね」

私はその、硬い大きな手を握り返して、アサクラさんを見上げてうなずいた。

「ありがとうございました」

「断っちゃったんだ……」

エリちゃんが、パスタをくるくるとフォークに巻きながら言った。

「なんともったいないことを……」

うん、まったくだよ、としか言えない私。

秋の風が気持ちのよいテラス席で、私とエリちゃんは久しぶりの外食ランチタイムを取ってる。

「やっぱりアニメ見れなくなるのが嫌だったの?」

エリちゃん、そこはもうちょっとオブラートに包んで言おうよ。

あらためて言われると、自分でもアホじゃないかと思ってしまうわ。

もちろん、それもばっちりあるんだけどさ、と言いながら、私はフォークをくるくると回した。

「どんなに素晴らしい仕事についたとしても、私はたぶん、仕事を生きがいにすることは出来ないと思うんだ。今の仕事も決して楽じゃないけれど、コミケに行くとかイベントに行くとか、家でアニメ見たりゲームしたりする時間があるからこそ、私はすごく充実できてる。それが仕事だけになったら、私、だめになっちゃうなって思ったんだ」

「いわゆる、ワークライフバランスってやつね」

まぁ、そんなかっこいいものでもないけどね。

ロスフィルドの仕事、とっても魅力的でした。

それは本当で本心で言える。

お金とかブランドがすごいからじゃない。

そこから広がる世界、もっと大きな世界につながる扉をリアルに見たから。

そしてもうひとつは、地道にがんばってきた私の仕事とか、仕事に対する姿勢や考えを見ていて、評価してくれた人がいたっていう事実が、とてもうれしかったから。誰かはわからないけれど、その人は私のことを、あのすごいポジションの仕事も出来る人間だと思ってくれたってことだもの。

うれしかったのは本当なんだ。

「だったら、とりあえずやってみるっていうのもありだったんじゃない？」

いつもはこの種の話にはあっさりしてるエリちゃんが食い下がってくるのも、今回の話がものすごく特別ってことがわかってるからだと思う。

「もしかしたら、ノブちゃんが思ってもみなかった素晴らしいものがあったかもしれないし、そういうのは実際、やってみないとわからないものでしょう？　私は正直今回のお仕事の話、お断りしたのはもったいないって本当に思う。でも、断るのがノブちゃんってのもわかるんだよねぇ」

「正直、もしかしたら私、ずっと後で、今回の話を断ったこと、すさまじく後悔する時がくるかもしれない」と私が言ったら、エリちゃんが「大丈夫だよ」と、いつもの笑顔で私に言った。

「今回のことがエツコさんの言ってた人生の大きなターニングポイントだったとしても、その時真剣に考えて決断した事なら、後悔はしないと思う。選択には間違いはないんだよ。正しいってこともない。ただ、後で惜しいことしたかもって思う時はあるかもね」

そう言ってエリちゃん、うふふって笑った。

「エリちゃん、私ね。今回のことで、自分がいちばん幸せに感じることってなんだろうって、あらためて考えたよ。ロスフィルドの仕事はきっと、やりがいもあるだろうし、もっと大きな世界に飛び込むチャンスだったとも思うんだ。でもそれ考えた時に、アメリカで生活していた時のことがいきなりフラッシュバックしたんだ。アメリカでの生活は楽しい部分もたくさんあったけど、でも私、やっぱりアニメやマンガやゲームや、オタクな事を自分の世界の中心にしていたんだよね。それがあったから私、慣れない外国の生活もがんばれたし、楽しめてたんだなって思った。そしてそれがあるから、今の私があるんだよなって考えたら、断ろうって思ったんだ。そっちは私の道じゃないって思ったの」

うん、ってエリちゃんがまたうなずいた。

そしてそれから、小声で面白そうに私に言った。

「ノブちゃん、この話は絶対にケヴィンには言えないわね。あの人、絶対泣くから。部屋から飛び出して、大騒ぎするわよ」

私、うっかり吹き出しちゃった。

うん、ケヴィンには絶対に言わないよ。

これは、エリちゃんと私と、そしてタツオだけが知る話。

4

俺は三次元を捨てた男だ

週末、久しぶりにチームタツオのジョイントカラオケって事で、私はアキバのいつものカラオケ店に向かっていた。

そこはアニソン関係のリストがハンパない量で、オタクじゃなきゃ知らねーよ！　みたいなアニメの挿入曲とか、ゲーム関係の歌とかまでばっちりあるし、さらに声優さんたちが出しているＣＤ（声優さんは歌のＣＤもがんがん出してる）の曲まで歌えるという、オタクにとっては神殿のようなカラオケ店。

しかも料理はおいしいし、煙草《たばこ》くさくないし、部屋は快適だし、延長もけっこう融通利《ゆうずう》くしで、居心地の良さ満点、言うことなし！

なのでそこは、オタクな人々のアジトと化してる。

その日は私、寝坊してしまって、ちょい遅れての参加だったのだけれど、山手線で東京すぎたところで、いきなりコナツさんからLINE《ライン》がはいった。

『今日のカラオケ、ヤバい』

……………ヤバい？

何がどうヤバい？？？

コナツさん、これ、主語がなくて、状況だけしか知らせてなくて、何がどうしてどうヤバいのか、さっぱりわからないよ。

それに今日のカラオケ、別にヤバい要素なんて何もないじゃん。

こっちからは、コナツさんとアルタさんと私が参加、タツオの方からは、いつものスギムラ君、アサヌマ、他男性七人参加って聞いてるけど、知ってる顔ぶればかりなはず。

意味わからんって思いながら、アキバの駅を降りてカラオケ店に向かった私、扉を開けると、別にいつもと変わらず、男どもが吠《ほ》えてる（つまり歌ってる）。

しかし、見渡すと、ひとり、まったく知らない女性がいた。

ツインテール、バストを強調するデザインの超ミニ花柄ワンピースにニーハイ。

どっかの萌えアニメのキャラみたいな格好で、とりあえず普通な格好の他のメンバーからは若干浮いてる。

ふと視線を反対側の端に向けると、コナツさんとアルタさんが、苦虫嚙《か》み潰したような顔で私を見てる。

何かあったのかな。

私はタツオの横に腰をおろすと、タツオに「あの人、誰？」と小声で聞いた。

「マミヤが連れて来た。Twitter《ツイッター》で知り合ったんだそうだ」とタツオが教えてくれたが、そんだけ？ってなくらいの情報で、だから何者なんだよ！って感じ。

そのご当人な女性は、ちょっとはにかみ笑顔でこっち見てるけど、彼女が誰なのか、誰も紹介してくれない。

当のマミヤ君も、紹介する気がないようで、吠えてる（歌ってる）人達の合いの手入れてるまま。

おい、お前が連れて来たお前の知り合いだろう、ちゃんと紹介するのが役目だろうがと思ったが、そんなことをマミヤ君に求めても仕方ない気もする。

マミヤ君、悪い人ではないけれど、気がきかないというか、自分のことでいっぱいいっぱいになっちゃう人で、それでけっこう失敗してかしちゃうタイプ。

そのまま知らん顔するのもどうかと思ったので私、「マミヤ君、そちらの方は？」と言ってみた。

するとマミヤ君、今気がつきましたー！　みたいな態度で、「あ、ノブさん、彼女、ルリさんっす」とだけ言った。

そしてそのまま、私もルリさんも放置で、また吠えてる（歌ってる）人に合いの手入れだす。

……マミヤ、てめぇ、それは紹介とは言えないぞ、おい。

しかも、彼女の方には私の事、ちゃんと紹介してねぇじゃん。お前、自分が連れて来た人に失礼と思わんのか。

しかしルリさん本人は、マミヤ君の手抜き丸出しの紹介にいやな顔もせず、私に向かって笑顔でぺこりと頭を下げた。

チームタツオは、メンバーが決まっているわけじゃないし、組織化されてるわけでもない。

タツオを中心にいつのまにかまとまったメンバーで、コアなメンバーはクローズドされたSNSで意見交換したり連絡とりあっていたりするけれど、単発で活動に参加する人や、何かのきっかけで仲間になる人もいて、コミケでオーレのソウルメイトになったハセ君も、比較的新しいメンバーだったりする。

なので、このカラオケにも、誰でも参加していいし誰かを連れてきてもいい。

ところがカラオケが続く中ルリさん、ほとんどしゃべってないし、歌わないし、ちょっと上目遣《づか》いな感じで笑みを浮かべながらみんなのことを見てるだけで、今日何をしにここに参加したのか、ちょっとわからない感じ。そういえば、そもそも彼女がオタクかどうかも知らないぞ、私。

よく見ると、時々マミヤ君がルリさんの耳に顔を寄せてなにやらささやいていたり、彼女のためにドリンク頼んだりしてあげてて、あれ？　このふたりつきあってるのか？　って微妙な親密感を持っていた。

コナツさんとアルタさんはそれを見ながらなんとなくずっと渋い顔で、まぁ、ルリさん、我々の親しい中にはいないテイストの人ではあるから、そこかなぁって思ったりするけれど。

ルリさん、服装とか明らかにオタク男子ターゲットにした感じで、普通にはない種類のもの。年齢もたぶん二十代前半な感じだし、平均年齢やたらと高い我々メンバーからすると、若手、ヤング（死語）。

服装については個人の趣味のことだから私がとやかく言うことでもないし、彼女が借りてきた猫みたいにただ座ってるだけなのも、今日初参加だから、緊張してるのかもしれない。

そんなふうに思っていたら、カラオケも終了かって頃、気がついたらルリさんが私の横にいて、はにかみながら、「ノブコさんのこと、マミヤさんからいろいろ聞いてました」って小声で言ってきた。

ひゃー、すごいアニメ声！！

鼻にかかった超高音、微妙に媚《こ》びを含んだ甘い声で、思いっきり萌えアニメ系だ。

地声でこれか。すごいな！！

「私、人見知りで、あまりお友達いないので、今日、マミヤさんにここにつれて来てもらうのもどうしようかと思ってたんですけど……みなさん優しくしてくださって、うれしかったです。あの、もしよかったら、お友達になってもらってもいいですか？」

そう言ってルリさん、ラインのＩＤのはいった名刺渡してきた。

優しくしてくださってて、あなた、会話してたのマミヤ君だけだったじゃん？　とか思ってちょっと違和感だったけど、そこでそれ本人にいうことでもないよなぁって思って、私は素直に名刺受け取った。

カラオケが終わって、タツオたちはみんなで、アニメイトに今日発売のＤＶＤを取りにいくって別れたが、マミヤ君はルリさんを連れて別の方向に向かっていった。

去っていくふたりの背中見ながら、マミヤ君にもいよいよ彼女できたってことなのか？ってその時思ったんだけど。

タツオたちと別れてから、私はコナツさんとアルタさんと次のイベントの打ち合わせもあったので、予定通り近くのミスドにはいったんだが、席につくなりアルタさんが、「あれはヤバい、相当ヤバいよ」と言い出した。

「え？　何？　あれって、ルリさんのこと？」と聞くと、アルタさん、大きくうなずく。

「ノブちゃんはこういうことにはものっすごく鈍いからわからないだろうけれど、あの種の女、最近オタク界隈《かいわい》に出没していて、いろいろ問題発生させてるんだよ。オタサーの姫とかサークルクラッシャーとかって聞いたことない？」

「オタサーの姫？　オタクな三十代の女性ってこと？」

そう言った私にコナツさんが、「そんなのいっぱいいすぎて当たり前だから、いちいち特別な呼び方なんて作らないって！」とツッコんでから、スマホの画面を私の目の前にどん！ とつきつけた。そこには、ルリさんみたいな格好した女性の写真やイラストが山ほど並んでる。

え？ 何これ、はやってんの？

「オタクに訴求《そきゅう》しやすい格好とキャラで、オタクグループやサークルにはいりこんで、女性慣れしていない男性が多いオタクを次々と籠絡《ろうらく》し毒牙《どくが》にかけていく女たちよ。そこで内部紛争を起こして、グループを消滅させていくのが、サークルクラッシャー。オタサーの姫ってのは、オタク内でちやほやされて姫扱いされたい女の子のことだよ」

「籠絡して、毒牙にかけるって、何すんのさ」

全然想像つかなくて聞いたらアルタさん、「食っちゃうの！ セックスするの！ 掛け持ちで、サークル内の男たちと、次々エッチなことしちゃうの！」って言ったんで私、「えええええええええええええ！！！ 何その全国制覇みたいなやり方！」って叫んじやった。

「私、あえて言うけど、ノブちゃんのそういうとこ、好きだわ」とコナツさんが頭抱えながら言う。

ありがとう。でもなぜか、全然うれしくないよ。

「あの種の女は、なぜか同じスタイルなんだよね。格好も萌えアニメ系で、絶対に胸を強調した超ミニなんだ。セクシーじゃなくて、プリティ系のわかりやすいエロで攻めてくる。さらに、アニメ声で上目遣い、私人見知りなんですぅって言うのを装備してる」

アルタさん、よく知ってるみたいだけど、なんかそれ、研究してるとかなの？

そしたら「同人仲間の男のグループがそれにやられて、とんでもないことになったんだわ。さんざん話聞かされたからさ」と……うわー、なんかものすごく聞きたくない感じの話。

「ノブちゃん、気がつかなかったと思うけど、ルリさん、マミヤ君に超ボディタッチしてたんだよ。股間すれすれに手を置いてたし」

マジかっ！！っていうか、おっしゃる通り、全然気がつきませんでした！

ひえー！　あそこでそんなことしてたんか！

「マミヤ君はすでに落ちてる。食われてる」

身も蓋《ふた》もないことをアルタさんが言ったが、あそこにいたメンバー、全員大人だし、既婚者もいるし、そんなことでどうこうなるようなこと、ないんじゃないかな。

けど、アルタさんとコナツさんは、そうは思ってないようで。

「タツオさんは基本、他の人達が何をしようと、個人的なことには関わらないし、たぶんあの人のことだから、それでチームがおかしくなっても、『それでだめになるなら、そこまでのものだ』とか言っちゃうだろうね」

「排除するとかは、あの人は絶対やらないからねー。でもあれはまずいよ。今日はお初だったから、さほどに本性出してきてはいないけれど、これからいろいろやってくるような気がする」

ねぇねぇ、と私、真剣に語り合うふたりに、思わず介入。

「ルリさんの肩もつわけじゃないけど、やっぱりそういうのは個人的なことだし、みんな大人なわけだし、関係ない私たちがとやかく言うところじゃないんじゃないの？」

そう言った私を、ふたりはすごい形相《ぎょうそう》でにらんだ。

思わずひるんだ私にアルタさん、「ノブちゃんの言ってることは、世間一般ではいたって正しい。しかし奴らは、世間一般からかけ離れているどころか、我々オタクからもかけ離れてる異生物だからね」と念を押すように言った。

「たとえるなら、我々地球人が知らないうちに、異星人《インベーダー》がまぎれてて、気が付いたら侵略されてたって、そういう状態よ」

コナツさん、ＳＦホラー的にバージョンアップしすぎじゃないのかって思ったんだけど、そこまでのモノなのか？　あのルリさんが？　侵略するインベーダー並みなの？

ちょっと不思議な人ではあったけど、別に感じも悪くなかったし、そこまで悪い印象ないんだけどなぁ。

もし仮にそうだとしても、やっぱり個人のつきあいの事だし、そこに他人が口を挟むのは違うんじゃないかなぁって思って私、その後も珍しくBL話以外で熱く語り合ってるコナツさんとアルタさん見つめながら、ひとりで静かにドーナツ食べてた。

普段、人の悪口とか噂話とか、コナツさんもアルタさんもしない。

その彼女たちが、ルリさんにだけ、ここまで強烈な反応してるって、私には不思議だった。


その日、私はタツオたちが今萌えてる『ほのぼの日和《びより》』ってアニメのオンリーイベントがある、池袋の会場に向かっていた。

『ほのぼの日和』は、大人なお友達の男性陣に今、絶大な人気を誇っている日常アニメで、女子校の園芸部の女の子たちがきゃいきゃいしながら過ごす日々を描いてるアニメ。

リアル女子校出身の私とチカさんはふたりそろって、「あれは一〇〇%、フィクションっっっ！！！」って声をそろえて言ってる内容だったりする。

いやぁ女子校、あんなほっこりほのぼのしてないよ。

私はアメリカのいいとこの嬢ちゃんたちが集まる学校だったから、やたら派手で豪華な子が多くて、その子たちが寄り集まって男の話しまくってる日常だったわけだけれど、そこはアメリカ、赤裸々《せきらら》にセックスの話してる子が多かった。

「エイブ、暇さえあればブロウジョブしろってばっかりでムカつく」「彼、私がつきあってた時からそうだったわよぉ！　全然成長してないよね。セックス下手なくせに」とか、赤裸々どころか、むしろまったく知らない相手の男がかわいそうになっちゃうような会話してたり、「セックス上手《うま》い彼氏っていいわよねー！」とかって話題で盛り上がってる子たちもいたくらい。

私の学校は例にならん……と思ってたら、都内名門女子校に小学生から高校まで十二年も通った生粋《きっすい》の女子校育ちなチカさんが、「いやいや、もうあそこは野生の王国だからさ」と語った話は、はっきりいって別な意味ですさまじい。

「中二の時、ブラのホックはずし選手権ってのを、うちの学年でやったのよ。すれ違いざまとかに、相手のブラのホックをはずす神業《かみわざ》を競うんだけど、はずされた人は、はずした人の名前を代表者に申請するのね。それで優勝者決める。あれは相当な技が要求されるんで、優勝者は匠《たくみ》の技師《わざし》って呼ばれてた」

「夏とか、スカートまくりあげて、下敷きとかでばたばた下からあおぐのなんてふつー。パンツ見せながら、太ももさらして、みんなであおぎまくったりとかしてた」

「隣のクラスにすごい美形の子がいて、ラブレターもらいまくってた。修学旅行とか、その子が今でいう壁ドンして、相手の子に『お前を抱きたい』とか言って、ふたりで布団《ふとん》にもぐってたりとかさ」

話聞いて、うわー、日本の女子校もなかなかのもんだねぇー！　なんて感心したけど、共学育ちのコナツさんはドン引きしてたっけ。

女子校がまったくほのぼのしてないのは、どうやら世界共通らしい。

男性諸氏はもちろんそんな現実は知りたくないわけで、『ほのぼの日和』でほっこり、キャッキャウフフしてる愛らしくて純粋な女の子たちの日々を見ながら癒《いや》されてる事に、我々は口を挟んではいけないと、一応自粛《じしゅく》してる。

あそこは男性陣の心のサンクチュアリだからな。

まぁそこはほら、男子高の子が、男同士でラブラブじゃないのと同じじってことでさ。

そして今回のイベントの開催はその『ほのぼの日和』のオンリーイベントって事なんだけど、オンリーイベントってのは、そのジャンルだけの同人誌を集めた同人誌即売会のことを指している。オンリーイベント、最近はもっぱら専門の会社が主催しているけれど、以前はファンが主催で行われていることもよくあった。

コミケと違うのは、オンリーはその番組やマンガの同人誌だけが売られるので、サークル当選確率が厳しいコミケよりはサークル参加しやすく、買う方も買いやすい。

コミケみたいな大きなイベントではちょっと……みたいな超弱小サークルさんや、ひとりで静かに活動しているサークルさんとかも出やすい感じで、オンリーじゃないと出会えない作家さんもけっこういる。

ってことで本日は、『ほのぼの日和』で女子校の女の子たちに夢を描く、暑苦しいおにーちゃんやおっさんたちが集結するイベントになってるわけだ。

なんでそんな所に、完全アウェイな私が行くのかっていうと、タツオに頼まれて昼ごはんの差し入れ。

今回、チームタツオのメンバーが三人地方から単独サークル参加していて、夜行バスで早朝着いてそのまま会場入りしてるから、ご飯とか満足に食べていない。なので私が、おいしいお弁当を見繕《みつくろ》って彼らに届けてあげるわけ。

伊勢丹《いせたん》で買った懐石《かいせき》弁当を下げて池袋の会場に到着すると、肉壁がどどん！　と入り口をふさいでいた。

入場列ははけているものの、中はすごい人がひしめいている。

当然、参加者のほぼ全員が男……考えようによっては、コミケより暑苦しい。

その人波をかきわけて、なんとか目的のガックンさんのサークルにたどりついた。

……………え？

一瞬私、サークル間違えた？　とか思った。

なぜかそこには、ルリさんが座ってる。

今日は長い髪をポニーテールにして大きなボンボンを装着し、服装はやっぱり胸を強調したデザインの超ミニ。この間と違うのは、フリルがどっさりついた花柄仕様で、「その格好でここまで来たのか？」と疑問になったほど、かなり目立つ。

そしてそんな格好のルリさんの横に、いつもと違う様子のガックンさんが座ってた。

ガックンさん、完全にデレてる。私がドン引きするくらいのデレ顔。

するとそこでルリさんが先に私に気がつき、笑顔で立ち上がってあのアニメ声で「ノブコさん、こんにちは」と挨拶した。

ガックンさん、ルリさんの声で私に気づいて立ち上がり、「わざわざありがとうございます！」って言った後、「ノブさん、もう姫とは顔見知りなんですね」って言ったので私、「姫？」って思わず聞き返しちゃった。

姫って、あれか、ルリさんのことか？

思わずルリさん見ると、普通ににこにこしてるんだが、姫って呼ばれることに慣れてる感じ？

しかし、ガックンさん、あのカラオケには来ていなかったし、そもそも名古屋《なごや》在住で、今回も夜行バスでの参加組、恐らく都内在住のルリさんと、いつの間に、どうやって知り合ったんだろう？

彼氏かと思ってたマミヤ君は今日はいない。

するとルリさんが、「またノブコさんに会えて、うれしいです」と言ってきた。

はぁ……うれしいですか……。

実はあの時もらったラインにも連絡いれてないし、個人的にはあれっきりの関わりになってた私としては、正直困惑《こんわく》するしかない。

なんといっていいかわからないでぐるぐるしてたら、ハセ君がやってきた。

「あ、ノブさん、どもっす」

相変わらず軽いな、お前と思ったけど、ハセ君の変わらぬ態度に私、ちょっとほっとした。

「あれっすよね、モチベイさんとことアマリさんとこに弁当届けるんですよね？　俺、いっしょに行きますよ」と言ってくれたので、ガックンさんとルリさんに挨拶をして私はその場を離れた。

雑踏の中にまぎれてから、私はハセ君に聞いてみた。

「ルリさん、どういう事情でガックンさんとこ、はいってるの？」

するとハセ君、ものすごーく興味なさそうに、「詳しくは俺も知らないっすけど、マミヤさんつながりで、ガックンさんのところ手伝うことになったらしいっすよ」と答えた。

「なんかガックンさん、ルリさんのこと、姫とか呼んでたけど……」

「ああ、なんか何人かは彼女のこと、そうやって呼んでるみたいっすね」

……ハセ君、なんかすっげードライな答えばかり。

そういえば彼、オーストラリアで育ってて根っこの部分が私と同じだから、そういうところ「その人のやりたいようにやりゃ、えーんじゃねーの？」なんだわ、きっと。

その後モチベイさんとアマリさんの所にお弁当を届けてミッションを終え、私はすさまじく蒸し暑くなってる会場を出て、スタバで休憩取った。

冷たいコーヒー飲みながら、なんかすっきりしない、いやな気分が自分に残ってるのに気がついた。なんていうか、どろっとした黒いものが、心にこびりついちゃったみたいな、そんな感じ。

ルリさんは今日も、ただ笑顔でサークルのお手伝いしていただけだけど、なんというか、妙な違和感というか、腑に落ちないというか、そんなものが残る。

鈍い私にもわかるような、男女関係にある独特の雰囲気がマミヤ君にもあったし、今日、ルリさんを姫と呼んでいたガックンさんにもそれがあった。

あれは何なんだろうと思いながらコーヒーを飲んでいたけれど、それこそ私は関係ないわけで、私がいろいろ考える必要もないよなって思って、そこで考えるのをやめた。

そういうことに首つっこむのは、私らしくない。

そう思った。


それから数日後、ルリさんからラインのメッセージが来た。

正直、一回会っただけでよく知らない人をライン登録するのは嫌だったんだけど、オンリー会場でも会ってるし、名刺までもらってしまってこれ以上無視するのもなんだしと思って、とりあえず登録だけはしておいた感じだったんだけど。

——ノブコさん、相談したいことがあります。

初めてきたメッセージでこれ？　って、ちょっと驚いた。

……相談って……相談されるほど、我々、親しいわけでもないし、そもそも友達ですらないと思うんだが、何をその私に相談しようってんだ？

そう思ってメッセージ見てたら、次々メッセージがはいってきた。

——ノブコさんと会ったカラオケ、マミヤさんに誘われていって楽しかったんですが、あの後、アサヌマさんからメッセージもらうようになりました。

——いろいろ話してるうちに、とても好きになってしまいました。やっと思っていたような人に出会えたって、とても幸せな気持ちでいたんです。

——でも先日、アサヌマさんが既婚者だというのを知ってショックで……。

は？？？？？？？？？？？？？？？？？

一瞬、脳内、真っ白になった。

アサヌマ？？？？？？？

いきなりアサヌマ登場で、しかもつきあってる……のか？

——奥さんがいるって知って、もう後戻りできないし、マミヤさんにはもちろん言えないし、どうしていいかわからなくなってしまって。相談できる人、ノブコさんしか思いつきませんでした。

って、いや、あんた、相談されても困るよ、そんな話。

しかしなんかそのアサヌマ、私の知ってるアサヌマとあまりにも別人すぎる。

一見素晴らしくイケメンだが、実の姿はありえないほどイケてないアサヌマ、そんな月9のドラマみたいな事、できるのか？

新婚一年もたたないうちにそんなことする奴だったのか？

――何もなかったような顔をして、マミヤさんやみなさんと会うのは申し訳なくて、どうしていいかわかりません。

……何もなかったかのようにって、あったんか？　すでに何かあったんか？

あのアサヌマが、何かしたんか？

ああ、ノブコ、こっち方面のスキルゲージ低すぎて、戦闘に参加できない！！！

参加する前に、自分がこのメッセージでダメージくらいすぎて、HPダダ下がってる！！！

誰か、回復魔法かけて！！　私を回復して！！！

スマホ見ながら、があああああああっっっって頭かきむしりそうになっていたら、

――こんな話してすみません。ノブコさんを友達と思って信頼して言いました。誰かに聞

いてほしかったので。この話、誰にも言わないでください。

って来た。誰にも言わないでって、誰にも言えないでしょ、こんな話。

うわー、どうしよう！！！

この種の生臭い話は、私の人生に欠片もなかったし、はっきりいって参加したくない！！

正直、それが本当だったとしても、それはアサヌマとルリさんふたりの問題であって、私はこれっぽっちも関係ないわけで、相談されてもどうしようもない。

だが、一方的に聞かされたにしても、聞いてしまった以上、知らないでは済まされない。

そもそも友達とか勝手に認定されてるけど、あなたと私は友達じゃなくて、二回顔合わせたことがあるだけの、ただの知り合いだって！！！

うわああああああああああっっっ。

もうどうしていいかわからないが天空突き抜けて、結局私、考えあぐねて、

――ごめんなさい、個人的な事情すぎることなので、相談にはのれません。もちろんこの話は誰にも言いません。

って返事するしかなかった。

もう二度とメッセージきませんようにって、神様に祈りながら返事送った。

ラインに残されたルリさんのメッセージ、なんかべたりと汚泥《おでい》が残ってしまってるみたいで嫌だったんだけど、消去するのもどうかと思って、とりあえずそのままにしておいた。

そして、これはヒサコさんに言うことでもない。

しかしアサヌマ、そういうことするキャラだったんだろうか。

それなりに付き合い深い方だと思ってるんだけれど、計算して動くような人でもないし、裏でこそこそやるような人でもないと思ってた私は、アサヌマの本当の姿を知らなかっただけなのかな？

ヒサコさんのこと、大好きで大好きでしょうがないと思ってた私が、見間違いだったってこと？

私たちが知らないアサヌマを、ルリさんは見てるってこと？

そこでふと、タツオに話してみようかという考えが頭をよぎったけれど、タツオは私以上にこのテの話を嫌う。

言っちゃだめだ。

この件は、聞かなかったことにして、私の中におさめておこう。

そして、今後は何があっても関わらないようにしよう。

私、そう決意した。

イベントやら集まりやらが毎週あるわけではないし、タツオもそうしょっちゅうちに来るわけでもないから、私はそれからしばらく、ルリさんにもチームタツオの人達にも会うことがなかった。

ヒサコさんには毎日会社で会うわけだけど、いつもと変わらぬ様子だし、仕事は忙しいしで、ルリさんのメッセージのことを思い出すこともなくなって、いつの間にか忘れかけていた。

ところが突如、思わぬところから、いきなりルリさんの名前が登場した。

――ノブさん、ルリって人、知ってる？

ラインにはいったチカさんのメッセージ、あまりに唐突すぎて、一瞬理解できなかった私。

「ルリさんの名前、なんでチカさんが知ってる？」ってのが最初に頭に浮かんだこと。

ちょうど仕事から帰ってアニメ見ようと思っていたところだったので、速攻チカさんにSkype《スカイプ》かけてみた。

するとチカさん、思ってもいなかった方面から話を始めた。

「私、FPSのバトルグランドっていう戦争ゲームやってるの、知ってるよね？」

知ってるも何も、そりゃもう世界中で五十万人以上のプレイヤーがいるっていう、有名タイトルのゲームだから、もちろん知ってる。

バトルグランドはリアル戦闘を模したゲームで、プロのプレイヤーがいたり、公式試合もあるほどのビッグタイトル。

いちどチカさんの家で見せてもらったことがあるんだけど、動体視力と反射神経の限界に挑戦したみたいなゲームで、ゲームやっても乙女ゲー、せいぜい声優目当てでまったりロールプレイングやる程度の私にはきつすぎて、ゲロゲロに画面酔いしちゃった。

参加しているのはＡＩじゃなくて全部リアル人間なので、駆け引きやら頭脳戦やらが盛り込まれ、磨《みが》かれた技能をもって行われる激しい撃ち合いで戦うゲームで、ゲーマー中のゲーマーたちが結集したみたいなゲームだった。

チカさんはそこの数少ない女性プレイヤーで、スナイパーライフル遣いってのをやってるらしい。

残念ながら、そっちに知識薄い私にはさっぱりなんだが、あんなすごいゲームしてるチカさんは、真のゲーマーと思ってる。

「バトルグランドつながりで、タツオさんのところのメンバーともツイッターでフォローしあってる人が何人かいるんだけど、最近おかしかったんだよね」

「おかしいって何が？」

「姫が、姫がってつぶやきが増えててさ。それが複数から出だしたの。誰のこと言ってるんだ？　って思ったら、それが〈ruriruri26〉ってIDの人だったんだよね。で、ハセ君以外全員、その人と相互フォローしていて、延々ドリーマーなトーク展開させてんだよ」

チカさん、何がなんだか私、さっぱりわかんないんですけど、ドリーマーなトークってなんね？

「『姫をお守りするのが騎士の務めです』とか、『姫のためならすぐに駆けつけるよ』とか。彼女が『ちょっと寂しい気分』とかつぶやくと、野郎どもが『姫の相手ならいつでもするよー』とかで、祭りになる」

「チカさん……」

「何？」

「正直に言っていい？」

「いいけど、何を？」

「なんかそれ、気持ち悪い」

「あれ見て、気持ちいいとか思う人、いないって」

チカさん、ヒサコさんほどの破壊力はないにしても、我々の間では一刀斎《いっとうさい》とか言われたりしているだけあって、ばっさり冷徹な一閃《いっせん》だわ。

「でさ、その姫ってのを、バトルグランドに連れてくるって、テラカド君が言い出してさ。で、そのルリって人が、女ひとりじゃ嫌だからとか言ったとかで、私にも参加してくれってなったんだ。ノブさんはゲームプレイみたことがあるからわかると思うけど、あのゲーム、相当スキルある人じゃないと出来ないゲームじゃん？　ロクにゲームやったことない人がはいったら、ボロクソになるわけよ。無理だからやめたほうがいいって言ったら、野郎ども、『大丈夫、姫は俺たちが守るから』って」

「えー、だってそれじゃあ、ちゃんとしたプレイにならないじゃん、そういうゲームじゃないよね、あれ」

するとチカさん、すっごいムカついた声で言った。

「そうだよ。あのゲーム、ガチだからさ。六人編成のチームで、男四人、そのルリって人囲んで、『姫をお守りするんだ！』『姫がキルできるようにしてさしあげろ』で、その子が一キルしたら、みんなで『さすが姫！』とか大騒ぎしてさ。どこのアホだよって感じ」

言葉もない。

なんていうか、わざわざそこでそんなことせんでもえーがな！　って、そんな感じ。

だいたい、ゲーム本来のプレイからかけ離れすぎてるじゃないか。

「味方にぶちこめるなら、ロケランで全員ぶちのめしてやりたかったよ、マジで」

もちろん、ゲームはボロ負けだったんだそうで、そりゃもう、ガチプレイヤーなチカさんの怒り、いかばかりか。

「どうやら、そのルリって女、バトルグランドは女性向けのゲームじゃないし、その中で自分がいちばんヘボいことして悪目立ちするのが嫌で、他にも女性のプレイヤーがいないとやりにくいとか言ったらしいんだけど、私、ガチだからさ。みんなが囲みプレイしてロクに戦わない中でも、私、ひとりで凸ってスコアトップ取ったんだよね。そしたらそのルリ、私のこと、ガン無視して、自分と野郎どもだけの会話にもっていって、ゲームしないでずっとしゃべってるだけにしちゃったんだ。しかもずっと姫囲みトーク」

いやぁ、それ、楽しいはずのゲームの場が、そこまで違う方向にいっちゃって、気分悪いことこのうえないし、さぞムカつくだろうと、知らない私でも察してあまりある。

「私、テラカド君とかとはゲームとオタとでつきあいそれなりにあるからわかるけど、あれ、ルリって子にみんなが踊らされてる気がするんだ」

「踊らされてるって、どうやって踊らせるのよ。だってルリさんがチームタツオと関わったのって、この間のカラオケからで、マミヤ君の紹介で来たんだよ。その後、『ほのぼの日和』でガックンさんところの手伝いはいってたけど、マミヤ君もガックンさんも、バトルグランドやってないでしょ？　それにテラカド君、京都《きょうと》住まいじゃない？」

「ノブさん、そんなのさ、ネット使えば個人的に連絡取るのなんて簡単だし、こうやってスカイプもあるでしょ。実際会うかどうかなんて、ネットの世界ではたいした問題じゃないんだよ。今まで女っ気なかった男が、女子から個人的にメッセージもらったり、毎晩スカイプで話したりして、挙句になんか甘くてエロい会話なんかされたら、たいていの男はコロっといくって」

チカさん……なにその分析。

「ルリって人、すごいアニメ声じゃない？　声がかわいいのは、ネットの世界では強いよ。顔なんてメイクでいくらでも作れるし、写真やスカイプの画面で顔とか相手に見せるにしても、やり方次第でいくらでもかわいくできるからさ。会話が中心のつきあいになると、かわいい声で甘えたりするのは最強。ゲームしてる時にもやってたけど、守ってあげたい女子演出してきたところもミソだね。『人見知りであまり友達いないんです』とか、『男の人と話すのはちょっと怖い』とかやってるんだと思う」

すごいよ、チカさん！！！　なんかそこらの恋愛相談コーナーの人ぶっち切りな、素晴らしく明快な分析！！

ただのBLオタクじゃなかったんだね！！！　すごいすごい！！！

私の全然知らない世界すぎて、感心するしかないよ。

「ノブさん、私、女子校十二年のスキルあるんだよ。女のタイプなんて端から端まで知ってるし、そいつらの手段もさんざん見てきてるからさ。あの女、チームタツオのメンバー、相当落としてると思うヨ。うちらの間では、あのタイプはネズミ系って呼ばれてるんだ。こそこそやってきて、小動物っぽいかわいさ装って、他人の家、食い散らかして荒らすから」

ネズミ系………なんていうか、すごいネーミングだ。

コナツさんもアルタさんもルリさんのこと話してたけど、あの時はただ「そんな感じがする」ってなレベルでしかなかったけど、チカさんのは冷静で緻密《ちみつ》な分析で、ツッコミいれる隙《すき》がなさすぎて、しかもかなりリアル。

リアルすぎてむしろ怖い話になってきた感じがする。ものすごく、する。

「ノブさん知ってる？　あの種の女はね、オタクな男、家に引き込むために、ＰＣの調子が悪いとかネットワーク設定ができないとか、言ってくるんだよ。オタク男子はけっこうＩＴ系に強いのが多いから、そういう所で他意なく『じゃあ俺が行ってやってあげようか？』とか言ってくれちゃうからさ。マミヤ君あたりは都内在住だし、それでやられちゃってるんじゃないかな」

ひぃいいいいいいい、生臭いにもほどがあるうううううううううっっっ！！

「チカさん、チカさん、私が知ってるだけでも、彼女を姫扱いしてるの、マミヤ君の他にガックンさんがいて、それでテラカド君でしょ？　他に、チカさんといっしょにゲームやってる三人……」

「モチベイさんとニキ君と、アラマタ君」

「ろ、ろくにん……」

「もっといるかもよ」

あっさり言い放ったチカさんの言葉に、私、さらに、ひいいいってなっちゃった。

いやいやいやいや、この種の話題はいやいやいやいや。

もう聞きたくないない。自分たちだけで勝手にやって！！

自分たちだけの異次元でやってくれ！

ってそこでいきなり私、ラインにきてたメッセージ思い出した。

アサヌマもだ。

アサヌマもルリさんに落とされた中のひとり……かも。

いや、あの場合、アサヌマがルリさん落としたって感じか？

しかも、ルリさんのメッセージによれば、ルリさんとアサヌマは、〝もう戻れない関係〟だ。

どうしよう。

これ、チカさんに話した方がいいんだろうか。

誰にも言わないって約束したけど、でも、もしアサヌマのことが本気で好きなら、わざわざ他の人にまで手を伸ばす必要ないんじゃないのか？

「あのね、チカさん、私、わかんないんだけどさ。なんでそんなにあっちこっちに粉かけて、何が目的なのかな？」

するとチカさん、きっちりかっちり説明してくれた。

「ちやほやされるのが目的なんだよ。あのタイプの女には、はっきりいって本当の美人とかかわいい子とかはいないの。むしろ、標準以下な感じの子が多いんだよ。つまり、人生で望むがままに男からちやほやされるなんて、まずないんだよね。あの人たちのそっちへの欲求はすごいよ。だから、その欲求を満たすために、いろいろ工作、策略、演出しないとならない。ネットではその手段がものすごく有効で、相手を攻略しやすいんだよ。オタク男子は女性に優しい人が多いし、世間一般の男より女ズレしてない人が多いから、女性に幻想もってる。『あなただけには素直に話せる』とか、『男の人は苦手だけど、あなたは違う』とか、クッソ寒い台詞《セリフ》つかいまくれば、それにコロっと転がされちゃう。それが通用しやすいのがオタク男子で、他の男子にはほぼ通用しないんだよ。一般男子は、ロリな服装で上目遣いしてくる、ニーハイ履いたアニメ声の女なんて、そもそも興味ないからさ」

……チカさん、そのテーマで本出すといいよ、マジで。

いやぁ、勉強になるなぁ。

どこで役にたつのか、まったくわからないんだけど、ノブコ、なんかひとつ賢《かしこ》くなった気がする。

「ノブさん、あの女には気をつけた方がいいよ。あの種の女は、自分が狙《ねら》ってるグループに関係する他の女を利用しながら潰《つぶ》しにかかってくるから。最初は感じよく『お友達になってほしい』とか言ってきて、その後たいてい『相談したいことがある』とかやってくるんだよ。それで、自分の所にいったん抱き込んで相手を安心させてから、落ちた男たちに『彼女に陰でいじめられてる』とか『私がみんなと仲良くするのを彼女が邪魔する』とかやりだす。そうやって、相手の女を踏み台にして、自分に注目を集めるんだ。ノブさんはタツオさんとこのチームではポジション的にそれだから、気をつけた方がいい」

私、無言になった。

ルリさんが私にしてきてること、チカさんが「気をつけた方がいい」って言ってる中に全部はいってる。

「チカさん、聞いてほしいことがある」

私、ルリさんの〝相談〟の件、チカさんに話そうと決意した。

恐らくこれ、とんでもない事に発展する可能性があって、私、もしかしたら知らずに巻き込まれているかもしれない。

私の悪口まかれるのはかまわないけれど、それで関係ない人を傷つけたり陥《おとしい》れたりする事に利用されるのは絶対に避けたいし、嫌だ。

私の話を聞いたチカさん、しばらくの間、黙りこんだ。

「アサヌマさんとルリが実際関係があるかどうかは、本人たちしかわからないことだけど、それを無関係もいいとこなノブさんに言ってきたってのは、まさにねずみ系女の戦略のひとつだと思うよ」

冷静な声でチカさんが言った。

「ノブさんの対応はベストだけど、でもルリはそれを『ノブコさんに相談にのってもらってる』って事にしてるんじゃないかって思うわ」

え！！！　それ、すっげーまずいよ！！！

だって私、妻のヒサコさんと友達なんだよ？

浮気相手の女性の相談のってたとか、そんな事にされるとか、ありえない！！！

「ノブさん、それもね、ちゃんとした意図がある工作なんだよ。個人的な相談の内容、他の人には漏らしちゃいけないって普通に常識ある人なら思うでしょ？　だから、相談された人は、真実を確認する方法がないわけでさ。ルリからこれからもメッセージ来るかもしれないけれど、全部保存しておいたほうがいいよ。何かあった時に証拠になるし、ノブさんを守ることにもなるから。私もテラカド君とかに、何気なく探りいれてみるわ。タツオさんはこのテの事には絶対関わらないから話せないけど、はっきりいって、チームタツオの危機くらいのレベルなんだよね。仲間同士の信頼とかも粉々になるし、手玉に取られた野郎ども、そりゃ傷つくでしょ？　男は見栄っ張りだから、それで離れてしまう人もいると思う。あそこにいる男子はみんな良い人たちだから、そういうふうになっちゃうの、防ぎたいわ」

女子校歴十二年、ありとあらゆる女を知り尽くしてきたチカさん、なんか、幾多《いくた》の戦いを潜《くぐ》り抜けてきた勇者みたいな、そんな感じの風格で、断固たる言葉でそう言い切った。

数日後、チカさんの予告した通り、ルリさんからまたメッセージがはいりだした。

――好きな気持ちを抑えなければならないって、本当にきついことですね。初めて知りました。

――毎日、彼のこと考えてしまいます。

――こんなに私を大事に思ってくれた人は初めてなんです。

――彼が眠っている横で、寝顔見ながら泣いてしまいました。

内容が、生臭さを通り越して発酵レベルになってきて、正直読むのも嫌だし、ラインの受信音聞くだけですごく嫌な気分になるようになってきた。

心も身体も完全拒否状態。

そういう話をされても困るのでやめてほしいといちどメッセージしたけれど、

――相談できる人がノブコさんしかいないんです。

とか、自分勝手も甚《はなは》だしい返事が来て、私の要求はあっさり却下されちゃった。

そしてここに及んで私、今の状況は、友達としてヒサコさんを裏切っているんじゃないのか？　っていう気持ちになってきた。

もとはと言えば、ふたりが結婚することになったのは私がきっかけで、アサヌマは私の危機を救ってくれた恩人。

でもそれ以上に、ヒサコさんは私の大事な友達。

こんな話を、ヒサコさんにはしたくないし、知らせたくない。

でも、黙って何もしないのは、もっとよくないことなんじゃないのか？

私にとって誰がいちばん大事で、何をいちばん守らなきゃいけないのかって、間違ってはいけないって思った。

だから、アニメも見ないで真剣に考えて、そして私は決意した。

私、月曜日に会社に行ったら、このメッセージ、全部ヒサコさんに見せて、起きてる事を全部話そう。

ところがそう決意した次の日の日曜日、思わぬことが起きた。

声優イベントの帰り、場所を移動してご飯に行こうとしていた我々の後ろで、「てめぇ！　嘘つくんじゃねーよ！」って怒鳴り声がして、鈍い変な音がした。

え！　ってみんないっしょに振り返ったら、マミヤ君がニキ君を殴り倒して、さらに倒れたニキ君の胸倉を摑もうとしていた。

びっくりして固まった私とチカさんの横をすり抜け、クニタチ君が手を伸ばして、あっという間にマミヤ君がしょってたザックを摑んで、ニキ君からひきはがした。

ものすごいマミヤ君の抵抗にも、クニタチ君、びくともしない。

さすがだ。

その間にスギムラ君とハセ君が駆け寄って、ニキ君を起こした。

ニキ君、口の中を切ったようで、口元から血がだらっと垂《た》れてる。

「なんだよ、彼氏面《づら》すんじゃねーって。うちのチームにいれてやったのは自分だって恩着せがましく言って、無理やりつきあわせてるの、知ってるんだぞ」

ニキ君、口から血流しながら、マミヤ君に怒鳴った。

一瞬驚いて固まっちゃったけど、すぐに「これ、ルリさん絡みだ」って思った。

「なんだと！　お前が何知ってるって言うんだよっつっ！！」

ものすごい声で怒鳴り返したマミヤ君がニキ君に殴りかかろうとしたその時。

「お前ら、いい加減にしろ、ぶちのめすぞ」

超低音、すさまじい迫力で、クニタチ君がふたりに言い放った。

マミヤ君とニキ君、瞬間凍結。

「す、すごい。怒れるグリズリーだ……」

私の横でチカさんが、いろいろだいなしにする間抜けなことを言ったが、表現的にはばっちりその通りって感じ。

クニタチ君、やっぱりすごいわ。チームタツオの盾《たて》と呼ばれる男、怒らせたら怖いってよくわかった。

しかしそこで私、もっと恐ろしい人物が自分の背後にいることを、いきなり思い出した。怖くて振り返れないが、むんむんとすさまじい怒りの波動が私の背後から発動してるのがわかる。

「貴様ら、何をやってるんだ」

タツオが、かつて聞いたこともないような、冷たい、厳しい声で言った。

怒れるグリズリーをも超える、人類すべてを土下座させんばかりの怒りのパワー炸裂。

今まで怒鳴りあってたマミヤ君とニキ君が、一瞬にしてガクブルな状態になったのがわかった。

「公衆の場で殴りあって罵《のの》りあうとか、何を考えている。馬鹿者どもが」

こ、怖い。

従兄弟《いとこ》ながら、マジ、怖い。

タツオを怒らせてはいけないって、ハセガワ家親族全員の家訓みたいになってるんだけど、理由わかった。

ゴジラもキングギドラもケツまくって逃げるレベルの怖さだ。

「殴りあうなら、これから行くカラオケで、どちらかが死ぬまでやらせてやる。クニタチ、そいつらを放すな」

ひゃあああああああああああああああっっっ!!!

タツオ!!! 死ぬまでって言ったよね!!!

あんた、それ、マジで言ってたでしょ!!!

そういうことで冗談言わないの、さすがにつきあい長いから知ってるよ、私。

思わずマミヤ君とニキ君見たら、ふたりとも、さっきの勢いは吹っ飛んで、顔色蒼白、涙目になってる。

君ら、これからデスゲーム、マジでさせられるよ……。

予約していたいつものカラオケボックスの部屋にはいると、すっかりしょぼくれたマミヤ君とニキ君が、並んでタツオの前に座らされた。

それを囲むようにして、スギムラ君、クニタチ君、ハセ君、他チームタツオメンバー四人と、チカさんと私が座った。

タツオは、細い目をさらに細くして、何も言わずにふたりを見つめている。

もうそれだけで、室内氷点下な感じ。

「さぁ、始めてもらおうか」

タツオがふたりに向かって言った。

「個人的な感情の暴走で、無関係な我々を巻き込んでまで、殴り合いしようとしたんだ。我々はもう無関係じゃなくなった。だったらこちらの要求も呑んでいただく必要がある。最後まで見届けてやるから、思う存分、どっちかが倒れて動かなくなるまで、殴り合え」

「す、すみませんっっっ！！！　もうしませんっっっすみませんっっっ！！！！」

ニキ君が、唾《つば》飛ばしながら、タツオの前に頭下げた。

頭下げすぎて、床につきそうなくらい、頭下げた。

「遠慮はいらん。さっさと始めろ」

にべもなく、タツオは再び言い放つ。

マミヤ君が、唇《くちびる》かみ締めたまま、ぼろぼろと涙をこぼし始めた。

恐怖のあまり泣く男っての、初めて見たけど、気持ちはわかる。ここまで怖いことって、人生そうないと思うほどだもん。

見てるこっちまで泣きそうだよ。

もうこれ、どうすんだよ、どうなるんだよ！！　ってなりかけた時。

「司令、女、絡んでるんで、どうしようもないっすよ」

場の状況、無視するにもほどがあるってくらいに軽いノリの声が、室内に響き渡った。

ハセ君だ。

タツオ、鋭い眼光をハセ君に向ける。

「前のカラオケにマミヤさんが連れて来たルリって女、司令も覚えてますよね？　あの女、今うちのチームのメンバー、食い散らかしてるんで。マミヤさんとニキさんのも、いわゆるあれっすよ、女の取り合い」

一瞬、みんな、ぽかーんとほんとに口開けて、ハセ君見た。

ハセ君、にこにこしながらみんなを見渡してる。

そこでチカさん、「すごい!!!」って叫んでから、大声で笑い出した。

「すごい、すごい。すさまじく面倒くさい話、一発で説明しちゃった！　天才レベル！」

腹かかえて、涙拭きながらチカさん、げらげら笑ってる。

ところが、マミヤ君とニキ君は違ってた。

「何、ハセ、それ、どういうことなんだよ？」

「食い散らかしてるって何？　どういう意味？」

ハセ君、そう言ったふたりを、天然にきょとんとした顔で見て、「あれ？　マジで知らなかったんすか？　ルリって女、手当たり次第に落としにかかってたじゃないですか。俺んとこにもメールとか寄越してたし、他にガックンさんでしょ、アマリさんでしょ、モチベイさんもたぶんそうだな、まだいると思うけど。あ、お前もそーじゃん！」って、いきなり横にいたテンカス君を指差した。

テンカス君、ものすごい勢いで飛び上がり、「いや、あのえっと、俺は……」とか動揺しまくり、みるみるうちに青ざめる。

「まだいるよ。テラカド君とアラマタ君、ミドリヤマ君、ナカモっちゃん」

チカさんが付け加えた。

びっくり眼《まなこ》でチカさんを見たニキ君に、「ニキさぁ、知らなかったでしょ？　あんたたちが姫って呼んでた女、手当たり次第だったんだよ」と、ニキ君をさらに地獄に叩き落とす一発を放った。

「チカさん、なんで知ってるんすか？」

明らかに面白がってる様子でハセ君がそう尋ねると、チカさんも明らかに面白がってる様子のまま答えた。

「テラカド君がルリって女、私がやってるゲームに連れてきて意味不明なことやらかしてたから、だいたいのことは想像ついたんだよね。で、チームタツオのメンバーで私が知ってる人たちに何気なく話向けたら、やっぱりそうかって感じだったから。あれでしょ、ハセ君、最初はメールのやり取りで、『XXさんには、素直にお話しできそうな気がする』とか『心開ける』とかきて、次にスカイプかけまくって、つらい過去話盛り込んだ〝私の悲しい人生〟ってのを話してくるんだよね？　『あなたにになら、全部話せるの』とか言って」

「あ、まさにそれっすね。まぁ俺、最初に連絡来た時点で、面倒くさくて適当にしちゃったから人生譚、聞いてませんけど。んで、どんな悲しい人生だったの？　面白かった？」

そこでいきなりハセ君に話振られたテンカス君、蒼白な顔して、ものすごい勢いでぶんぶん首を横に振った。

なんだ、この地獄絵図状態。

大魔人がごとき怒れるタツオ、グリズリー化したクニタチ君、お白洲《しらす》に出されちゃったみたいになってるマミヤ君とニキ君、蒼白になっておどおどしてるテンカス君、大笑いしながら彼らを血祭りにあげてるハセ君とチカさん、それをどうしていいかわからないまま、呆然と見ているだけのスギムラ君と私と他三名。

するとそこでチカさんが、最後の一撃を放った。

「マミヤ君、ニキ。かわいそうだけど、あんたたち、利用されたんだよ。モテモテになってちやほやされたいって女にもてあそばれたの。残念だけど、それが真実。彼女は自分にだけ心開いてくれたって思ってると思うけど、それ間違いだから。関わった野郎ども全員にそれやってるから。しかも恐らく、関わった全員と寝てるから」

チカさん、そこで私を見て、「ノブさん、テラカド君はわざわざルリに会いに、名古屋から出てきてたんだよ。本人から聞いた」と言った。

なんだと――――っ！！！

なんかもうそれ、完全にあなたの知らない世界状態。

宇宙人のほうが、まだ分かり合えるって思えるレベルだよ。

そこでチカさんが、さらに超弩《ど》級破壊レベル発言を投下した。

「ルリ、ノブさんのところにも、とんでもないメッセージ寄越してるから」

私、瞬間、凍りついた。

それは内密の話で、みんなに知らせるべきことじゃないんじゃないのか?

私はまだ、ヒサコさんにも話してない。

すると、それを見透かしたようにチカさんが言った。

「ノブさん、今ここで言った方がいい。ここにいる全員、もう当事者になってる。もしかしたら、それもまとめて解決できるかもしれないよ」

マミヤ君とニキ君が、どうしていいかわからない様子露わで私を見ている。

そしてその前で、私も見たことがない真っ赤な怒りの炎なオーラ背負ったタツオが、厳しい視線をやっぱり私に向けていた。

「……わかった」

私はスマホを出して、その画面をみんなに見せた。

「これ見て。前回のカラオケオフの時から、ルリさんはラインで私にメッセージ送ってきてるんだ。今から、送られたメッセージを全部読み上げるから、聞いて」

私がメッセージを読んでいくごとに、マミヤ君とニキ君、そしてテンカス君に、すさまじいボディブローがはいっていくのがわかった。

三人とも、涙目。

口をあけて呆然自失。

そして読み終わって私がスマホから顔を上げると、マミヤ君が文字通り、イスからヘナヘナとずり落ちて、床にべたりと座りこんだ。

「なんだよ、それ……アサヌマが本命だったのかよ……」

ニキ君がその横で、「アサヌマさんみたいなスーパーリア充相手に、俺らがかなうわけない……」って、いや、問題そこじゃないだろ！　ってなことを言った。

テンカス君も、がっくりうなだれてる。

するとそこで、またあの、場の状況まったく無視した、天空突き抜けるような明るいテンションの声が響いた。

「この際、アサヌマさんも呼べばいいんじゃないっすかね？　それで全部はっきりするなら、すっきりするのがいいっすよ」

ハセつっっ！！！　お前！！！　この地獄絵図状態を、地球滅亡レベルまで引き上げる気か！！！

思わず止めようとしたら、そこでタツオが口を開いた。

「スギムラ、アサヌマは今日、どこにいるか知っているか？」

「今日はたぶん、家にいます。『あけぼののセンサー』のDVDボックス届いたんで、週末見るって言ってましたから」

この状況でもいつもと変わらぬ様子で、スギムラ君は答えた。

この人の冷静さは、押しかけ厨事件の時にがっつり見せてもらってるから知ってはいるけれど、それでもこの動じなさはやっぱりすごい。

こういう時、無茶苦茶頼りになる感、ハンパない。

タツオがスマホを出して電話をかけた。

「ハセガワだ。今、大丈夫か？……そうか、じゃあ今すぐ、いつものカラオケボックスに来てくれ。305にいる」

後でスギムラ君に聞いたが、これ、〝スクランブル召集〟と呼ばれてるものに該当《がいとう》するらしい。つまり、タツオは滅多《めった》なことで他人を呼び出したり絶対にしない。

タツオが直接電話してきて「来てくれ」と言った時は、本気でヤバイ、お前の命に関わるぞ！（チームタツオ的に）って意味を含んでいるそうで、親の死に目とかそんな状態じゃない限り、全員マッハの速さですっ飛んでくるんだそうだ。

過去に二回、スクランブルがかかったことがあるそうで、交通事故で病院に運ばれたメンバーの輸血が必要になり、クニタチ君他、ガタイのいい同じ血液のメンバーに召集がかかったのが一回、もう一回は、コミケ会場で自分勝手なことをして会場スタッフに迷惑をかけたメンバーの呼び出しだったそうで、その該当者はもうチームタツオにはいない。スギムラ君、「人間、恐怖の耐久ボーダー越えると本当に失神するっての、あの時初めてみましたよ」って当時のことを語ってて、どんだけ！！　って思ったんだけど、つまるところ、スクランブル召集ってのはそれくらいのモノってことらしいが、今回が三回目になるわけだ。

二十分ほどして、アサヌマがやってきた。

田町《たまち》のマンションからアキバまで二十分……取るものも取り合えず、全力ダッシュで駆けつけてきたって時間だが、待ってた我々には、膝《ひざ》に積まれた石の重さに耐えるような、拷問《ごうもん》みたいな二十分だった。

「な、何かありましたか？」

扉を開けるなり、息切らしながらアサヌマが叫んだ。

スクランブル召集って、すごい威力だ。

「とりあえず、座れ」

静かに言ったタツオの言葉に従って、アサヌマは扉を閉めて腰をかけ、そこにいる全員を見回した。

それを、マミヤ君とニキ君が、ものすごくうらめしそうに見てる。

「アサヌマ、ルリという女性を知っているか？」

タツオが尋ねると、「ああ、前回のカラオケでマミヤが連れて来た人ですよね。覚えてますけど」とアサヌマが屈託《くったく》なく答えた。

「それだけか？」

タツオが聞いた。

その問いにアサヌマ、ぽかんとしたまま、「それだけって、それだけですけど、なんかあるんですか？」と言って、隣にいたクニタチ君に、「なんかあったの？」って聞いた。

私、「ルリさん、私にずっとメッセージ寄越してたんだ、アサヌマとの関係について。これ見て」と言って、アサヌマに自分のスマホを渡した。

なんすかー？　って感じでいつものように明るくスマホ受け取ったアサヌマ、そこにあるメッセージ読んでいくうちに、様子が変わっていくのがわかる。

全部読み終わった後、顔をあげて、アサヌマ、大声で言った。

「なんすか、これ！！！　俺、全然知らないですよ！！！　だってルリとかいう人に会ったの、あの時だけですよ！　トイレ立った時に、トイレの前でラインのＩＤ聞かれたけど、あまりいい感じしなかったんで、適当にごまかして教えてません。だからあの人、俺の連絡先だって知りませんよ」

え――――――っっっ！！！　何それ！！！

全部嘘だったってこと？？？

このメッセージにあるの、ルリの脳内妄想だったってことなの？？？？

げぇぇぇぇぇぇぇぇぇぇぇぇぇぇっっっ！！！　死ぬほど悩んだ私、馬鹿じゃん！！

時間の無駄じゃん！！

私も踊らされてた中のひとりってことじゃん！！

「嘘はないな？」とタツオが言うと、アサヌマ、「嘘って、そんなのつく理由ないでしょ！　俺、結婚したばっかりなんですよ！　そんなことするわけないじゃないですか！！

そんなことになったら、うちの奥さん前に、俺、凍死しますよ！！！」と叫んだ。

最後の凍死の部分、とてつもなくリアルすぎ。

しかし、意味がわからないにもほどがある。

実際にチームタツオのメンバー複数人と関係持ちながら、なんで嘘のメッセージを私に送りつける必要があるの？

しかも、いちどしか会ったことのないアサヌマ相手の内容で。

全員が、もう何がなんだかわからないよ！　ってな表情になってる中、女子校歴十二年、すべての女の種類と手練手管《てれんてくだ》を知りつくした猛者中の猛者チカさんが、すっくと立ち上がった。

「全部嘘だったってことで、終わりにしたほうがいいよ。ルリが何したかったとか、本当は何考えていたかとか、そんなこと、ここでみんなで話したって時間の無駄。それより私、マミヤ君たちに言いたいことがある」

マミヤ君、ニキ君、テンカス君が涙でうるんだ目でチカさんを見上げた。

マミヤ君の目は、泣きすぎて真っ赤。

「信じていたい気持ちはわかるけど、守ってあげなきゃならない、いたいけで穢《けが》れのない女なんてこの世にいないから。そういうのが現れたら、見た目と違うスーパービッチってこと、覚えておいたほうがいい。ぁんたたちが求めてる女の子は、二次元にしかいないよ。でもだからって、女全部そんなのばっかじゃないから。リアルにだって、あんたたちの良いところ、ちゃんと見てくれる人はいる。だから今回のことでくじけちゃだめ。ルリはあんたたちにとっては、まったく歯がたたない凄腕の相手だったってだけだから」

チカさんっっっ!!! かっこいい!!! 漢《オトコ》らしい!!!

チカさんの熱い言葉に、テンカス君が嗚咽してる。

タツオがそこでやっと口を開いた。

「マミヤ、お前から始まったことだから、決着をつけるのもお前だ。ルリ嬢にすべて露見したことを伝えて、彼女のIDやアドレスをすべてブロックしろ。スギムラ、すぐに掲示板にこの件を記載してメンバー全員に同じことを伝えてくれ」

「こんなことで殴り合うとか、まったくけしからん」とタツオが言うと、チカさんが「仕方ないですよ、惚《ほ》れたはれたの事には、人間、感情的になりますから」とさらりと返す。そしてハセ君見て、「ハセ君ところにも連絡きてたんでしょ？　よくかわしたね」と言った。

　するとハセ君、これまたシラっと言い放った。

「俺、ああいうたいしてかわいくもないのに自分イケてるって自信満々の女、興味ないんで。性格悪いの、丸わかりじゃないすか。あれで上目遣いとか、ありえねぇっしょ？」

　うわっ！　お前、愛の伝道師とは思えぬ、傷に粗塩ぬりまくるような発言！　落とされたメンバー全員の立場形無し。

　毒舌はいてるハセ君の隣でテンカス君が、魂抜けたみたいになってる。

　それ見ながら、「ハセ君、見かけに寄らず、大物だね」ってチカさんが大笑いした。

　私はうなだれているマミヤ君たちを見ながらスマホを開いて、ルリさんから来たメッセージを全部削除した。

　ヒサコさんに見せずに終わってよかった。

　すべてを削除してスマホをしまおうとしたら、それを見ていたアサヌマが、「ノブさん、ありがとう」と言って笑った。

　いつものアサヌマの笑顔だった。

*

朝、九時に出社してPCを立ち上げ、メールをチェックして、ケヴィンのスケジュールを確認する。

依頼された会議の設定をして、資料やデータをまとめる。

平日の私の状況は、何年も変わってない。

でも、会社を見渡すと変化はたくさんある。

エナリさんとタマコさんがいなくなり、エツコさんとヒサコさんが既婚者になり、オーレがアメリカに帰国して、エリちゃんの上司は日本人になった。短い間だけど、ハツネさんがここにいたのもある。

ラモンがイギリスに異動になるって話があったんだけど、エナリさんがいなくなった後の穴が大きすぎて、その仕事をメインで引き継いだのがラモンだったこともあり、結局異動の話はなくなった。

平穏な日々ってのが続くと、そのまま何も変わらずにいてくれることをついつい願ってしまうけれど、現実はそうはいかない。

密かに進行しているらしいレイオフも、いつ、自分の身にふりかかってくるかわからない。

本国の決定でリストに私の名前が載ったら、ケヴィンの力ではどうにもならない。

ロスフィルドの仕事の話を断った後、しばらくの間、心にしこりが残ったのはたぶんそのせいだと思う。

ハツネさんが言っていたように、人生何が起こるかなんて誰もわからない。

ロスフィルドの話を断ったことが、正しかったのか、それとも大失敗だったのかってこと、今はわからないけれど、ただひとついえるのは、オタクライフを続けていくのには、今の時点ではあれは正しい選択だったと思ってるってこと。

この部分、長く日本を離れてアメリカで暮らす経験がなかったら、ここまで私の人生の軸がはっきりすることってなかったと思う。

アメリカにいた時は、「早く日本に帰りたい！！！」って考えてばかりで、どうやって異国でオタク生活維持させるかが命題な日々だった。

やっと日本に帰ってきて、放映時間にアニメが見れるとか、発売日にジャンプが定価で買えるとか（アメリカで買うと値段高い）、週末のイベントにみんなと参加できるってことがどれほどに貴重で重要なことか、あらためて嚙み締める、感謝する日々だった。

好きなアニメや声優の萌え話に、みんなで盛り上がるとか、当たり前なようで、当たり前のことじゃないってこと、私は知ってる。

私はもうそれを失いたくないし、守りたい。大事にしたい。

世間一般の人達の中には、ニューヨークで生活していたことか、ニーナみたいな人達と友達であることとか、羨やむ人がいること、日本に帰ってきてから知った。

ニューヨークで生活していたことは私にとっては不本意で、つらいきつい日々だったことや、ニーナみたいな人達と友達になったのは、学校で同級生だったってだけのことだけど、羨んだり妬《ねた》んだりする人達には、そんなことはどうでもいいことってことも最近わかった。

そういう人達は、自分が見たい部分だけ見て、自分勝手に妬み、嫉妬する。

それを止めることは、私には出来ない。

それとは別に、アサコさんやカタオカさんを陥れようとしたカオリさんのように、自分以外の人間はすべて自分に都合よく利用するだけの存在って人もいるし、私を会社から追い出そうとしたエンドウアカネみたいな人もいる。ルリさんみたいに、自分の欲求を満たすために嘘を並べる人もいる。

たぶん世の中にはそういう人、たくさんいるんだろう。

でも見渡すと、私が親しくしている人達には、そういう人はいない。

誰かを妬むとか、誰かを陥れるとか、策略を仕掛けるとか、利用するとか、そういうことをする人はいない。

私のアメリカでのオタクライフを支えてくれたのは、タツオだ。

あの時、タツオだけが私とオタク、私と日本を繋ぐ存在だった。

そして、異国でたったひとり、慣れない学校で、わけわからない英語に途方に暮れていた私に声をかけたのは、ニーナ。

ふたりぼっちだった私とニーナを仲間にいれて、みんなと馴染《なじ》めるようにいろいろ配慮してくれたのは、カテリーナ。

みんな、計算したり、損得勘定《そんとくかんじょう》があってそうしたんじゃない。

タツオもニーナもカテリーナも、もし私があらたまって「ありがとう」って言っても、「は？　何が？」って顔をすると思う。

誰かを利用する、陥れる、足をひっぱり、悪口をまく。

そういうことをしようとする人やしたい人達を、私はどうすることも出来ない。

でも、人は大人になっていくと同時に、その分、自分が生きる世界、いっしょに生きる人達を選ぶ力をつけていくことができる。

戦う力も、抗《あらが》う術も、年齢とともに身につけているはず。

学生だった私は、両親とともにアメリカにいるしかなかったけれど、大人になった私は、今こうやってアニメやマンガ三昧《ざんまい》して、イベントにも参加できて、年に二回のコミケにも行くことができる。

いっしょに楽しく過ごすことができる友達もいる。

人からみたら、馬鹿みたいなことかもしれないけれど、これは私にとって、とても大事なこと。

私は、私が大事に思うことを大事にして、私を大事に想ってくれる人を大事にして、もっともっとがんばろう、もっともっとがんばらなきゃって、あらためて思う。

そして、そのためにもっともっと力をつけて、しっかりと成長していかなければならないって思った。

5

好きなことにその人生を
捧げている者、
そのすべてがオタクだ

〝アニメ監督　押田辰巳《たつみ》さん（48）死去〞

え？　何？　どういうこと？　押田監督が死んだ？

お昼休み、ネットにあがったニュースを見て、私茫然《ぼうぜん》とした。

びっくりしすぎて、時が止まった。

慌てていろいろ検索したら、いくつかのニュースサイトに同じ訃報《ふほう》記事が出ていた。

どこも、なぜ亡くなったかの記載はないけれど、とにかく押田監督が突然亡くなったという事だけははっきりと書いている。

押田監督の死が嘘とか間違いじゃないってわかった瞬間、私、どうしようもなくなって、会社のトイレに駆け込んだ。

なんていうかもう、まっすぐ立っていられない。

トイレにしゃがんだ瞬間、涙が出てきた。

押田監督が死んじゃった………。

なんでかわからないけど、死んじゃった……。

私、しばらくの間そのまま、必死に声を殺しながら、泣いた。

押田監督は岡田さんも出演したあの名作『装甲騎兵団バイファロス』の監督で、日本のアニメ界を牽引《けんいん》するひとり。

テレビアニメでは変わらず活躍していたけれど、バイファロスは興行的には失敗だったためか、監督はその後、アニメ映画を作っていない。

けど、バイファロスは名作の声高く、最近になって海外での評価が上がってきていたこともあって、先日アニメ雑誌のインタビューで映画の企画をたててるって答えていたばかり。

あの押田監督なら、きっとまた素晴らしい作品を私たちに見せてくれるはずって、みんなで盛り上がったばかりだったのに。

なんていうか正直、もう仕事やれるような状態じゃない。

家に帰って、バイファロス見て、メモリアルCD聞いて、監督の他のテレビアニメ作品をずっと見て、押田監督を偲《しの》びたい。

しかし私には、今日仕上げなければならないデータがどどん！　とあるわけで、現実がそれを容認してくれない。

訃報の第一報はネットニュースにあがったものの、詳細はどこにも書かれておらず、何で亡くなられたんだろうって思っていたら、タツオからメールがはいった。

——押田監督の件、すでに知っていると思うが。詳細がでなくて周辺騒ぎになっている。

岡田氏は何か知ってるだろうか？

そうだ。岡田さんなら何かわかるかもしれない。

私は岡田さんにメールした。

帰る支度を始めた頃、岡田さんから返信がはいった。

——返事遅れてすみません。外出中だったので、訃報をノブさんのメールで知って、すごいショック受けました。事務所で聞いてもらったら、事故だそうですが、何の事故かはわかりませんでした。葬儀詳細のことも含めてわかったら、また連絡します。

そして詳細は結局、スギムラ君からの連絡がいちばん早かった。

スギムラ君の知人が、押田監督が今アニメ作ってるスタジオのスタッフで、そこから知ったとメールにあった。

——交通事故だそうです。

交通事故だなんて……。

なんで？

神様、なんで、そんなこと、するの？

もっともっと素晴らしい作品を作っていかれる人だったのに。

もっともっとすごいアニメを作ってほしかったのに。

もう私たちは、押田監督のアニメ、見れない。

ひどいよ、神様。

押田監督の死は、アニメファンの間では大きなニュースになった。

バイファロス以外にも素晴らしい押田作品はたくさんあって、西部劇とロボットアニメを合体させた『疾風《はやて》のガンナー』や地球にいる男の子と別次元の世界に生きる女の子の交流を描いた『世界の果てのどこかで』、秘密のプロジェクトの実験台にされた男の逃亡劇『フューチャー』など、テレビアニメでも素晴らしい作品をたくさん残している。

仕事を終えて帰宅途中、暴走した酔っ払い運転の車にはねられて監督は亡くなったと、夜になってネットニュースにあがった。

無念の死だったと思う。

週末、ケーブルテレビのアニメチャンネルで押田監督追悼《ついとう》特集が組まれて、その中でインタビュー番組も流されたけれど、そこで押田監督は、今後作りたいアニメについて、熱く、楽しそうに語っていた。

押田監督の中にあったアニメ作品は、押田監督といっしょに別の世界にいってしまった。

私たちはもう決して、それを見ることはできない。

特集の最後に『装甲騎兵団バイファロス』の一部が流されて、それを見て私、部屋でひとり、声をあげて泣いた。

押田監督の訃報が流れてからしばらくして、タツオとオガタ君がうちにやってきた。

オガタ君は、バイファロスの熱狂的なファンで、私が岡田さんと知り合ってからずっと、岡田さんが参加する集まりには召還《しょうかん》されてるメンバーになっている。

オガタ君、押田監督の訃報聞いた直後、ショックで職場で倒れて、救急車騒ぎになったと話してくれた。

「ショックでした。頭真っ白になってしまって。いきなり倒れたんで、上司が頭やられたかと思って救急車呼んでくれたんですが、ただの貧血でした」

それほどに押田監督を敬愛していたオガタ君。

次の日、体調不良を理由に会社を休み、ずっとバイファロス見続けていたんだそうだ。

わかる……その気持ち、わかるよ、オガタ君。

「今日、ここにきたのは、実は、俺、今回のことで、どうしてもやりたいことがあって、そのお願いを司令とノブさんにしにきました」

オガタ君、一瞬下を向き、そしてあらためて決意したように顔をあげ、大声で言った。

「押田監督を偲ぶための、バイファロスの上映会やりたいんです」

「うちで？　もちろん、いいよ、やろうよ」と私が言うと、「いいえ、そうじゃないんです、そういうんじゃなくて」とオガタ君。

「でかい会場借りて、全国のバイファロスファン集めて、大掛かりな上映会をやりたいんです。みんなで押田監督を見送りたいんです」

なんと！！！

思わず私、横にいるタツオを見た。

タツオ、いつもと変わらぬ顔（というか、顔が変わったのは見たことがないが）でオガタ君を見つめている。

ファンが企画運営するイベントは、我々オタク業界では過去も今もたくさんあるけれど、そういう公式に近い大がかりなイベントは今までやった人はほとんどいないと思う。著作権や金銭的な部分で難しい問題がやまほどあるからで、不可侵領域みたいなエリアといった感じ。

バイファロスにしても、製作したスタジオ、スポンサーになった企業、DVDやCDの販元、映画配給会社とか、素人《しろうと》の私が思いつくだけでも、著作権に関わる人達がいて、会場借りてDVD流しまーす！　なんて簡単に出来るものではないことはすぐにわかる。

さらに言えば、大きな会場借りて、それだけの規模の上映会やるなら、かなりのお金が必要になる。

それをどうやって集めるのかって、そこも問題。

「わかってます。司令とノブさんが今、何考えてるかは」

私が口を開く前にオガタ君がそう言った。

「金はあります。俺が貯金全部使ってでも払います。関係してる会社にも、俺が直接交渉にいきます。どうしても、なんとしてもやりたいんです」

オガタ君の目から、涙がこぼれた。

「俺、押田監督からメールもらったことがあるんです。俺はバイファロス、映画館で十二回見ました。すごい作品だと思った。でも、世間では失敗作って言われてて、実際興行成績は本当に悪かった。そしたらどこかのインタビューで押田監督が悔しい想いをしてるってあって、そうじゃない！　バイファロスの素晴らしさを知ってる人間はちゃんといる！！　って伝えたくて、それでメールしたら返事がきたんです。びっくりしました」

オガタ君が、ごしごしっと、右手で涙を拭いた。

「俺の感想、とってもうれしかったってありました。評価はどうあれ、もてる力の限りを尽くして作った作品だって。きっといつか、もっと素晴らしいアニメ映画をあなたのようなファンの人に届けられるようにがんばりますってあったんです」

でも、とオガタ君は続けた。

「押田監督、バイファロスを上映している映画館にこっそり行ったら、まばらにしか人がいなくてへこんだって、インタビューで言ってるのをこないだの追悼特集で見て、いてもたってもいられなくなって……」

そして、オガタ君は叫んだ。

吼《ほ》えるように、叫んだ。

「無念の死です！　押田監督は、もっともっと、アニメ作りたかったんだ。バイファロスを超える、素晴らしい作品を作る意欲を持っていたんです。なのに！！！　なのに、交通事故なんて、そんな形でいなくなってしまうなんて！！！　俺は、押田監督が残したバイファロスを愛する人で会場をいっぱいにして、押田監督に見せたい！　こんなにたくさん、バイファロスを愛する人がいるんだって、見せたいんですっっっ！！！　みんなでバイファロスを見て、押田監督を見送りたいんです！！！」

うわーっと声をあげて、オガタ君は泣いた。

オガタ君は心から、魂の底から、バイファロスを愛していたんだ。

押田監督が作るであろう、新しいオリジナルアニメ映画を、心から待っていたんだ。

「わかった」

タツオが厳かに口を開いた。

「協力する。うちの連中にも声をかけて、賛同者をつのろう。動ける奴はたくさんいるだろうからな。イベントのノウハウはノブコが知ってる。さんざん仕事でやってたから、俺たちの中ではいちばんスキルを持ってるはずだ。すべての仕切りはオガタ、お前がやれ。お前がこのプロジェクトのリーダーだ」

タツオがゆっくりと立ち上がり、スマホに入力を始める。

「とりあえず、スギムラとハセをつけよう。あいつらはこういう時、頼りになる。俺はお前のサポートにまわる。参謀《さんぼう》ポジションだ」

メール送信音が聞こえて、タツオはスマホをポケットにしまうと、オガタ君を見下ろした。

「これは、いちファンが行うには余りある、相当に大変なプロジェクトだ。しかも、成功させなければ意味がない。失敗は許されない。わかるな、オガタ」

その言葉に、オガタ君はタツオを見上げ、頰《ほお》に涙の筋を光らせながら、大きくうなずいた。

そしてタツオはそこで、史上最大にかっこいいことを言った。

「心配するな。金ならある」

＊

召集がかかったチームタツオのメンバーから、バイファロス上映会の運営スタッフに名前を連ねたのは、スギムラ君、クニタチ君、アサヌマ、ハセ君他五人のメンバーだった。

参加したくても、仕事の都合や住んでいる場所が遠すぎて無理という人たちもたくさんいて、その人たちは、協力者リストに名前を残し、何かの時には出来ることで参加してもらうということになった。

私の友人からは、コナツさんとチカさんが参加することになり、さらになんと、まったくアニオタじゃないエリちゃんとヒサコさんも参加してくれることになった。

チームとしては事務方の層が薄くて、実務経験がある人が私以外ほとんどいないって状況で、オークリーに来る前にアメリカ系外資のPR会社で働いていた経験のあるヒサコさんと、やっぱりアメリカ系監査法人で仕事していた経験のあるエリちゃんが参加してくれるのは本当に心強い。

「そんな経験、そう滅多に出来るものじゃないし、私もバイファロスは好きだから」と言ってくれたエリちゃん、私は思わず抱きしめちゃったけど、それくらいうれしかった。

最初は、どのくらいの規模でやるかという部分から打ち合わせが始まった。

何も知らないオガタ君、いきなり数万人規模のアリーナとか言い出し、ハセ君に「オガタさん、マジ、馬鹿っすか？」ってひどいツッコまれ方をされていたけれど、その後、ヒサコさんの発言で、事は決まった。

「まず、私たちの手に余るような人数は無理だと考えるべきよ。もうひとつは、満席にするためには、大きすぎず、小さすぎずってサイズが大事。安全や防火の責任もあるし、だいたい、三〇〇人から六〇〇人が限界じゃないかしら?」

そこで、その規模で映画を上映できる場所をネットで探し、いくつか候補があがった。

次に、上映にかかる費用の算出になったんだけれど、そこはエリちゃんがその経験値を見せ付けた。

「かかるのは会場費だけじゃないから。スタッフがつける腕章、使用される文具関係、チケットみたいなものを作るならそのデザイン料と印刷代もあるし、送料も絶対に出てくるよ。宣伝とかも、ネットだけじゃすまないと思うから、それも加算される。あとこれ、すべてきちんと収支記録しておかないとだめ。あとで何かあったときに、きちんと見せられるものを作っておく必要がある。お金が動く以上、税務署とか、もしかしたら確認してくるかもしれないし」

そこは、経理の仕事しているチームタツオのミヤタ君が、「俺が全部、収支記録つけます」と名乗り出てくれた。

そしてそこで、エリちゃんがかかる経費をざっくり算出してみてくれたんだが、やっぱり高額になった。

会場レンタル費用は、六〇万から一二〇万くらい。

その他の経費を考えると、少なく見積もっても、そこに一〇〇万以上加算される。

「俺が全部払います」と言いつづけているオガタ君には悪いが、彼ひとりが負担する額じゃないし、私としては何か違うって思う。

するとそこで、イベント（参加）経験値がおそらく我々の中でもっとも高いスギムラ君が言った。

「入場を無料にすると、ただの興味本位の人も来るから、蓋《ふた》をあけてみたら別に押田監督どうでもいい、みたいな人ばっかりになってしまう場合もあるし、冷やかしで来る人間の中には場を乱すような人もいるかもしれない。少しでいいので、きちんとお金を取った方がいいと思います。チケット制にすれば、事前にきちんと人数把握《はあく》できるし、当日混乱も避けられると思います」

「でも、それじゃあ……」と渋ったオガタ君に、今度は私が言った。

「オガタ君、みんなで見送るんでしょ？　だったら、スギムラ君が言ってるのが筋だよ。オガタ君ひとりがお金出すって、それは違うと思う。手間が増えるけど、チケット制にして、事前販売するのがいいと思う。チケット代金は、会場費にあてればいいよ」

そこで「今回のイベント用に、銀行口座用意します。入出はひとつにまとめたほうがいい」とミヤタ君が言うと、「とりあえずの金は、俺が出しておく。まとまった金額が必要だろうしな」とタツオが言った。

著作権に関する部分と、上映の許可を取る交渉については、アサヌマとハセ君が担当することになった。

これはもう、選ぶ余地がないっていうか、ビジュアル的にそういうオフィシャルな場所に出せる人間が、チームタツオには少ない。ナンテコッタな感じだが、それ、真実。

本来なら代表者としてオガタ君とタツオが行くべきところなんだろうけれど、すぐに熱くなって泣き出してしまうオガタ君はまだしも、無表情のまま相手を圧倒してしまうようなタツオをそんな場所に出せるわけもなし、能力的にはスギムラ君が最適だけど、スギムラ君、「背広なんて俺、持ってません」って……。必要な時はレンタルしてたらしい。ナンテコッタ。

とりあえず（見かけによらずとも言うが）一流商社の営業マンであるアサヌマは、まさに適任。

そしてハセ君、そこで彼の職業がなんと弁護士とわかり、全員で、「べんごしぃぃぃぃぃいいい？？？？」と絶叫して驚くという状態に（ちなみにタツオとスギムラ君は知ってたらしい）。失礼な！　とムっとしてるハセ君、小柄だし、童顔の美少年系だし、しかもあの口調であの態度だし、どっからどう見ても弁護士とか、あまりに遠すぎて「何言ってんだよ、こいつぅ、はっはっはー」でデコピンしたいくらい。

「仕事の時とプライベートでは、俺は全然違いますよ。オンとオフ、みんなだって普通に違うでしょ？」

ってハセ君言ってるけど、いや、君のはオンとオフの違いとか遥かに超えて、二重人格レベルの違いだから。

しかし彼、短期間でオーレをさより萌えに転がしたとんでもない奴だから、法廷でも、見事な弁論で陪審員《ばいしんいん》から裁判官まで、愛の伝道師に布教されちゃって無罪獲得！　みたいなことになっちゃってるんじゃないのか？　なんて思ったら、「俺、法廷弁護士じゃないっすからね。企業弁護士ですから、普通に会社員してますよ」って言って、妄想域にはいりかけてた私（とたぶんコナツさんとチカさん）の乙女な心を、一瞬で砕《くだ》きやがった。

少年のような容姿のツンデレ攻めキャラが、弁舌巧《たく》みに法廷を制するって、すっごいおいしいご馳走《ちそう》だったのになぁ。

しかし考えてみれば、一流商社マンと弁護士って職業的には最強のカップリングだし、それで交渉ってのは素晴らしい。

萌え的にも素晴らしい。

さらに、交渉相手は企業なために、話し合いに行くには平日しかないということで、ふたりはそのために有給使うと言ってくれた。

俺は何をしたらいいんですかっっっ！！！　って吠え出したオガタ君は、彼の仕事でもあるＷｅｂコンテンツ制作のスキルを活かしてメンバー連絡用のサイトと宣伝用のサイトの作成が担当になった。

そこで我々、手始めに会場に問い合わせを始めたんだけれど、さすがにどこもすでに予約が年単位先まで埋まっていて空いていない。

しかもこちらはたった一日だけの使用なうえに、一番予約希望が多い週末利用で、二、三ヶ月先の土日とか、空いている会場なんてまったくない。

みんなが頭抱えたその時チカさんが、「一般貸し出ししていないような所、あたってみたらどうかな」と言い出した。

「劇場とか、演目が替わるときにぽっかり空いていたりするよ。お金払って借りるんだから、空いていれば貸してくれると思うし、とりあえず聞くだけ聞いてみよう」

そこは秘書の仕事でその種のことには慣れている私、ヒサコさん、エリちゃんとで、手分けして電話をかけまくった。

まかせろ！！　我々、そういう時に相手から情報を引き出し、こっちの要求を上手にねじこむ方法は熟知してるぞ。

そして私たちは、天王洲《てんのうず》にあるマグノリアシアターに空きを見つけた。

私たちの希望日がぽっかり空いているという、超ラッキーな状況。しかもきっかり六〇〇人収容、値段は一日借りて、最低必要機材レンタル含めて一日八〇万だった。

最初は素人な個人主催のイベントにたった一日だけ会場を貸すってのを渋った相手に

私、あらん限りの秘書的交渉スキル注ぎ込んで、「でしたら喜んでお貸ししましょう」とまで言わせるに至った。

いやぁ、経験って、何がどこで活きるかわからないものですね。

一瞬、このために今まで秘書やってたんだわ！　とか思うほどの達成感だったわ。

これで場所は決まった。

するとそこで、ヒサコさんが突然、「ノブちゃん、岡田さんにも声かけて、可能だったら参加してもらったらどうかな？」と言い出した。

「物理的にどうこうは出来ないかもしれないけれど、出演者のひとりだし、協力してもらえたらけっこう強いと思う」

だったら親友なアサヌマが連絡したほうがいいんじゃない？　とアサヌマに言ったら、

「俺は確かに親しいですけど、この件はノブさんから言ってもらったほうがいいです」と言われてしまった。

事前にメールしておいた私は、その晩、岡田さんと電話で話した。

「ぜひ参加させてください。押田監督には、とてもお世話になったし、次またアニメ映画できたら出演させてほしいって話もしていましたから」

どういう企画で、どういうふうにやるのかって詳細を岡田さんに話すと、岡田さん、すごいことを言い出した。

「せっかくそこまでして人を集めるなら、上映だけではもったいないです。きっと地方からわざわざ来る人もいると思うし、集まった人達が押田監督について、もっといろいろ知る機会にしたほうがいい」

「んー、そうは言っても、それ以上に出来ることってありますかね。私たち、上映会するのに精いっぱいだし、ツテもないし。何かアイディアありますか？」と私が聞くと、「僕だって、まがりなりにも関係者ですよ」と岡田さんがちょっと自信満々な感じで言う。

「製作スタッフ、ほとんど全員知ってますから連絡取ります。来れる人に来てもらって、座談会みたいなのやるとかして、当時の思い出とか語ってもらうってどうでしょう？　葬《そう》儀《ぎ》の時に再会して、今みんながどこにいるかもだいたい知ってますから、すぐに連絡取れます。営利絡まないファンイベントですから、逆に面倒なしがらみなしで、手弁当で参加したいって言う人はけっこういると思います」

岡田さんっっっ！

今、あなたがそばにいたら、ノブコ、駆け寄ってハグして、ちゅーしてた！！！

電話でよかった！！！

この話、速攻連絡用サイトに書き込んだらコナツさんが、

——そうなると司会者が必要になるね。司会進行が必要になる。全体の構成とかも考え

て、きちんとプログラム作ったほうがいい。時間配分しないと、足りなくなるよ。

という意見を出してくれた。

――バイファロスの上映時間百十二分なので、座談会と上映を前半と後半にわけての構成がいいかもしれません。

スギムラ君がそれに追加。

さすがみんな、イベント参加数の多さが裏打ちされた意見だわ。

その後我々、喜びに吼えまくるオガタ君を放置したまま、スカイプで構成をどうするか意見出し合った。


一般告知出す前に、チケットをどう販売するか、そこがかなり重要で一番頭痛い部分。なんたってお金扱うし、チケット送付するのに住所とか個人情報も必要になる。

超取り扱い注意部分。

するとそこでタツオが、「専用の申し込みサイトを俺が作ろう」と言い出した。

「セキュリティについては、うちには専門家が数人いるから、そっちにも協力してもらう。申し込み専用サイトを作って、そこに入力された情報が自動的にリストに落とし込まれるシステムを作る。申し込み者が多い可能性もある。その場合は、抽選という形にならざるをえないから、申し込み締め切りを設《もう》けて、その後確定した人間に振込み口座を知らせる。問題は、六〇〇人という人数の入金を、どう確認するかだ」

「そこは、人海戦術使うしかないんじゃないかな。提案だけど、参加者リストをクラウドで一時的に共有して、分割した入金者リストから手分けしてそこにチェックしていくってのはどうかな」

コナツさんが提案した。

こっちは、経理担当のミヤタ君が差配することになり、お金と個人情報を扱うからということで、特別チームが編成された。

チケット発送は、チームタツオの自宅警備部隊って呼ばれている人達が担当してくれることになった。

ストレスや過労で心身やられてしまって会社に行かれなくなったり、外出できなくなっている人達がタツオのチームには何人かいる。その他に四人、病気や事故でリハビリ中だったり、ベッドから動けないという人がいるんだけれど、企画当初から、「出来ることがあればやります、俺ら、どうせ家にいるし」と言ってくれていて、彼らが六〇〇人分のチケット発送作業を喜んで引き受けてくれた。

そうやって少しずつ準備が進む中、岡田さんから連絡がはいった。

「バイファロスのキャラ設定やった羽風呂明《はぶろあきら》さんが、出演快諾してくれました。主人公のゲイツの声の川森賢治《かわもりけんじ》さんは、仕事がはいっていてだめだそうですが、総司令官役の進《しん》藤太郎《どうたろう》さんが来てくださるそうです」

「進藤さんが来てくださるんですか！」

私、思わず大声出しちゃったけど、進藤さんといえば、声優界の大御所《おおごしょ》な方のひとり。

そんな人がこんな、素人のイベントに無料で参加してくれるなんて、すごいことだ。

「進藤さん、押田さんの作品にはいくつか出演されてるじゃないですか。亡くなったって知らせ受けた時、自分よりまだずっと若いのにって、ものすごくショックだったって言ってました。押田監督はあまり表に出ない人だったし、どんな人だったか、どんなふうに仕事をしていたか、自分が話してファンの人達に伝えることができるなら参加したいって言ってくれました」

私はイベントで客席から見る進藤さんしか知らないけれど、ごましお頭の、穏やかなおじさまって感じの方で、その重低音な声は素晴らしく、司令官とか悪の大魔王みたいな役を得意とされている。

バイファロスでは、冷静な判断と的確な指示を行い、苛烈《かれつ》なミッションを成功に導く冷徹なアガタ司令官を演じていたけれど、ラスト、死んだ部下たちの名前が刻まれた墓碑銘《ぼひめい》の前で、「すまんな。骨も拾ってやれなくて」って言うシーンは、アニメ界に残る名シーンのひとつになってるんだ。

すごい。

なんかすごいことになってきた。

司会進行の話を岡田さんに伝えると、「追悼上映ですから、司会がしゃべりすぎたり盛り上げたりしてしまうと、主旨《しゅし》が違ってきちゃいますよ。座談会は僕がうまくまわしますから、司会はなしで、アナウンスで進行したほうがいいと思います」

確かにそうだ。

楽しむための会じゃないから、大騒ぎするのはちょっと違う。

「もしなんだったら、アナウンスは僕がやりますよ。一応プロだし」

笑いながら岡田さんが言ってくれた。

いろいろ動いていく中、もっとも重要な上映許可の部分、アサヌマとハセ君が苦戦していた。

アニメ製作会社とスポンサーのほとんどはOK出してくれたんだけれど、配給元の会社と広告代理店があらぬ方向に話をもっていこうとした。

つまり、〝金になるなら、俺たちがやる〟って、そういうこと。

バイファロスでアマチュアがそれだけのイベントが出来るなら、版権や販売権持ってる自分たちがもっと大きな企画で出来るし、利益も出せるよねって、話をそっちに向けてきたんだそうだ。

言ってることはわかるし、実際その通りだ。

だけど、金にならないってなかなかDVDも出さなかったわ、イベントもほとんどやらないわ、関連グッズにいたっては皆無だわって、今まで自分ら何やってきたっての？って感じだったのに、今頃になって、そうやってお金になるとかわかったら手の平返すとか、ファンの立場からしたら怒り心頭、怒髪天《どはつてん》を衝《つ》くだわ。

まぁ、企業なんて、得てしてそんなものだけれど。

日々連絡サイトにあがるアサヌマとハセ君の報告見ながら、イライラやきもきしまくってた私たち。

なんたって、準備万端整っても、上映許可がおりなければ、肝心のバイファロスをみんなで見るってメインイベントが行えない。

ハセ君が、

——広告代理店の担当者が、おいしい話だけには食いつきがいい腰軽野郎でムカつく。しかも提案してくる「我々がやるなら」って企画が、すべて超ダサい。

——儲《もう》けることしか考えてないから、見当違いも甚だしいことばっかり言って来る。召喚獣呼んでぶっ潰してやりたい。

とか連絡用掲示板に毒吐き出して、かなり難航しているのがわかった。

そしてある日、それまで寡黙《かもく》にがんばっていたアサヌマが、

——発動しそう。

と書き込みしてきた。

いや、あなたが発動したらヤバイって！！

チームタツオの最終兵器って呼ばれてるあなたが交渉の席で、いきなり発動してハルク状態になっちゃったら、冗談ではすまないから！

死者出るから！！

どうすんだよってアサヌマの書き込み見ていたら、タツオから連絡がはいった。

「ノブコ、お前が行け」

え！！！　私？？？

「お前、自覚ないだろうが、仕事でお前は世界中の人間を相手に交渉や折衝《せっしょう》を行ってる。難しい人間相手にしたこともあるだろうし、困難なプロジェクトの中でいろいろな人間を動かすことにも慣れているはずだ。今まででいちばん、すごい仕事相手は誰だ？」

タツオの問いに、私はしばらく考えて、そして答えた。

「ノルウェーの王様」

王様が日本来日の際、たまたま契約で仕事していてその仕事に関わっただけだけど、連絡相手は王様関係者だったので、間違いではない。

「一国の王を相手に仕事したお前なら、できる」

……いや、タツオ、なんかすごいぶっとんだ事言ってるって、あんた、自覚ある？

私、別に王様動かしたわけじゃないよ。

「アサヌマとハセで動かせなかった相手だ。相当な難敵だが、そこを切り崩さなければ、この企画はすべて泡になる。突破口を作れる人間は、メンバーの中ではお前しかいない」

ということは、この件については、私が最終兵器になるってことだ。

簡単に「じゃあ行くね〜」とかいえるような話じゃない。

でも……。

「わかった。私、行く」

決意した私にタツオが、「アサヌマとハセに、日程の調整を頼んでおく」と言った。

タツオが私にしか出来ないとまで言うのなら、やるしかない。

全力で、私の持てる力の全てをかけて、この件、まとめてやる。

「いやぁ、女性が代表とは思いませんでした。だってほら、これって、戦争アニメですしね」

冒頭から、「おめぇ、一度シバいたろか」と思うような台詞を言ってきた男が、この件の広告代理店側の担当者のヤマダさん。

三十代後半、いかにも〝大手広告代理店〟の看板しょって楽しく生きてます！　って感じの人で、バブルな香りがむんむんしている。

その横には、配給会社のスズキさんという、年配の人が座っている。

明らかに、どちらもバイファロスなんて見たことないし、しかも興味なんてまったくないって、顔に油性マジックで書いてある感じ。私の心の目がそう見てるから間違いない。

私は席に座る前に、丁寧に挨拶をした。

「はじめまして、ハセガワと申します。バイファロス上映については、かなりのお時間を頂戴《ちょうだい》していると思います。ありがとうございます」

私の横で、アサヌマとハセ君が、ものすごーいムカつきオーラを出しながら、いっしょに頭を下げた。

ふたりは限界突破して決壊しちゃったけど、こういう時は、こちらの感情はいっさい見せないで、気配すらも笑顔な状態にしておく方がいい。

私が女であるという部分、この種の人は確実にナメてかかってくるし、反面、そういう人は女である私が相手をナメたりしたら、その瞬間感情的になる。

相手の感情を逆なでせずに、でも、その相手の感情を逆手にとって攻める方法はある。

相手が私を女と思ってナメてかかってるって部分がキィ。

「アサヌマさんたちにはもうお話ししてますが、これだけの規模で上映会やるなら、ファンの人達がやるのより、こちらでやった方がいいと思うんですよ。そうすれば、ほら、あれ、公式ってなるじゃないですか。公式って、ファンの人は好きでしょ？　その方が人も集まるし、もっと大規模にできます。せっかくみなさんがここまでがんばってきたわけですから、そこはこちらも考えて、現場の運営とかは有志のファンがやりますってすれば、お互いの希望はうまくマッチすると思うんですよね」

ヤマダ氏は笑顔でそう言って来たが、つまりあれだ、現場スタッフは君たちがやれば、ファンとしてはうれしいでしょ？　ってことにして、運営スタッフ全員無料奉仕にして、自分たちは何もしないって算段か。

なるほどね。

お前はそっちの輩《やから》ってことか。

私、ヤマダ氏を笑顔で見ながら、脳内フル回転させた。

彼らは最初から話し合う気なんてないし、相手の話を聞く気もない。

自分たちの意向がどう通るかだけが、最重要課題。

よってこの種の人達は、自分たちが決定権や選択権を持つ限り、絶対にゴネる。

ゴネながら、自分たちの要求が通り、自分たちに都合よい状態になるまで、絶対にイエスと言わない。

よし。

そっちがそうなら、こっちもそういうやり方で攻めるよ。

「そうですね。公式となれば、規模も拡大できるし、グッズとかも公式販売できますから、ヤマダさんのご提案、その通りと思います」

私がにっこり笑顔でそう言うと、「ですよね！！　やっぱりそうでしょ？」と、ヤマダ氏はうれしそうに身を乗り出した。

「でも」と私、話を続けた。

「公式となれば関連企業主催になるわけで、そうなれば商業的イベントになりますから、我々が考えているのとは主旨が違ってきます。私たちがやろうとしているのは、ファンである有志が集まって企画した非営利の監督追悼イベントで、自分たちの出来る範囲でやろうとしてるわけですから、そもそも利益や収益はまったく関係ないのが前提です。だからこその、ファンイベントですし」

ヤマダ氏の表情が硬くなる。

この種の輩は、すーぐに顔に出すからわかりやすい。

「主旨が違うわけですから、そこは別と考えた方がよいんじゃないでしょうか。私たちがやれるのは、ヤマダさんやスズキさんのような、関連会社のみなさんが了承してくださった範囲の事に限定されますから、小さなものです。ヤマダさんが言っておられる企画は、ぜひとも実現していただきたいですし、そしたらバイファロスをもっと大きなスクリーンで見ることができる。関連グッズとかも新たに作られるでしょうし、ファンとしてはさらにありがたいです」

するとヤマダ氏があからさまにムっとした表情で、「公式の方がイベントとして後とかは、正直、いい形じゃない。そういうことなら、許可はできませんね」と言った。

そう言うだろうと思ってたよ、クソめ。

「それで、御社に損が生じるということでしょうか？」

「そりゃそうでしょう。ハセガワさん、公式の上映会が、ファン主催イベントの後なんて、格好がつかないし、二番煎《せん》じじゃ人だって来るかどうかわからないじゃないですか。僕ら、それで食っていってるわけですからね。これは仕事なんですよ、仕事。申し訳ないが、遊びでそれをやろうという安易な企画に、いいですよとは到底いえませんよ」

ひっかかった。

私、完全仕事モードだったスイッチをさらに、狂戦士《バーサス》モードまで上げた。

「ヤマダさん、そんな、ご自身で『自分の企画は二番煎じ』なんて言っちゃだめですよ。曲がりなりにも公式イベント企画なわけで、我々ファンは、別な意味でそれをとても楽しみにしているんですから」

ヤマダ氏が瞬間、「え！！！」って顔をした。

私の隣のハセ君が、テーブルの下で小さくガッツポーズを作ってる。

「ヤマダさんのおっしゃる通り、私たちの企画は安易かもしれません。でもすでに他の関連会社の方たちは、快《こころよ》く賛同してくださってる手前、ここでこの企画がだめだってことになったら、そちらにもあらためて謝罪にうかがわなければならなくなります。せっかく了承してくださったのに、ここまできて中止ということになれば、きちんと理由をお話ししなければなりませんから、ヤマダさんが言われたことをそのままお伝えします。遊びのような、そんな安易な企画を許可するほど馬鹿じゃないといった理由でこちらの代理店から許可がおりませんでしたと、正直にお伝えするしかありません」

ヤマダ氏の顔色が変わった。

すでに他社では了承がおりていることは、彼も知っている。

アニメ製作会社はもとより、他のスポンサー各社は快諾しているわけで、その中にはヤマダ氏の会社のクライアントでもあろう大手企業も名を連ねている。

その企業相手に、広告代理店のヤマダ某ひとりが、ファンイベント企画横取りしようとして反対したため、自分たちが許可を出したファンイベントが潰れ、挙句に「安易な企画に許可だすほど馬鹿じゃない」とか理由までついてるのがわかったら、そりゃもう、心証が悪いにも程がある。

ここは攻めるところだけど、こういう人は弱みをつつきすぎては絶対にだめだ。

プライドだけは高いから、弱みにつけこむようなことをすれば意固地になり、喧嘩に持ち込まれてしまう。

弱みはきっちり押さえておきながら、プライドは維持させておかないと交渉は座礁《ざしょう》する。

「現時点において、ヤマダさんとスズキさんの承諾が最終関門だし、キィです。おふたりがOKしてくだされば、私たちは上映を行うことができます」

ここからが勝負だって思ったところで、思わぬ人が口を開いた。

「わたしのほうは問題ありません。OKですよ」

突然、今まで一言も発しなかったスズキさんが、そこでおもむろに言い放った。

ヤマダさん、驚愕の表情でスズキさんを見た。

「バイファロスは、興行的には失敗してます。会社はこの作品に、あまり重きを置いていなかった。それは事実です。監督が亡くなられたことで、あらためて注目を浴びる皮肉な結果になってしまってますが、現時点で、映画館での再上映は難しい。ファンの人達が自分たちでやりたいというのなら、それはとても良いことだと思います」

そして、スズキさんはヤマダ氏を見て、付け加えた。

「ここでこれ以上ゴネても仕方ないでしょう。我々の誰も損はしないし、もういいじゃないですか」

その言葉に、ヤマダ氏が固まり、そしてうなだれた。

私たちは、配布する予定のパンフレットに、上映協力として、各会社の社名を記載する旨を伝え、当日は席も用意すると伝えて、丁重に礼を述べて席を立った。

広告代理店を出ようとしたところで、私、スズキさんに声をかけられた。

「ハセガワさんは、普段はどういうお仕事をされてるんですか？」

「外資系企業で秘書やっています」と答えると、スズキさんはちょっとびっくりした様子で、「事務職の方なんですか」と言った。

なんだろうと思ったらスズキさん、ちょっと面白そうな様子で、小声で言った。

「ああいう面倒くさい話し合いの席では、女性は感情的になりがちですが、ハセガワさん、とても冷静でロジカルだったから、最前線でばりばりやられてる方かと思いました」

そしてスズキさんは今回の件、事前にヤマダ氏から連絡がはいり、あの企画は公式でやったほうがいいから、ファンイベントには反対する方向でって根回しがあったことを教えてくれた。

ヤマダめ、先手取っていたのか。

「わたしもバイファロス、実はまだ見たことないんですが、みなさんの情熱見ていて、見なきゃって思いました。うちの上映室で見ることにします」と、すさまじくうらやましいことを言って、スズキさんはそのまま立ち去った。

アサヌマが、「ノブさん、やりましたね！」と、私の手を握り締めて握手してきた。

「これで、バイファロス、上映できますね」

　そしたらハセ君が、「あのヤマダの野郎、ゴルゴ召還してぇわ」とすごく憎《にく》たらしそうに言ったので、笑ってしまった。

「ノブさん、職業、間違ってますよ。秘書とかよりもっと出来ること、あるんじゃないっすか？」

　いやいや、君こそ、職業間違ってるよ。

　そう思ってたら、アサヌマがいきなり言った。

「ハセ、そこ、違うから。ノブさん、秘書は仮の姿で、職業オタクだから」

　そのとーり！！！

　そのとーりだけど、お前にはそれ、言われたくないぞ、アサヌマ！

　オガタ君渾身の宣伝サイトのアクセス数はものすごい勢いでカウントが上がり、私たちの予想をはるかに上回る申し込みが送られてきた。

　あくまでもファン主催のイベントだから、告知できる範囲は、我々メンバーが個人でSNS使う程度だったんだけれど、押田監督ファンやバイファロスファンの間で拡散され、問い合わせも相次いだ。

　最終的に送られてきた参加申し込みは、なんと一五六九通にものぼり、海外からの参加希望者までいた。

それを見て感極まって号泣するオガタ君を放置して、我々、この中からどうやって六〇人選出するか、頭寄せて考えた。

理数系のテラヤマ君が「素数で」とかわけわからんことを言い出したが、チカさんが「意味わかんないし」と即効却下、結局、申し込み順に並んだリストから、倍数で選んでいくという至って簡素なやり方で選出することになった。

参加決定者には、タツオが一斉送信で振込み口座と詳細を連絡し、それにあわせてミヤタ君と経理チームがチェックに動き出す。

入金リストは随時アップデイトされ、自宅警備チームがそれにあわせて発送業務にはいった。

パンフレットはアルタさんがデザインを担当、印刷はコナツさんがいつも使っている同人の印刷所にお願いすることになり、チケットもあわせてそこに発注する。大きなイベントがない時期だから、印刷所も喜んで受けてくれた。

そしてそこからそれとは別に、現場運営チームが発足《ほっそく》。

現場責任者は私。

配置や当日の指揮も私が執ることになった。

さらにイベントを開催する時、消防署の講習を受けて認定書もってる防火管理責任者というのが必要になるんだけど、なんとそれ、ヒサコさんが持っていた。

「前に仕事でイベントやった時に必要だからって、講習うけにいったから」

何度も言うが、人間、何がどこで役にたつかわからん。

警備責任者は、当然といえば当然な、クニタチ君が任命された。

音響はなんと、タツオが専門家をひっぱってきた。

「仕事で関わったことがあるんだが、今回のことを相談したら、本人がやってくれると快く引き受けてくれた」んだそうだ。

照明等の機材を動かす関係は外部に頼まなければならないということになったんだけれど、これも、チームタツオのメンバーの中にアマチュア劇団員がいて、そちらの関係の人達が引き受けてくれることになった。

チケット確認、贈答品受け取りを兼ねた受付と会場案内は、コナツさん、チカさん、ヒサコさんが担当になり、出演者控え室の仕切りはエリちゃんとスギムラ君が担当することに決定。

その中、主人公の声をアテた川森賢治さんが、生声で追悼のメッセージをくださるという話を、岡田さんがもってきてくれた。

「参加したいけれど、仕事でどうしても無理なので、せめてメッセージだけでも」という川森さんの気持ちだそうだ。

本当にありがたい。

岡田さん本人は、進行アナウンスと座談会の仕切りに意欲満々で、「やっぱりタイタスの声でいきますかね！！！」とか、我々女子部とオガタ君が絶叫するようなことを言ってくれちゃったりしている。

そしてタツオが、「俺が金を出す」ということで、スタッフ全員が当日着るための、バイファロス上映会Tシャツを作成することになった。

なんとそれ、メカデザイン担当だった真野信一郎《まのしんいちろう》さんがデザインしてくださることになり、装甲騎兵団のボディアーマーが描かれたデザインが手元に届いた時の私たちのテンションのあがりっぷりはハンパなかった。

エロゲーのTシャツ以外着たことがないスギムラ君をして、「抱いて寝る」とまで言わせるほどのもので、今回の上映会の記念にもなる逸品。

みんなが準備に盛り上がる中、いつもなら吼えてるオガタ君が静かになんか書類見てる……って思ったら、ふと顔をあげて、「俺、この人達にお礼の手紙書きたいです」と、ぼそっと言った。

見るとそれは、参加抽選から漏れてしまった人達のリストだ。

「この人たちの想いも、俺たちと同じだと思うんですよ。この人なんてほら、沖縄《おきなわ》から応募してくれてる。わざわざこのために東京まで来るつもりだったと思うんですよね。本当ならみんなに来てほしかったし、本来ならそうあるべきイベントなんです。俺はそうしたかったけど、無理だから」

リストに並んだ一〇〇〇人弱の人達。

オガタ君の言うように、私たちと同じ、バイファロスを愛する人たちの名前だ。

オガタ君の気持ち、私にもわかる。

「ノブさん、俺、この人達に何かしてあげたいです。なんていうか、ともにバイファロスを愛する者として、何かできること、したいです」

私、しばらく考えた。

会場にははいれないし、イベントの録画や録音は禁止だから、それを見せることは不可能。

何か出来ること。特別なことって何か……。

「そうだ、オガタ君!!　Tシャツ用に真野さんがデザインしてくれたアーマーの絵を送ってあげるってのはどうだろう。真野さんの許可が取れれば、すぐに出来るし、手間もかからないよ」

「それ!!　すっごい、いいです!!」とオガタ君。

「ノブさん、俺、この人達にただそれを送るんじゃなくて、何か一言付け加えて書いて送りたいです。バイファロスをずっと共に愛し続けていこうって、いつかどこかできっと、バイファロスについて語り合いたいって。発起人の俺がやらなければならないことだと思うんです」

オガタ君、リストを両手に握り締めて、そう言った。

上映会当日。

会場整備のために、関東近郊のチームタツオのメンバーほぼ全員が出動してきた。

チケットを持っていれば入場は出来るけれど、指定席ではないから席は決まっていない。

良い席で見たいという人達は始発で来ることが想定されたので、チームタツオの有志メンバーが天王洲近くのマンションに住んでいる他のメンバーの家に泊まり、始発前に出動した。

コナツさんの発案で、列形成時間を決め、早めにきた人には整理番号を渡す形にしたのは本当によかった。

案の定、始発で来た人たちがけっこうな数いたのに加え、地方から夜行バスや、早朝羽《はね》田《だ》着の飛行機で来た人などもいた。

中にひとり、急遽海外出張を切り上げてアメリカから戻ったという人がいて、「早朝羽田着で、それから並ぶのきついと思ってたんで整理番号助かります」と言って、これから仮眠取りますと、いずこかへ去っていった。

　それぞれが持つチケットに番号のはいった印を押す形なんだけど、その印は装甲騎兵団のシンボルマークを模していて、印を押された人たちはそれを見て、破顔する。

　整理番号担当だったチームタツオのメンバーがそれを後で、「印を見た人達がすごくうれしそうに笑うのを見て、泣きそうになりましたよ」と語り合ってて、みんなで「うん、うん」ってなった。

　そして開場三十分前。

　チケットを持った人達が続々と集まってきて、チケットに押された番号をお互いに確認しながら列を形成した。

　ここにいる人達は全員オタク、イベントスキルの高さ、ハンパない。

　混乱もなく列は形成され、予定時刻午後一時に、無事、開場となった。

「本日は、押田辰巳監督追悼、『装甲騎兵団バイファロス』上映会にお越しいただき、ありがとうございます」

　岡田さんのタイタス声で、アナウンスが流れると、客席の人達がいっせいに「お！」っていう顔をした。

今、この会場にいる人達は全員、バイファロスのファン。

そして、押田監督を愛する我々の心はひとつ。

第一部は、岡田さん司会進行役で、キャラデザインの羽風呂明さんと司令官の声を担当した進藤太郎さん、そしてタイタス様の声をアテた岡田さんの三人の座談会。

事前の打ち合わせで三人が、ファンの人達が知らない現場の話を交えながら、当時の押田監督がどういうふうだったかを話しましょうと言っていたんだが、予想を超えた濃い内容になった。

「キャラデザ、最初はイケメンキャラが多かったんですよ。ところが監督が、『全部おっさんでいく』って言い出しまして。今はおっさんキャラも人気ですけど、当時はまだそんな感じなくて、全員で『全部おっさんはまずい』って言って、ギリでタイタスが残ったんですよね。それでもイケメン臭、まったくないキャラになって、まぁ、むさくるしいこと、このうえないアニメになった」

「バイファロスは熟練の声優さんばっかりで、タイタス役が初声優の僕は、緊張しすぎて吐きそうになってました。主人公と絡むシーンとか、川森さんがすごい迫力で、呑まれてしまって台詞言えなくなっちゃったことがありました。そしたら監督が、『岡田君、タイタス、主人公より年上で先輩だから、そのつもりでね』ってあっさり言ってくれちゃって」

「アガタ司令官の最後の台詞、しょっちゅうアニメ名シーンに取り上げられてて恐縮なんですが、あれ、部屋にひとりにされて、『進藤さん、これ、一発録りでいくから』って監督言ったんですよ。マジか！　って思ったら、『こういう言葉は、万感と無念の想いの中で出る言葉だから、何度も言わせるものじゃない』って言われましたね。だからあれは、一発録りでした」

そして、座談会の最後に、川森さんのメッセージが流される。

「この役を演じるにあたって監督から言われたことは、今でも忘れません。『川森さん、主人公はこの物語のヒーローじゃない。生き残った数少ない兵士のひとりで、苛烈な激戦を見て、経験した人間です。多くの仲間の死んでいく中で、コロニーの市民救出に全力を賭《と》した人間です。多くの市民を救うことは出来たが、仲間のほとんどが失われた。その慟《どう》哭《こく》を抱えて物語を語る人間なんです』監督が主人公を通してバイファロスで描きたかったのは、アニメって枠《わく》を超えた人間だったんだと思います。だから多くの人々の心を捉《とら》えたんだと思っています」

会場は静まり返っている。

『装甲騎兵団バイファロス』は、不遇の名作だった。

地味だし、おっさんくさいし、女子受けまったくしないし、メカとか武器とかやたら濃いし、興行的には失敗のアニメ映画だった。

興行失敗だったから、ＤＶＤもなかなかでなかったし、関連商品もほとんどない。

メモリアルＣＤがやっと出た程度。

でも、そこには「素晴らしい作品を作りたい」という多くのアニメ製作者の情熱がこめられ、押田監督の才能と世界観のすべてがあった。

人がまばらの映画館で、私を含むそこにいた人達が全員、映画が終わっても座席から動けずにいた。

すごいものを見てしまった。

止まらない涙を拭きながら、私、あの時そう思った。

あの時、私が感じた気持ちを持ち続けた人達が今、ここに集まっている。

きっとここにいる全員、押田監督がまた素晴らしいアニメ映画を作ってくれることを心待ちにしていたはず。

でももうその願いは、未来永劫《えいごう》かなうことはなくなってしまった。

だけど今ここで、私たちはバイファロスを共に見て、押田監督への想いをひとつにするんだ。

ありがとう、押田監督。

すばらしい作品を私たちに残してくれて、ありがとう。

バイファロス上映が終了した。

場内、すすり泣き、嗚咽があちこちから漏れている。

ライトがともされ、ステージに岡田さんが立った。

「みなさん、今日は本当にありがとうございました」と言いながら、羽風呂さんと進藤さんを呼ぶ。

「この上映会は、みなさんもご存知の通り、有志による企画として立ち上がり、ファンの人たちの力によって実現しました。今日、僕が着ているバイファロスのTシャツを着ているのがその人達です。お疲れ様、そしてありがとう。みなさん、拍手をお願いします」

会場から大きな拍手があがり、「ありがとう！」という声があちらこちらから上がった。

私の隣で、スギムラ君とアサヌマが涙ぐんでる。

そこで本当は終わりのはずだった。

ところが突然そこで、岡田さんが予定にないことを言いだした。

「このイベントには発起人がいます。彼がいなかったら、この上映会はありませんでした。オガタヨシヒコさんです。オガタさん、最後に挨拶をお願いします」

舞台袖《そで》のカーテンの脇で会場見ながら涙こぼしていたオガタ君が、文字通り、びっくりして飛び上がった。

飛び上がって、後ろにいた私たちを振り返って、「ど、ど、どうしよう、何これ、何？」

みたいな顔をした。

行けよ!! って言おうとした私の横から、突然チカさんが登場し、オガタ君をどんっっっ!!! とどついた。

チカさんっっっ!!! そこでマジ、どつくとか、やることがランボー!!!

オガタ君、どつかれてそのまま舞台に出てしまい、一瞬フリーズしたが、岡田さんからマイクを渡されると覚悟を決めたように、舞台の真ん中に立った。

「きょ、今日は、お忙しい中、こんなに集まっていただき、あ、ありがとうございます。本当にうれしいです」

オガタ君は会場に向かって頭を下げた。

「自分は、バイファロスを映画館で十二回見ました。こんなすごいアニメは見たことがないって、そう思いました。でもバイファロスは失敗作と言われ続けてきた。でもこの上映会の申し込みは一五〇〇通を超えました。今日六〇〇人のこの会場も満席になって、遠くからわざわざ駆けつけてくれた人もいます」

オガタ君はそこで、会場を見渡して一息つき、そして言った。

「バイファロスを愛するみなさんと、こうやっていっしょにバイファロスを見て、押田監督の追悼ができたこと、死ぬほどうれしいです。自分、オタクでよかったと、これほど思ったことはないです。本当に、本当にありがとうございました」

オガタ君は深々と頭を下げた。

わぁぁぁぁあっと大きな拍手が会場中に響いた。

そして、ひとり、またひとりと立ち上がり、最後には全員が立ち上がってスタンディングオベーションとなった。

惜しみない拍手が、オガタ君に送られている。

その拍手の中で、オガタ君は涙をぼたぼた床に落としながら、ずっと頭を下げていた。


上映会後、スズキさんから『いい上映会でしたね』とメールがはいった。

承諾してくれた関連企業の方には招待席を用意していたけれど、来てくれたのはスズキさんともうひとりだけで、ヤマダ氏に至っては返事すらなかった。

『ああいう雰囲気は、企業がやって作れるものではないです。良いものを見せていただき、大変勉強になりました』

配給会社にとっては今回のイベントなんて、実は歯牙《しが》にもかからないほどの小さなものだったかもしれない。

でもお金が絡むことになれば、会社として、いろいろなことを考え、判断しなければならなくなる。

関連各社のみなさんが笑顔で承諾してくれなければ、あのヤマダ氏の前でスズキさんが承諾しなければ、今回の上映会は実現しなかった。

そういう意味では、関連企業の人達も、上映会の参加者といえるかもしれない。

その後、ツイッターをはじめとするSNSでは、上映会参加者の感激の言葉や感想などがしばらく上がって、まとめ記事があちこちであがるほどになった。

おかげでバイファロスの名前がレンタルDVD店の週間ランキングに出てきたり、ダウンロードサイトのトップに掲載されたり、さらには押田監督追悼イベントが公式に企画されたりと、思わぬ形につながった。

その熱が収まりかけた頃、今度は抽選に漏れて参加できなかった人達が、「バイファロスのハガキがきた！！」とSNSにポストを始めた。

『抽選に漏れて参加できなくて悔しい想いをしていたら、発起人さんから、真野氏のボディアーマー絵がはいったハガキが送られてきてびっくりした』

『イラストの下に発起人さん直筆《じきひつ》で、いつかどこかでバイファロスについて語り合いたいってあって、泣いた！』

『一生の宝にします』

上映会後、オガタ君は高熱出して寝込んじゃった。

たぶん、いっぱいいっぱいだったんだと思う。

すべてが終わり、自分の気持ちも落ち着いて、オガタ君は抽選に漏れた一〇〇〇人近い人達ひとりひとりにハガキを書き始めた。

ハセ君が、「データで送れば簡単じゃないですか」と言ったらオガタ君、首を横に振った。

「それはそうですけど、紙でもらうのってやっぱり違うと思います。印刷されたものって、額にいれて部屋に飾ったり、持ち歩いたりできるし、俺はそれぞれにお礼書きたいですし。直筆で書かれたものって、やっぱり違うと思います。それって一生の記念になると思うんですよね」

上映会の後、私たちは打ち上げをやらなかった。

「俺たちが企画運営はしたが、これはバイファロスを愛する人すべてのためのイベントだ。だから、上映会が終わったら、俺たちの仕事は終わりだ」とタツオが言って、上映会終了後、控え室に全員集まり、乾杯して一杯飲んで、それで解散となった。

その時、進藤さんが缶ビール片手にみんなに言ったこと、私たちの胸に刻まれた。

「マンガもアニメも、作者や製作者がこの世から去っても作品は残ります。名作は年月を経ても、人々に与える感動は変わりません。何十年か先、また誰かがこうやってバイファロスの上映会を開いてくれるかもしれません。その時もう僕らもこの世にはいないかもしれない。でも、僕らの心はそこにちゃんと在るはずです」

＊

急に決まったケヴィンのアメリカ出張の手配、十一月のサンクスギビングの時期に重なって、飛行機の手配が無茶苦茶《むちゃくちゃ》難しい状況で頭かかえてしまっていた。

この時期はアメリカ人のほとんどが長期休暇にはいり、実家に帰るとか友達と旅行に行くとか、とにかく移動しまくる。

なんでそんな時にアメリカ出張なんだよ！　ってその理由は、本社の法務部《リーガル》のトップが病気を理由に突然退職が決まり、ほんとうはダイレクターが行かなければならなかったところ、ダイレクター本人が今年、個人の事情でどうしてもサンクスギビングにあわせてアメリカに一時帰国しなければならず、次点候補のラモンは、ダイレクター代理のために日本を動けず、結局ケヴィンが行くことになったって経緯。

「いきなりすぎて、飛行機に空きがない！！」と文句言ってたら、かつてインド出張で飛行機乗り遅れてビジネスクラスで帰ってきた経験からか、ケヴィンがうれしそうに「ノブ！！　だったらビジネス乗れる？」とか言ってきて、思わず、その能天気な額に右拳をくらわせそうになった。

会社挙げて緊縮財政の折り、お前は何を言っている！

ケヴィンが出席する会議のメンバーの中には、オーレの名前も並んでいる。

二ヶ月前のあの電話の後、オーレはまったく連絡を寄越していないし、私もしていない。

プレ・破局状態になってることは、ケヴィンには言っていない。

ケヴィンはオーレの友達でもあるけれど、やっぱり上司なわけで、そんな事まで話すのはちょっとどうかと思ったのがひとつ。そもそも私自身がそんなことを彼に話したくなかった。

私がこの件について話したのはエリちゃんとヒサコさんだけだけど、なぜか社内のゴシップ好きな人達の間にも広まっていた。

私にはケヴィン受け、オーレ攻め設定で萌えネタでしかなかったけれど、オーレは世間的には見た目よく、スペックも高い人なようで、私とつきあう前から社内外でモテモテだったらしい。

らしいっていうのは、そういうのにまったく興味ない私は、そんなのほとんど知らなかったから。

そういうわけで、私と破局したという噂が広まったオーレには、どうやら社内の女性からのアプローチが殺到してるとかいう話。

まるでひとごとみたいに言ってるのは、それ、たまたま廊下ですれ違った人達が、そんな話してたから「そうなんだ」って知っただけ。

なんていうか、会社に来て、よくまぁ、そういう所まで活動域広げて情熱傾けられるよなぁって思うんだけど、ヒサコさんなんかは、「あの人達、会社に仕事しに来てるわけじゃないもん」とか言っちゃってる。

実際、外人スキー女子が、外国人男性をハントするために注ぐ情熱と策略は凄まじいもので、それたとえるなら、スペツナズ（ロシア特殊任務部隊）が全力で敵に立ち向かうくらいのパワーでやってくるから、狙われた本人もさることながら、周辺各位も大変なことになりがち。

そもそもオーレ、かのエンドウアカネ事件でも、「オーレを自分のものにしたかったから、オーレが好きらしいハセガワノブコを陥れて、会社辞めさせてやればいい」ってなことやられたわけで、まぁ、あそこまで破壊的なことをする人はいないにしろ、狙った外人に特攻かける外人スキー女子の戦いってのは、冷戦時代の米ソのスパイ戦に匹敵するんじゃないかってほど。

表ではみんな笑顔だけど、見えないところで策略や策謀が渦巻いてる感じ。

正直、そういう人たちがいっきにオーレに攻略かけてるらしいって知って、気分良いわけはないんだけれど、現状、私にはどうすることも出来ないし、否《いや》だの応《おう》だのいえる立場でもない。

そうかと思えば、ケヴィン狙いだった外人スキー女子代表の自称エミリー（本名スズキエミ）もやたらおとなしくて、ケヴィンのところにも来なくなった。

そういえば最近見ないなぁと思っていたらエリちゃんが、「エミリー、彼氏できたんだよ」と言うのでびっくり。

「マジか！！　やっぱりあれか、相手は外人か！！！」って言ったらエリちゃん、「写真見せてもらったけど、マリオって名前の、本当にスーパーマリオまんまな顔のイタリア人だったよ」って苦い顔して言ってて、さすがエミリー！！　外人なら顔とかどーでもいいんだ！！　って大笑いしちゃった。

私の横でいっしょに大笑いするヒサコさん見て、いやいや、あなた、顔さえ良ければ他はどーでもいいってあなたは、エミリーのこと笑えないでしょ！　って言いそうになったけど、人間って、収まるところに収まるものなんだなぁって、ちょっと思ったり。

オーレとの関わりが断たれて、寂しくないといえば大嘘で、なんだかんだいっても私の人生にかなり大事な人になっていたんだなぁって、あの電話の後気がついた。

気がついたけど、今更どうしようもない。

人との関わりには、自分ががんばってもどうしようもないものってのもあるんだって知ったのは、中学生の時。

突然のアメリカ行き、せっかく仲良くなった友達と離れてしまい、それでもしばらくは彼女たちと手紙のやり取りとかもあったけれど、数ケ月でそれも途絶えてしまった。

年末とか帰国して連絡しても、もうみんな、新しい友達や新しい環境での楽しいことでいっぱいになってる感じがわかって、会うこともなくなってしまっていた。

でも逆に、好きなアニメとかマンガとかを通じて友達になった人達は、まだ会ったことのない私の帰国を楽しみにしてくれていて、お正月明けで忙しい時にも、わざわざ千葉や横浜から東京にいた私に会いにきてくれた。

滅多に会うことはなくても、萌え話や好きなアニメの話とかで盛り上がって、いつも変わらない楽しい時間をいっしょにすごすことができたんだ。

学校の友達とオタクの友達、違いがどこにあるのかは、今もわからない。

でもあの時私思ったのは、人とのつながりはご縁ってものがあって、それはもう個人の力の及ばないものなんだってこと。

本当にご縁があるなら、本当の友達なら、たぶん、距離とか会ってる時間とか回数とか、関係ないんだと思う。

私とオーレがこんなことになっちゃったのを、距離のせいだという人は、私のまわりには誰もいない。

オタクは次元も時空も超えてキャラに愛捧げてるから、たかだか距離とか問題にしないし、時間ないから、いちいち人のプライバシーに首つっこんであーだこーだ言う人もいない。

でもオーレはオタクじゃないから、距離、問題だったのかもな。

かわいい愛らしい女性と、甘いすてきなロマンスにちりばめられた恋愛をしたかったのかも。

わざわざアメリカから日本に来てる自分の横で、アニメ見ながらえへへえへ笑っているような女は、やっぱりいやだったのかもしれないって、当時のことを思い出して考えたりもした。

でも、社内で「やっぱりあの人たちの関係って、ちょっと普通と違ってたもんね。無理だと思ってたわー」とか言われてるのを聞いて、なんだそれ……って思ったのも事実。

私にはいわゆる、世の中の〝普通〟とかってことはわからないから、「普通の人は違うんだ」とかいうところから発生する問題にはとても弱い。

何がいけないのか、全然わからない。

でも逆に聞きたいのは、私が普通じゃないって部分、帰国子女のところを知ると、「すごーい！」とか言って感嘆するのに、オタクって知ると、「えー」って感じでドン引きするってのは、なんなのかな。

「普通は違う」とか「普通はそうなんだよ」っていうその〝普通〟って何なのさ。

誰が決めたのさ。

そんな、はっきりとしない物差しで、自分勝手に相手を計るのって、それこそおかしいんじゃないのか？

そう思っていたけれど、今回のオーレとのことは、その〝普通〟って物差しをうっちゃりにした私が、そもそもの原因ではあるかもしれない。

どうやらオーレからも何も聞いていないらしいケヴィンは、この出張行ったらそのままアメリカに残り、クリスマス休暇にはいることになってるから、ものすごくうれしそう。

もうオーレが来なくなった私は無理やり時間を作る必要もなくなって、年末進行はいつも通り、コミケの準備にはいる感じ。

いつもと変わらない年末。

だけど私、いつもとちょっと違う気持ちで、ぼんやりと窓の外に見えるオフィスビルを眺めた。


イエローページより厚い、これを脳天に叩き込めば、一撃で人が殺せると噂のコミケカタログの発売日。

帰り道、大手町からアキバに回り、冬コミカタログを購入した私。

手にずっしり重いこの本を買った瞬間、コミケを実感する幸せな一瞬。

今日から数日はじっくりカタログチェックして、宝の地図を作り上げなければならないわけで、しばしの間、それが最重要ミッションになる。

我が同志コナツさんとアルタさんからは、すでにサークル当選の連絡をもらっているので、今回は初日と二日目はまたお手伝いにはいる予定。

とりあえず、お目当てのサークルさんが参加するかをざっくりチェックしたいので、今日の夜ご飯は近所のおにぎり屋さんで買ったおにぎり二個とサラダってことで私、家に帰るなり、着替えもせずにカタログ開いた。

……と突然そこで、スカイプの着信音が鳴った。

うるせぇなぁ！　この時間にメッセージもなくいきなりスカイプかけてくるとか、どこのどいつだよ！　って思ってPCのところいったら、なんと、オーレからかかってる。

え？　なんで？

まず最初にそう思った私。

間違い電話？　と、次に考えた私……だけど、延々鳴り続けてる受信音、なんか気持的に後ろ向きで、取りたくなかったけれど、とりあえずクリックして受信して「はい、ノブコです」と言った。

「久しぶり！」

オーレがものすごーく元気に、しかも普通に挨拶してきた。

私、一瞬無言になった。

久しぶりって何？

距離を置こうって電話ぶった切ったの、お前だろ？

それで久しぶりって、どういう挨拶なんだよ。

「元気だった？」

またしても普通に当たり前のように聞いてきたオーレ。

この人、もしかして、自分が言ったこと、覚えてないとか？

あるいは、都合よく脳内デリートかかってるとか？

私、思わず、超不貞腐《ふてくさ》れた、超不機嫌な声で答えた。

「しばらく距離を置こうって言った人が、数ヶ月ぶりにいきなり電話してきて元気？　とか、それはいったいどういうことでしょうか？」

オーレ、しばし無言。

「他の男とつきあってんだろう！　とかいっておられた件は、どのような状況になってておられるんでしょうか」

私、さらに追加。

いやだってさ、そうでしょ、そこ有耶無耶《うやむや》にして「元気してた？」とか、そりゃないわー。

「ごめんなさい」

……えっっっ！！

いきなり謝罪なの？？？

「ケヴィンが、口きいてくれなくなった」

は？

なんでそこでケヴィンが出てくるの！！

「ノブ、僕と喧嘩したこと、ケヴィンに言わなかったんだね。会議の後ケヴィンに話したら、今まで見たことないくらい怒って、『君とは仕事以外では、当分話したくない』って言われた」

ちょっと待て。

何そのＢＬ展開。

ってかケヴィン、なんでそこでそんな痴話喧嘩で受けキャラが言うようなこと、言ってんの？

「あの、大変失礼ですが、あなたとケヴィン、どういう関係だったりしてるんでしょうか？」

私、真剣に聞いてみたがオーレ、「え？　何？　友達でしょ？」って言って、思わず「ちっ」とか舌打ちしちゃった私。やばい、反応が完全に腐女子方向に流れていってしまってる。

「やっとつかまえて話したら、ケヴィンに『ノブがそんなことする人だと思うのか？　君は、なんて浅はかで短慮で愚《おろ》かな男なんだ！』とか言われた」

すみません。

確実に私が主人公な話なんだが、私の部分はこの話に必要ない。っていうか、省略して、君たちだけのカップリングで会話してほしい。

「でもまだ私のこと、疑ってるんでしょ？」

思いっきり軌道《きどう》からはずれそうになっていたので、すさまじい自制力で私は修正かけて、オーレに尋ねた。

BL設定は、とりあえず本題解決してから、思いっきり堪能させていただくことにする。

「だから、それ、ごめんなさい」

「全部内容すっとばして、ごめんなさいとか、すんな！！　ちゃんときちんと、何がどうなってごめんなさいしてるのか、ちゃんと説明しなさい！！」

思わず叫んじゃった私。

こういう面倒くさい話、苦手。

さっさと説明して、さっさと終わらせてほしい。

恋愛に駆け引きは大事とか、相手をうまくコントロールするとか、そんな腹の探りあいみたいなことしてる暇、私にはないの！

　そんな事してる時間がないから！

　今の私、コミケのカタログ見る方が重要事項なんです！！

「全部、僕の勝手な思い込みでした」

　……それ、説明っていうより、最初からどこにも疑われるような事実がないのを、やっと認識したってだけなんじゃないかと思うんだけど、まぁ、本人としては、謝罪の理由ではあるな。

「そもそも、あんなくだらないデマ記事、どこで見たの？」

　とりあえず原点の部分、聞いてみた。

「ユキコがPDFで送ってきた」

「は？　ユキコ？　誰それ？」

「あの時、派遣《テンポラリー》で、出張者の受け入れ対応してた人だよ」

　あ！！！！　思い出した！！！

　エリちゃんがそんなこと言ってた！！！

「なんでその人、そんなもの、わざわざPDFになんかして、あなたに送ったのよ？　だいたいあなた、日本語そこまで読めないじゃないの」

「なんで送ってきたかなんて、僕はわからないけど、メールに『あなたのガールフレンドのことじゃないですか？　有名な俳優の家にお泊りをスクープされてますよ』って書いてあってさ」

何それ？　意味わからない。

ユキコさんなんて私、会ったこともないし、顔すら知らない。

なんでそんなことするんだ？

「その記事見るちょっと前に、知り合いが遠距離恋愛の難しさを語りまくっててさ。僕が日本に行った時しか会ってないってのを知ったら、彼女はお前を愛していないんだろうとか言ってきてさ」

……アメリカ人、すぐに「愛してる」「愛してない」の話にもっていくな。

そんなこっぱずかしいこと、いちいち考えてつきあうかっての。

「考えたら、告白したのも僕、会いにいってるのも僕、つきあうってしてるのも僕で、ノブが僕のこと好きって言ったことはないし、つきあうって話も、ちゃんとイエスって言ったわけじゃない。ノブがどういう人と会ってるかとかも、僕にはわからない。そういうふうに考えてたところに、ユキコからPDF送られてきて、ちょっと頭に血がのぼった」

何してるかわからないって、あなたが日本に来た時、全部見てるじゃん。

あなたの横でアニメ見てて、あなた放置してイベント行ってて、あなたの座ってる足元で寝転がってマンガ読んでたでしょ？

それ以外に時間まったくないのは、さんざん見ていてわかっておろうが。

「あんた、それ、いろいろ言ったたって知り合い、女性でしょ？」

いきなりツッコんだらオーレ、尻尾《しっぽ》踏まれた豚みたいな声出した。

そして、ものすごい小さな声で、「……ごめん、僕、その人とデートした」って言った。

スカイプでよかったよ、君。

そばにいたら、コミケのカタログ、思いっきり脳天に叩きこんでたわ。

即死だからな、それ。

「誘われて何度か食事したんだけど、でも、全然楽しくないんだよ。なんていうか、わざわざ盛り上げて、甘い言葉吐かせて、みたいな会話ばっかりでさ。そしたらそこで気がついた。ノブはこういうことしないなってさ。わざとらしい会話なんかしないし、いっつも思ってること、まんま言ってたし、嘘もつかなかった」

……それ、一見なんかすてきな人に見えるけど、私の場合、そんな面倒なことに時間かけたくないってだけなんだけどな。

「そしたらこの間、ハセとスカイプしてて、最近日本に来ないねって言われたから、ノブとのこと話したらさ、ハセがね、ものすごい馬鹿にした感じで、『ノブさんに、そんな男二股かけてる暇なんかあるわけないでしょ？　あの人、コミケでお前のこと放置して、萌え同人買いまくってた人だよ？　人生これっぽっちも、そのテのことにまったく関心ないよ』って」

ハセっっっ！！！

言ってることにまったく間違いはないが、言われてうれしい部分も欠片もないぞ！！！

しかも、それ言われて、「そっかー！　確かにそうだー！」ってなったオーレも、どうなんだよ！！！

「本当にごめん」と言ったオーレに、「誤解が解けたんならいいけどさ」と私答えたけれど、なんかすっきりしない。

「あのね、私は基本、忙しいの。あなたもわかってると思うけど、私はオタクなの。コミケとあなたと比べたら、コミケの方が大事なの。だから、これからも、あなたにその種の誤解をされるようなことはいっさい起こらないし、そういう話も求めてないの。わかる？そして、今回みたいなことで、こうやって時間使うのも、私は嫌なの。私にとっては無駄で無意味な時間なの。だから、普通にすてきなあまーいおつきあいしたいのなら、他の人とつきあったほうがいいよ」

ものすごい勢いでそう言った私、これで終わりだなって思ったその時。

「うれしいよ！！　つまりさ、僕はノブにとって、特別ってことなんだもんね！！！」

………え？

「だってさ、ノブはそこまでオタクで忙しいのに、僕とつきあってるじゃない？　そんな暇ないって言ってるけど、僕とはオタクじゃない時間、すごしてることもあるじゃない？　僕はノブが人生でいちばん大事にしてるコミケにも行ってるし、ノブが好きなアニメも知ってるし、ノブが好きなBLのCDも知ってる！！　僕はノブにとって、特別って証拠だよね！！！」

おい！！！　なんでそうなるっっっ！！！

そんな話は、誰もしておらんぞっっっ！！！

「ありがとう、ノブ！！！　許してくれてありがとう！！！　僕、年末休暇取って、日本に行くから！！　冬コミもあるし！！　ハセにも会いたいし！！！」

お前っっっ！！！

今、本音出ただろっっっ！！！

ほんとは、私のことがメインじゃなくて、冬コミとハセ君がメインだろっっっ！！！

「僕はやっぱり、ノブがいちばんいい！！　いっしょにいて、いちばん楽！！　いちばん楽しい！！　それがよくわかった！！　ノブ！！　愛してるよ！！！」

なんだと――――っっっ！！！

なんで今、そこで愛してるとか、言ってんの――――っっっ！！！

全アメリカ女性が求めてやまない、全アメリカ男性が最後の切り札にしてる、「I Love You」、そんな冬コミとハセ君とバンドルで言うとか！！！

私にかこつけて、日本に来たいだけなんじゃないのか！！

いくら私がオタクでも、この状況が「ありえない」ってのくらい、わかるぞ！！

私、「なんかやばい、これ超やばい」とか思いながら、画面の向こうで「今度日本に行ったらさー」とか嬉々《きき》として話し出したオーレの顔を見つめた。

と、そこで私、突然コミケの時にタツオが言ってた台詞が脳内、リピートされた。

――あの男、自分で気がついていないが、相当なオタク気質でM体質だぞ。なんたって放置プレイのお前にぞっこんだからな。なんだかんだいって、お前らは似合いのふたりなのかもしれんな――

エピローグ　――もうひとつの仁義なき戦い

突然、母親から電話がかかったので何事かと思ったら、我がバカ父の海外赴任の話が出ているという。

アメリカはニューヨークに七年赴任、帰国後は、本社でそれなりにえらそーな管理職タイトルで仕事していたけれど、ここにきてまたいきなり海外駐在ってのは、確かにちょっとびっくり。

その昔は、日本企業で海外駐在といえば花形街道まっしぐら！　みたいな頃もあったみたいだけれど、今はもう違う。

業種にもよるだろうけれど、いわゆる将来有望株、会社の中枢《ちゆうすう》を担うことを期待される人は、たいてい一時的に海外に出されるが、基本、二～三年で帰国し、その後しっかりと重職への道を歩くことになる。

逆に、一度海外駐在になった後、各国を転々とするようになる人がいる。海外とのビジネスの拠点となる重要な仕事だけれど、会社の経営の中枢の重職につくチャンスはなくなる。そこで支店長になる道もあるし、それこそ大きな支店だったら相応の地位にもなるけれど、取締役以上のポジションへの道は絶たれる。

我がバカ父は、ニューヨーク赴任そのものは粛々《しゅくしゅく》と辞令のままに駐在員となったが、予定されていた任期が延長になった時はかなり抵抗したらしい。

「俺は取締役になる男だ！！」とかえらそうに叫んでいた時期があって、同じ感じで海賊王になるって言ってるにーちゃんがおるよ？　とか、私、密かにツッコミいれてたが、今にして思えば、あれは自分の置かれた状況に対する、必死の抵抗だったんだろうなぁってわかる。当時は、なんだえらそうに……とか思って冷たい目で見てたんだけどね。

バカ父、やっと日本に帰ってきてその後ずっと、心穏やかに仕事に励んでいたわけで、このまますっと日本にいるつもり満々だったろうに、ここにきていきなりまた海外駐在とか、そりゃもう青天《せいてん》の霹靂《へきれき》だろうと理解はする。

「それで、どこに行かされるとかって話なの？」と聞いたら、「南アフリカ」って母が言ったもんだから、ああ、そりゃとーさんは嫌だよねぇ……って、超嫌がってる意味、よくわかった次第。

我が父ハセガワゴウキは、ありえないほどの時代劇オタク、チャンバラオタク。

いわゆる黒澤《くろさわ》作品とか、そういう権威ある素晴らしい作品ではなく、「大江戸捜査網」とか「鬼平犯科帳《おにへいはんかちょう》」とか「三匹が斬る！」とか「必殺仕事人」とか、そっち系のものが好きで、「女ねずみ小僧《こぞう》」とか「長崎犯科帳」とか、さほどに知られていないものまで網羅していて、HDDフル稼働で録画してるほど愛してる。

並べた作品を見ておわかりいただけると思うが、殺し屋系が好きなのが丸わかり。年始の長時間時代劇ドラマスペシャルはテレビかぶりつきで見てるし、赤穂浪士《あこうろうし》とか奇兵隊《きへいたい》とかの話になったらすっとんで来るし、定年後は心ゆくまで二十四時間体制で時代劇チャンネルを堪能するんだと明言してる。

ニューヨーク赴任時代も同じ趣味の部下に頼んで、厳選した時代劇を録画してもらい、それを定期便にしてもらってたっていうんだから、私のオタク活動、どうこう言える筋合いじゃないと思うんだが、とにかく彼の時代劇にかける情熱は半端《はんぱ》ない。

それが南アフリカって、日本語ケーブルチャンネルもない、日本語のレンタルDVDとかもない。時代劇どころか、すでに日本語すら遠い国に赴任なんて、そりゃ耐えられないだろう。

しかも、「取締役になる男」だったのに、全然なってないうえに、日本の本社から遠く離れすぎた南半球だぜ。

片道、十八時間とかだしな。

とはいえ、アフリカ大陸は石油をはじめとする資源の宝庫なわけで、ビジネスとしては重要拠点でもあるから、本人が言ってるらしい「島流し」とはほど遠い、むしろ「お前にまかせる」ってことなんだろうと思う。

しかも、政情不安定な国でもあるからって、会社からはかつてないほどの待遇で、母が言うには、運転手さん付専用車、お手伝いさんにプール付豪邸が用意されるとか。

当然、けっこうな額の駐在手当も出るだろうから、待遇としては相当にいいわけで、定年前にひと花咲かせて！　とかいう会社の意図も見えなくはない感じ。

しかし本人、「どーせ俺なんか」って言いながら、書斎でスネてるんだそうだ。

「プールまでついてるのに？」と言ったら、「おとーさん、プールなんて興味ないもん」って、お前は女子学生か！　みたいな事を母に言ったそうで、我が父ながら、「何ヌカしとんねん！」って感じ。

彼の書斎ってのも、聞こえはいいけれどつまり彼のコレクション部屋で、棚に並んだ時代劇DVDのコレクション、それに連なる時代小説の山、どこで入手したんだかわからない「大江戸捜査網」のポスターに囲まれて、HDDとテレビが置かれてるだけで、ただのオタク部屋、アサヌマのお籠《こも》り部屋と変わりない。

「お母さんはどうなの？」と聞いてみると、常に我が家でいちばん動じない我が母は、「お父さんが行くところならついていく」とあっさり。

覚悟がないのは、本人だけであった……。

「お父さん、あんなだけど、ノブコのためにものすごくがんばったのよ」という話を聞いたのは、私が大学進学のためにニューヨークからカリフォルニアのアーバインに移る時。

十二歳で私立女子校に入学して、思う存分オタクしながら学生生活をエンジョイしようとしていた私を、聖地日本から引き離し、ニューヨークに無理やり連れていってしまった父。

泣き叫んで嫌がる私に「家族はいっしょにいるべき」って言ってアメリカに連れてきた癖《くせ》に、私が大学進学が決まったと同時に、日本帰国が決まり、「お前はもうひとりで大丈夫だ」とか、手のひら返したような言葉を放ったもんだから、私、ものすごい激怒だった。

本気で、バカ父のＤＶＤコレクションのすべて、破壊の限りを尽くして、火を放ってやろうかと思うくらい怒ってたんだけど、それを見ていた母が、「あなた知らないだろうけれど」って私に話してくれたこと。

海外駐在の際、現地では豪邸にあたるような住宅が駐在員に提供されるのは、どこの国も同じ。日本に来る外国人は、独身者でも家賃数十万円の都心の豪華マンションが与えられるのは普通で、立場が上になれば、家賃月額数百万とかのマンションや一戸建てが支給されたりもするけれど、それは日本人が海外に駐在した時も同じで、私がいた時も、父の同僚の人たちはマンハッタンの一等地の広い高級マンションとかに住んでいた。

しかし我が一家、まだ今のようにファッション最先端の街になっていないSOHOの裏にある、小さなタウンハウスに住んでいた。

父も母も贅沢を好む人ではないし、当時はただの好みの問題だろうとか思っていたんだけれど、実はもっとちゃんとした理由があった。

「お父さん、自宅は安全な区域でさえあればいいから、住居にかかる予算を全部、娘の学費にまわしたいって会社に交渉したのよ」

え！！！　そうなの？？？

驚いた私が大声で言ったら、「そうじゃなかったら、あんな学費の高い学校、普通はいかせられるわけ、ないでしょ？」って母が言った。

言われてみればその通り。

私の通っていた女子校は、ニューヨークでも超お嬢様たちが集う名門私立女子校で、中には、テキサスや香港《ホンコン》とかからも、超お金持ちの家の子がわざわざマンハッタンに家借りて通学してたってくらいな所。

会社員の子供もいたけれど、だいたいがアメリカの大企業のCEOだの、経営者だのの子供だったし、その中で私だけが普通のおうちの子供だった。

そりゃ学費だって高かろうさ。

海外赴任の場合、子供の学費も会社が負担するケースも多いけれど、わざわざ地元の私立学校に通わせる人は少ない。

もちろん当時の私は、そんなこと考えたこともなかったけど。

「それにね、駐在費として出ていた費用も、けっこうな額、あなたの学費にまわってたの。それくらい高かったのよ、あそこ。だからうち、よくいう海外駐在で預金増えたとか、そんなのないから」

ニューヨークに赴任が決まった時、父は母に言ったんだそうだ。

「ノブコを日本人学校には行かせない。海外駐在の日本人ソサエティは、ものすごい狭い村社会だ。どんな国でもほとんどそうだ。そんな中で、せっかくの海外在住の機会を失わせてしまうのはもったいなさすぎる。ここでしか得られない教育を、ノブコには与えたいんだ」

「だからお父さんと私、いろいろ調べて、あなたが日本で通っていた私立女子校のシスターと神父様に特別な推薦状書いていただいたりしたのよ」と母が言った。

それでも、明らかに場違いな私の入学を渋った学校側に、父は直談判《じかだんぱん》したんだそうだ。

「娘は必ず、この学校の初めての日本人生徒として、学校が誇りに思えるような生徒になります。お約束します」

そんなことがあったなんて、私はもちろん知らなかった。

むしろ、英語なんてほとんどできない私を、なぜ日本人学校にいれないで、現地の普通の学校にいれたんだって恨《うら》んでいたくらい。

英語がわからなければ授業にはついていかれないわけで、学校側は英語のための特別補習を徹底的にしてくれて、私は泣きながらそれについていったけど、それは、「勉強しなかったら、タツオからのオタク便を止める」と言われたから。

「勉強しろ」とは言われたことはないけれど、成績落ちたら「オタク便を止める」とすぐにいうので、私はその後も死ぬ気で勉強して、「もっともがんばって優秀な成績を残した生徒」に与えられる優秀学生賞受賞者のひとりにもなった。

良い友達にも恵まれて、あちらこちらに散らばった彼女たちとは、今でも交流が続いているし、時には助け合ってる。

その陰には、父のそんな大きな決意と努力があったなんて、全然知らなかった。

母からそんな話を聞いた後、カリフォルニアに出発する私を、両親が空港まで送ってくれた。

「まぁ、がんばれよ」とかあっさり言いやがった我が父に、「自分達だけ、日本に帰りやがって」と思いつつも、父が私の知らないところで、私のためにいろいろな努力や犠牲をはらってくれていたこと、あらためて考えてた。

あれから十五年あまり。娘すらも「あらそう」程度だったバカ父の再びの海外赴任を、死ぬほど悲しんだ人物がひとり。

アンドレアス・フォルテン。

つまり、ニーナの夫。

高校卒業と同時に結婚したニーナ、結婚前にアンディのおっさんとニーナが我が家に遊びに来たことがあったんだけど、もともと黒澤映画とか侍《さむらい》好きだったアンディのおっさんを、チャンバラオタクに洗脳した我が父。

今や自宅に、鎧《よろい》と刀（しかも人を斬《き》ったこともあるとかいうホンモノ）をコレクションして特別室作ってるくらいのアンディのおっさん。

ニーナの家に行った時に、父の海外赴任のことを伝えたら、アンディのおっさん、大騒ぎ。

「ゴウキが日本からいなくなるなんて！！！　ワタシはこれから、誰といっしょにサムライのイキザマについて語ればいいのですか！！」

いや、あなた、そんな目に涙ためて悲しまなくても……と思ってみてたら、ニーナが「スカイプ使えば、いつでも話せるじゃない」と、アンディのおっさんのドラマチックな悲しみに、思いっきり水かけた。

アンドレアス・フォルテン、かのフォーブスでその顔が表紙になるほどの人物なのに……真実の姿を世間に知られちゃいけないのは、スパイだけじゃないね。

そして、時代劇が見れなくなるなんてやだやだやだ！　って親戚にまで大騒ぎしていたバカ父に、タツオが一言。

「おじさん、今はネットでいくらでもテレビや映画見れますよ。オンデマンドもありますし」

その言葉を聞いた時のバカ父の顔、私は一生忘れないわ……。

苦節数年、浪人生が合格番号を見つけた時みたいな、苦しんだヒーローの前に勝利の女神がおりてきたみたいな、そんな顔してた。

残念ながら、その女神はタツオだけどもな。

週末、引っ越しの手伝いをしに行く私といっしょにタツオが実家に赴《おもむ》き、どうやってテレビや映画の配信を見れるかを説明し、設定もしてくれた。

それを見ながら私は、母といっしょに食器をパッキングしていたんだけれど、母がぽろりと、「南アフリカのオフィス、いろいろ大変みたい」と言った。

そうなの？　と私が聞くと、母はパッキングの手を止めず、下を向いて作業しながら言った。

「今、あちらの方、政情不安定でしょ？　アラブの方に赴任されてる方たちは、ご家族だけ日本に帰している方もでてきてるそうよ。そんなんで周辺諸国のオフィスの協力がとても重要なのに、南アフリカの支社長さん、いろいろあったんだって」

「いろいろって何？」と聞いた私に母、「お母さんも詳しいことはわからないけれど、なんか会社の経費すごい額、使い込んでいたそうよ。告発しようとした部下にすごい嫌がらせしたりして、なんか大変なことになってたみたい。表に出ないように会社が動いたのでニュースとかにはならなかったけれど、南アフリカのオフィスはぼろぼろになっちゃったんですって。社長に直《じか》に呼ばれて、ハセガワさん、オフィスの立て直しをお願いしますって頭下げられて、もう何も言えなかったってお父さん言ってた」

私、パッキングの手を止めて、隣の小さな部屋で、タツオにいろいろ教えてもらっているバカ父の背中を見た。

大変なところにいくんだ。

南アフリカ支社は、社長が頭を下げるくらいに厳しい状況なんだろう。

恐らく、ビジネスも支社の中の状況も焦土《しょうど》と化してしまっているに違いない。

それこそ取締役なんてほど遠い父だけど、海外営業本部長という肩書で、前にも増して激務だったのは知ってる。

たまに実家に帰った私が見るのは、いつもテレビで時代劇見てるだけの父だったけど、母は「それくらい好きにさせてあげないと、お父さんかわいそう」と笑っていた。
私がアニメから元気をもらっていたように、アニメに支えられていたように、父も時代劇やチャンバラに元気をもらい、支えてもらっていたのかもしれないと、父の背中を見ながら私は思った。

バカ父は、DVDのコレクションを南アフリカに持っていくことを断念したんだけれど、その理由が「船便、途中でなくなる可能性がある。なくなったら、俺は死ぬ」ってんで、他の家具といっしょに倉庫に眠ることになった。同じオタクとして気持ちは察してあまりあるので、管理は私が請け負《う》った。

タツオが設定してくれたおかげで、ネットがつながるならどこでも時代劇が見れるようになり、「ノブコ！！　おとーさん、出張に行っても、そこで時代劇見れるんだぞ！！」とか、わざわざ私にまで報告してきたバカ父。

はいはい、よかったね、とか愛想なく言ったけど、南アフリカ駐在中の出張先がアフリカ大陸と考えると、ホテルでもネットつながらないかもしれないよ、とはさすがに言えなかった。

赴任する前にわざわざ地獄に叩き落とすような無体なことして、この期に及んで「おとーさん！！　やっぱり行かない！」とか言われても困る。

とりあえず先にひとりで現地に行くことになった父を、母と私、タツオで成田《なりた》まで見送りに行った。

長時間フライトになるので、会社側が配慮してくれて、全席ビジネスクラスで行くのだそうだが、ケヴィンなら大喜びのところ、父はむしろ、しょぼくれたような、いたたまれないような様子でいる。

もう全力で「おとーさんは行きたくないの！」ってのを表してて、いい歳して何やってんだかと思うが、気持ちわかるだけに何も言えない。

父の部下の人がふたりきてくれていて、そのうちのひとりが「ハセガワさん！　まかせてください！！　ネットで見れないような特番は、私がすべて録画して、社内便でお送りします！！！」とか言って、「ニューヨークにビデオやDVD送ってきてたのはこいつか！！」って思って、顔ガン見しちゃった私。

その時まで、その〝おとーさんのチャンバラ友な部下〟って人、名前すら知らなかったけど、四十代半ばくらい、ひょろんと背の高い、メガネかけた学者さんみたいな人で、オタクな感じ全然なくてちょっとびっくりした。

するとその人が、チェックインカウンターで手続きしている父を見ながら、私の横に立って言った。

「お嬢さんはご存じないかもしれませんが、ハセガワさん、ニューヨーク赴任の時、お嬢さんの学校のことで社内からすごい悪《あ》しざまに言われて、突き上げ食ったんですよ。奥様もそれで、現地の婦人会から嫌がらせ受けてたみたいです。でもおふたりともそんなこと気にもせず、ガンとして無視しておられた。いろいろ大変なこともあったと思いますが、今こうやって立派になられたお嬢さんを拝見すると、ハセガワさんの考え方は間違ってなかったんだなぁって思います」

出国ゲートの前に、父は部下の人たちと握手をした。

それから母と私の前に立った父は、ちょっと泣きそうな顔をして、「じゃ、おとーさん、行ってくる」と言った。

ゲートの扉の中に消える父の背中を見ながら、私、ちょっと泣きそうになった。

私はあくまでもオタクとしての生き方を選んでいるけれど、父は違う。

男として、夫として、父として、そして会社員として、しっかりと責務を負って生きている。

それはすごいことで、とても大変なこと。

私の隣で母が、「おとーさん、ほんとに最後まで嫌々な感じで、困っちゃうわね」と笑いながら言った。

チャンバラ好きの昭和の男が、会社員人生最後の数年を賭けて、今、海を越える。

私、思わず心の中でつぶやいた。
おとーさん、がんばって。
不肖《ふしょう》の娘がひとり、ここであなたにエールを送るから。

解説――「普通じゃない」ノブコが放つエール

書評家　藤《ふじ》田《た》香《か》織《をり》

ハセガワノブコが帰ってきた！

いや、それはもう、帰ってきたハセガワノブコでも、ハセガワノブコの帰還でも、ノブコ再びでも、どう言い替えても良いのですが、本書『外資系オタク秘書　ハセガワノブコの仁義なき戦い』は、二〇一五年六月に文庫書き下ろしで刊行された『外資系オタク秘書　ハセガワノブコの華麗なる日常』に続く、待望のシリーズ第二作でございます。

とはいえ、もちろん本書から読んでも無問題。書店で本書を手にとり、なんだかちょっと気になるな、と、この解説を先読みされている方も、安心して下さい！

本シリーズは、いつでも、どこでも、どこから読んでも面白い、それでいて、世知《せち》辛《がら》い世の中を生きる女子心にじわりと潤《うるお》いを、ガツンと活力を与えてくれること確約です。

世知辛い世の中の代表のような出版業界において、前作から一年も経《た》たずに続編が発売されたのは、そうした「効果」が充分に発揮《はっき》されたからに違いありません。

その魅力に触《ふ》れる前に、主人公となるハセガワノブコについて、まずは軽くおさらいしておきましょう。

彼女が勤めているのはニューヨークに本社を構える、外資系投資銀行「オークリー銀行」。投資銀行とは、ノブコの言葉を借りると〈投資とかスワップションとか株式とか、ぶっちゃけお金動かしてもっとお金生み出そうよって種類のビジネスしてる銀行〉で、ノブコはその大手町《おおてまち》にある日本オフィスで、法務部《リーガル》のエグゼクティブ秘書をしています。

中学一年生のとき、商社マンだった父親の転勤に伴《ともな》いニューヨークのマンハッタンに移り住み、地元の名門お嬢様学校を経て、全米の州立大学ランキングトップテンに入るカリフォルニア大学アーバイン校を卒業。成績優秀だったので教授陣に大学院への進学を勧められるも、卒業と同時に帰国し、アイドリングを兼ねてしばらく派遣で働いた後、現職に就《つ》いた三十三歳になる独身女性です。

父親は商社マンで、ニューヨークからの帰国子女で、アーバイン卒の外資系企業秘書。傍《はた》から見ればキラキラ眩《まぶ》しすぎて、気軽に近付き難《がた》いほど高スペックなわけですが、別の意味でも、ハセガワノブコは、易々《やすやす》とは近付けぬ存在なのでした。

それは彼女が生まれたときから遺伝子に刻《きざ》みこまれたレベルの「オタク」であるから。タイトルにも記されているように、このことが物語の大きな鍵《かぎ》となっていて、ノブコはアニメと同人とゲームにどっぷりと浸《つ》かり、萌《も》えたぎるその時間のために生きています。突然放り込まれたアメリカの学校で勉学に励んだのも、アニメとマンガのため(成績が悪ければ、従兄《いとこ》のタツオが送ってくれていたビデオや雑誌を止めると厳命されていた)。学歴と能力的にはもっとバリバリキャリアを積めるのに、今の仕事を選んだのもオタ活のため。メイクも髪型も服や靴も、仕事の装備としては整えていても、興味なし。外人スキー女子やセレブ妻願望女子にとっては垂涎《すいぜん》の職場や友人関係も、それが何か？ 程度にしか思っていない生粋《きっすい》の腐女子なのです。

前作では、そんなノブコの仕事(オタ活資金稼ぎのためとはいえ、職業意識は高い)と友情(オタ仲間だけでなく、秘書仲間との関係性も読ませる!)、そして恋(誤解に誤解が何乗にも重なった結果ではあるけれど)が描かれていたのですが、彼女の「華麗なる日常」を、近くて遠い「非日常」の物語として楽しんだ読者も多いはず。

昔に比べて、女子の人生における自由度が格段と増した今、英語ペラペラの外資系企業の秘書も、オタ活命の腐女子も、別に希少生物ではなく、特に珍しい存在、というほどでもありません。友達の友達レベルの知り合いなら、誰にでもそういえばあの人も……と、思い当たる人物もいるでしょう。けれど、実際には、彼女たちの生息エリアは限られていて、いわゆる「一般女子」が接触する機会はそうそうないもの。踏み込んでいくには、それなりの勇気と覚悟が必要になるのもまた事実。本書では、そんな向こう側の世界、を、気軽に覗《のぞ》き見ることができる、という次第。

一方、本書を共感度MAXで、あるあるー、わかるわかるー！　と痛痒《いたがゆ》さに身をよじりながら読まれた方も少なからずおられましょう。腐女子を自認する主人公の物語といえば、三浦《みうら》しをんさんの『星間商事株式会社社史編纂《へんさん》室』（筑摩書房→ちくま文庫）がよく知られていますが、仕事はほどほど、オタ活動命というノブコと共通する部分はありながら、あちらの主人公・幸代は、自ら同人小説をコミケで売るほどの強者《つわもの》。数としてはノブコのように純粋に「楽しむ」ことに徹している消費者側の人の方が多いのは明白です。そうした人たちにとっては、一般的に理解されているとは言い難い趣味嗜好《しこう》について、客観的に眺められる本書は、なかなか得難い物語に違いなく。同人誌を読むのとは、また違った味わいを堪能《たんのう》できるのではないでしょうか。

つまり「外資系オタク秘書」と謳《うた》いつつ、実はオタクであるなし問わず、楽しめる。

でも、だけど。作者である泉ハナさんは、そんな読者のノブコに対する距離感を、とても上手《うま》く調整しているのではないか、と私は感じているのです。

付き合うだけでも驚愕《きょうがく》せずにはいられなかった、仲間内でも引くほど暑苦しいオタク語りが特徴のアサヌマ（でもイケメン）と、顔面至上主義で顔以外はどうでもいい秘書仲間のヒサコさんの結婚式（交際わずか二週間でプロポーズ→了承という急展開！）から幕を開ける本書は、一般女子のエリア外に生息するノブコの生態と、そのあくなき戦いを描いていきます。

勤務先に吹き始めたレイオフの風。留学したタマコさんに代わって短期間の派遣でやってきた五十代のハツネさんの過去と仕事への姿勢。交際中（一応）のオーレに連れられて参加した六本木の高級家具付賃貸マンションでのホームパーティ。競争率激高なアニメイベントへの参戦。オタ仲間のコナツさんや、奥さんにコレクションを捨てられたハタケヤマきっかけで広がっていく、結婚とは何だ問題。

まだ物語の前半に過ぎない第二章までだけでも、泣いて笑って驚き呆《あき》れ、そうだそうだと共感したり、いやいやそれは！ と反発したり、読んでいて感情かき乱されまくりなわけですが、その合間に「ああそうか」と、幾度《いくど》となくページを捲《めく》る手が止まってしまう。

例えば、ノブコはアサヌマとヒサコさんの披露宴《ひろうえん》の後、カフェテリアで居合わせたアサヌマの同僚ＯＬたちの明け透《あす》けな会話を耳にし、拳を握り締める場面。〈ってか、結婚って、相手を自分の思う通りにカスタマイズすることなのか？〉というノブコの疑問（そして怒り）は至極真《しごくま》っ当《とう》なのですが、とりあえずつきあって（あるいは結婚して）、それから相手を改善（自分にとっての）すればいい、という考えもまた、ごくごく普通に世の中の女子間では定着している思考だったりします。むしろ、そうやって夫を調教するのも妻の役目、ぐらいに思っている人もいるわけで。コナツさんの親ほど極端ではないにしろ、子どもに結婚を迫《せま》る親なんて山ほどいるし、エツコさんのように「やっぱり女と生まれたからには、愛されて結婚して、好きな人の子供産むのが最高の幸せと思わない？」といったことを口にする人も世の中には大勢いる。

上手いな、と思うのは、そうした世間の多数派の意見を受けて、ノブコがどう感じるかを描《えが》くことで社会的マイノリティーと呼ばれる人たちの気持ちに触れる（「私はそうは思わない」と言えるノブコはカッコ良すぎだけど！）と同時に、漠然《ばくぜん》と、何となく抱いていた価値観や、そういうものか、と受け流していた物事について、ごく自然に考えるきっかけになるエピソードが散見していること。しかも、それは決して一般的な意見を否定しているわけでなく、多数派には多数派の理がある、ということも説《と》いている。ノブコ側の読者にも、多数派側の読者にも「気付き」があるのです。

そのバランサーの役割を果たしているのが、ノブコのソウルメイトとも呼ばれる二歳年上の従兄・タツオで、彼の「ステキ語録」は枚挙《まいきょ》に暇《いとま》がありません（なかでも「心配するな。金ならある」は最上級！）。前作から続き今回も章タイトル代わりに使われてもいますが、問題が起きるたびに大岡越前《おおおかえちぜん》ばりに、ばっさばっさと裁《さば》きを下す姿には、あやうく萌え発動しそうにさえなるからオソロシイ。いわゆる「世間一般」の常識や思考とは縁遠いノブコの周囲に、こうした特異人物でありながら広い視野をもつタツオのような人物を配していることで、物語にぐっと奥行が増しているのです。

自分の好きなものを、好きな人たちを、好きな世界を守るため、ノブコが直面することになる「仁義なき戦い」は、少し物事を置き換えただけで、どんな読者の日常にも繋《つな》がっていきます。ハツネさんの過去を聞いたことから、ノブコがアメリカでのクリスマスを思い出す場面。〈親しい人たちから遠く離れ、歯を食いしばりながら、孤独な日々をひとりでがんばっている人たち〉は、地方から上京してきたり、故郷を離れて暮らさざるを得ない人たちすべてに通じるし、そんな「日頃から、地道にがんばってる」ハツネさんへの上司のエナリさんのはからいは、ノブコじゃなくてもぐっとくる。サークルクラッシャーのルリとの攻防は、何もオタサーに限らず、リアル社会でも昨今非常にありがち。外資系オタク秘書、というとんでもない設定ならではの面白さをたっぷりと見せながら、作者はどんな読者にも響く言葉を重ねていくのです。「普通じゃない」ノブコが「普通」と闘《たたか》う姿を描いているのに、「普通」を否定したりはしない。しかもまったく説教臭くなく、笑いに包んでそれをやってのける泉ハナさんの見事な手腕には、いやはや感嘆《かんたん》せずにはいられません。

そして最後に。自分にはノブコのように人生を捧《ささ》げるほど夢中になれるものがない、と、ちょっとした寂《さび》しさを抱《いだ》いている方へ。例えば、あなたは「趣味は何ですか？」と訊かれたら、どう答えますか？　世の中には「趣味は育児です」という人もいれば、「仕事＝趣味です」という人だっている。そもそも趣味の定義とは何なのか、どの程度精通していれば趣味と呼べるのかも曖昧《あいまい》ですが、興味がある、関心を持っている、マニア、中毒、ファン、オタクと言葉や熱意の違いはあっても「好きなもの」がまったくない、という人はそうそういないはず。「無趣味です」という人でも、気になることや大切にしている時間はあるでしょう。他人に誇れるようなことはなくても、ほんの些細《ささい》な物事でも、それがあなたを支え、強くしていく――。本書は、ノブコのように生きよ、と説いているのではなく、千差万別、多種多様な険《けわ》しき道を行く世の女性たちにエールを贈っているのです。

果たしてオーレとの関係はどう進展するのか。前作でタツオが放った「ヒロインに予定調和なハッピーエンドなんて、そんなものは駄作《ださく》だ」という言葉は布石《ふせき》になっているのか。大いに期待しつつ、シリーズ第三弾も待っています！

ハセガワノブコの仁義なき戦い

一〇〇字書評

切・り・取・り・線

購買動機（新聞、雑誌名を記入するか、あるいは○をつけてください）

□（　　　　　　　　　　　　　）の広告を見て	
□（　　　　　　　　　　　　　）の書評を見て	
□ 知人のすすめで	□ タイトルに惹かれて
□ カバーが良かったから	□ 内容が面白そうだから
□ 好きな作家だから	□ 好きな分野の本だから

・最近、最も感銘を受けた作品名をお書き下さい

・あなたのお好きな作家名をお書き下さい

・その他、ご要望がありましたらお書き下さい

住所	〒				
氏名		職業		年齢	
Eメール	※携帯には配信できません	新刊情報等のメール配信を 希望する・しない			

この本の感想を、編集部までお寄せいただけたらありがたく存じます。今後の企画の参考にさせていただきます。Eメールでも結構です。

いただいた「一〇〇字書評」は、新聞・雑誌等に紹介させていただくことがあります。その場合はお礼として特製図書カードを差し上げます。

前ページの原稿用紙に書評をお書きの上、切り取り、左記までお送り下さい。宛先の住所は不要です。

なお、ご記入いただいたお名前、ご住所等は、書評紹介の事前了解、謝礼のお届けのためだけに利用し、そのほかの目的のために利用することはありません。

〒一〇一-八七〇一
祥伝社文庫編集長　坂口芳和
電話　〇三（三二六五）二〇八〇

祥伝社ホームページの「ブックレビュー」からも、書き込めます。
http://www.shodensha.co.jp/bookreview/

祥伝社文庫

外資系《がいしけい》オタク秘書《ひしょ》　ハセガワノブコの仁義《じんぎ》なき戦《たたか》い

平成28年 4 月20日　初版第 1 刷発行

著　者　泉《いずみ》ハナ

発行者　辻　浩明

発行所　祥伝社《しょうでんしゃ》

東京都千代田区神田神保町 3-3
〒101-8701
電話　03（3265）2081（販売部）
電話　03（3265）2080（編集部）
電話　03（3265）3622（業務部）
http://www.shodensha.co.jp/

印刷所　萩原印刷
製本所　ナショナル製本
カバーフォーマットデザイン　芥 陽子

Printed in Japan ©2016, Hana Izumi ISBN978-4-396-34200-5 C0193

祥伝社文庫の好評既刊

泉 ハナ
ハセガワノブコの華麗なる日常
恋愛も結婚も眼中にナシ！「人生のすべてをオタクな生活に捧げる」ノブコの胸アツ、時々バトルな日々！

朝倉かすみ
玩具《おもちゃ》の言い分
こんな女になるはずじゃなかった!? ややこしくて臆病なアラフォーたちを赤裸々に描いた傑作短編集。

飛鳥井千砂
君は素知らぬ顔で
気分屋の彼に言い返せない由紀江《ゆきえ》。徐々に彼の態度はエスカレートし……。心のささくれを描く傑作六編。

安達千夏
モルヒネ
在宅医療医師・真紀《まき》の前に七年ぶりに現れた元恋人のピアニスト・克秀《かつひで》は余命三ヵ月だった。感動の恋愛長編。

安達千夏
ちりかんすずらん
「血は繋がっていなくても、この家で女三人で暮らしていこう」——祖母、母、私の新しい家族のかたちを描く。

五十嵐貴久
For You
叔母が遺した日記帳から浮かび上がる三〇年前の真実——叔母が生涯を懸《か》けた恋とは？

祥伝社文庫の好評既刊

祥伝社文庫の好評既刊